# 通向叙事之路
## 虚构写作十讲

*A Road to Narration:*
*Ten Lectures on Fictional Writings*

张清华　著

张清华作品系列

GUANGXI NORMAL UNIVERSITY PRESS
广西师范大学出版社
·桂林·

通向叙事之路：虚构写作十讲
TONGXIANG XUSHI ZHI LU: XUGOU XIEZUO SHI JIANG

**图书在版编目（CIP）数据**

通向叙事之路：虚构写作十讲 / 张清华著. -- 桂林：广西师范大学出版社，2024.6
（张清华作品系列）
ISBN 978-7-5598-6845-9

Ⅰ．①通… Ⅱ．①张… Ⅲ．①叙事文学－文学创作研究 Ⅳ．①I04

中国国家版本馆 CIP 数据核字（2024）第 062825 号

广西师范大学出版社出版发行
　广西桂林市五里店路 9 号　　邮政编码：541004
　网址：http://www.bbtpress.com
出版人：黄轩庄
全国新华书店经销
湛江南华印务有限公司印刷
　广东省湛江市霞山区绿塘路 61 号　邮政编码：524002
开本：880 mm × 1 230 mm　1/32
印张：13.375　　字数：238 千
2024 年 6 月第 1 版　　2024 年 6 月第 1 次印刷
印数：0 001~6 000 册　　定价：68.00 元

如发现印装质量问题，影响阅读，请与出版社发行部门联系调换。

# 前　言

　　本书是笔者在北京师范大学课堂的讲稿，依据录音整理而成。

　　2013年，随着"北京师范大学国际写作中心"的成立，学校要求文学院强化文学创作专业的人才培养，彼时恰好我在文学院担任主管研究生教育的副院长。在学校和学院的督促下，我们于2015年，在中国现当代文学专业的二级学科下，开设了"文学创作"专业方向，力图依托国际写作中心，在一批著名作家的支持下，探索培养学生"文学写作能力"的路径。

　　在专门为该批学生开设的课程中，有一门"文学创作理论与实践"，是我与张柠教授合开的，每人讲半个学期，恰好为八次课。我便为自己设置了八个题目，都是我认为关于文学写作的一些比较关键的问题。我自知远水难解近渴，不能把课讲得太理论化、体系化，搞得知识和概念满天飞，弄一套看起来吓人，实际又与写作没太多关系的说辞。而是力求贴近写作的实际，让学生尽快上手。虽然我不是小说家，但毕竟多年从事当代文学批评，且认真尝试过诗歌与散文写作，所以自认为还是有些许心得，能够从实践出发，对学生的写作起到一些提醒和帮助的作用。

但后来情况又有变化，2017年始，我们又与中国作家协会鲁迅文学院合作，以有一定创作基础的青年作家为目标，招收了同一专业方向的"作家研究生班"。两拨学生合并开课，就给我们提出了新的要求，即不能只考虑"零起点"的在校生，还要考虑"高起点"的成人班，因此不得不又对原来的讲课内容做了一些调整和提升。

于是就有了现在的格局和框架。

2018年，笔者得益于学生的帮助，将课堂所讲做了录音，并由几位研究生同学整理出初稿，但说实在的，此稿还非常粗糙。2020年之初，笔者受南京大学教授，也是《扬子江文学评论》的主编丁帆教授之邀，将此稿做了深度加工，分为数讲，在该刊发表。丁帆教授是笔者在南京大学中国现当代文学专业攻读博士时的导师，有恩师之命，自然不敢懈怠，趁庚子大疫，居家线上工作期间，我相继修订了大部分稿子，所剩部分，又在2021年陆续完成。

付梓之时，思忖再三，定名《通向叙事之路：虚构写作十讲》。

虽然名为"十讲"，实则为"八讲"。其中第九讲，是专为该专业的硕士研究生"量身定做"的，旨在告诉他们如何以"创作诗学"为论域，写一篇硕士学位论文，以区别于其他专业方向的学生。此问题亦须啰唆两句，所谓"创作诗学"，其要讨论的问题不是"写什么"，甚至也不是"写得如何"，而是"怎么写"的问题，要求研究者不是站在一个"读者"的立场，而是直接作为一个"作者"来看，研究的是写作本身的技术问题。至于第十讲，纯属凑数了，是笔者在鲁迅文学院的一篇演讲的录音整理稿，主要涉及诗歌写作的一些问题，与小说写作关系不大。

最后是关于"虚构写作"的概念。从狭义上说，读者不难理解，我在本书中主要谈的是小说，但就本质而言，所有的"写作"都是"虚构"活动，诗歌、散文等文体也应包含在内，所以，其中有一两篇略有偏离，也应该不是问题。在前面的八讲中，除了第四讲谈到写作伦理问题时稍涉其他文类，其余基本都是专一谈小说。所以，本书的"虚构写作"，其实也可以理解为"小说写作"。

最后再强调一点，就是本书在写作策略上的"去知识化"诉求，因此，并未涉及太多资料引证；但同时，笔者所讲也不单纯是技术问题，而是一些既有原则性，又有技术性的问题，所以实操感尚嫌不足。

但不管怎么说，它反映了我目前在写作方面的系统思考，成败皆为个人能力所限。

成书之时，更感念丁帆教授吾师的督促，若无去载年初他的鼓励，这些东西还会如一堆建筑材料，胡乱堆放于某个角落，而不会这样快地成形为一本书。

毕竟因写作经验与视野水平所限，此书一定还会有许多问题，观点思路也未必都能够立得住。所以恳请各位同行以及写作界的方家名宿不吝指正。

2021 年 11 月 28 日
北京清河居

# 目 录

**I**

虚构写作十讲·之一

## 关于"自我"，或写作的文化身份问题

OOI～O32

一　作者与文本间的因果与互证

二　不同时代的文化人格类型

三　新文学以来写作者文化人格的演化

四　人文主义精神与写作者的文化身份


**II**

虚构写作十讲·之二

## 从虚构开始，到有效炼意

O33～O69

一　"真实"与"虚构"的关系

二　虚构的理解和操作：一个案例

三　虚构与叙述中的增值：又一个例子

四　以"寓言"赋予虚构意义：一个伟大的例子


**III**

虚构写作十讲·之三

## 如何将现实经验升华为精神性命题

O7I～IO6

一　去往灵魂处境的现实

二　如何洞烛和彰显人性的幽暗

三　历史叙事的心灵化处置

四　如何使历史和现实变为寓言

**IV**

虚构写作十讲·之四

## 僭越与豁免：文学对于现实的伦理溢出

107～145

一　写作者的伦理旨归与主体拷问

二　艺术伦理对世俗伦理的僭越

三　诗歌写作中的"道德豁免权"

四　写作中暴力问题的伦理尺度

**V**

虚构写作十讲·之五

## 如何向一个古老的叙事致意

147～185

一　什么是"原型"，又如何向其致意

二　原型的类型有哪些

三　一个"物归原主的原型"

四　一个当代的复制：《一坛猪油》

**VI**

虚构写作十讲·之六

## 戏剧性和抒情性问题：小说叙述的两个向度

187～227

一　小引

二　何为小说的戏剧性与抒情性

三　叙事中的戏剧性：对话与复调

四　典型的复调小说：《花腔》及其他

五　抒情性、"意象小说"及其他


**VII**

虚构写作十讲·之七

## 如何使作品的结构获得形式感

229～271

一　什么是作品的形式和形式感

二　鲁迅小说中的细节"重复"与形式感

三　先锋派小说例子：形式主义要素

四　长篇小说中的形式与"中国故事"的讲法


**VIII**

虚构写作十讲·之八

## 如何构建叙述的历史与无意识两种深度

273～313

一　小引：通向历史或现实深度的道路

二　代际经验书写与可能的历史深度

三　历史与无意识的混合：深度构建的策略

四　通过无意识抵达历史之痒或历史之病

**IX**

虚构写作十讲·之九

## 如何写一篇"创作诗学"的学位论文
315～365

一　文学研究的框架、概念与几个关键维度

二　"创作诗学"研究的是写作的机理与奥秘

三　创作诗学的选题：一些例证分析

**X**

虚构写作十讲·之十

## 从精神人格和公共经验的角度看
367～415

一　寻找写作的精神原型或思想背景

二　寻找原始的精神母体

三　人格见证对于写作的感召和引领

四　公共性、经验化与作品价值的提升

I

虚构写作

十讲·之一

# 关于"自我"，
# 或写作的文化身份问题

本门课程既称作"文学创作理论与实践"，那么核心要义，自然是要强调"去知识化"的教学。可是各位，知识化甚至"过度知识化"正是多年来教育的弊端所在，当知识遮蔽了原典，取代了素养，僭越了能力，这种知识便沦为百无一用的"空转的假识"。这是我们教育的诀窍，也是致命弱点。听说某地的高考一结束，一些中学生会聚集在一起，将其高中时代的各种辅导材料，习题集、教材课本等付之一炬，或撕得粉碎，仿佛恨不得挫骨扬灰、鞭尸以泄愤。为什么？这是表达对于这些工具化、游戏化、无实际意义的知识，仅仅为考试涉及的知识的厌恶。他们想，这辈子都不会再看它们一眼了。

然而大学就没有"知识化"的问题吗？也有，也很严重。以过去的写作课为例，也是由一大堆看似体系森然的知识构成，它每每使人觉得讲课人很有一套玩意，既有理论，又有概念说辞，但一个学期下来，你还是没能学会写作，因为这些知识本质上与"写作"之间并没有多少关系。这种模式既害了学生，当然也反过来害了老师。1980年代以前，高校中文系差不多都设有"写作教研室"，有各种名目的写作课程，在我这个年纪的人上大学的时候，凡中文系几乎都有写作课。但后来，写作课和大部分高校的写作教研室都式微了，从事教学的老师也有许多没有发展起来，学生对这样的课也渐渐失去了兴趣。归根结底，我以为问题的关键也在于"过度知识化"。因为很显然，知识化是可以名正言顺地造假的，教师可以在根本"不会写作"的情况下，编制并且传授给学生一大堆"关于写作的知识"。这些知识貌似正确，体大而虑周，但却几乎一点问题意识都没有，更遑论可供操作的实践性和实用性。

这是我的课首先要争取避免的——即使不能完全避免，也要尽量避免，尤其要与讲课人自我的虚荣心和思维习惯做斗争。

第一讲是关于"写作者的身份"问题的讨论。即作为何种角色，什么性质的"主体"来写作，简而言之，即"我是谁""我作为谁而写作"。严格来说这是谈"写作诗学"问题的前提，某种程度上也属于哲学的范畴。但我不准备将这个问题玄学化，又弄成"本体论的思辨"，而是希望通过一些直观的例证，来厘清写作中自我身份对于写作本身的支配作用，以帮助学习写作者思考，准确定位自己的角色，找到自己语言的出发点，以及接近正确的叙述与话语轨道。

这对写作者来说，是至关重要的问题。因为它会决定你写什么，为谁写，写而何为。用海德格尔的话说，就是"诗人何为"。因为其重要和根本，所以须先行解决，方能谈论其他的具体问题。


## 一　作者与文本间的因果与互证

有人会问，为何上来是这种问题。但我认为这是具有决定性意义的问题——"我是谁、我为什么写作、我作为谁来写作"，这个很重要。如果自我意识不清，定位不准确，写作恐怕很难达到应有的高度。

我想提醒各位，在写作的时候留心建立一个"自我"。因为当我们写作的时候，会立刻出现一个熟悉而又陌生的角色，这时"我"不再是我，而是一个"人格化的自我"，他是虚拟的，但也是实在的，既有点看不见摸不着，又像是如影随形无处不在。我们每个人在日常生活中，可能是个极普通，甚至很卑微的人，但一旦我们写作，可能就变得很不寻常，会具有某种权力，有驱遣力和控制力，甚至变得霸道和主观，会变成一个王，甚至很粗暴的一个王。至少，在决定文本和叙述的绵延，在决定人物和故事怎么走的时候，变得具有"生杀予夺"的大权。还有在写作的方法和风格的取舍、观念与价值的想定等方面，也有着某种程度上的决定权。这个时候，你是谁、如何把握自己，就会变得很重要。

理性来分析，每个人都有很多社会学身份。"文革"以前，我们把全社会的人分成工人、农民、知识分子、地主、富农、反革命分子、坏分子、右派分子等，这些身份都是从政治学和社会学的意义上分的；农民又依据政治学分为贫农、中农（上中农和下中农）、富农，其中贫下中农是可依靠的对象，但是富农和地主就是要被专政的对象。这种分法在革命时期是有用的，后来搞阶级斗争，主要也是从这个逻辑出发。知识分子被认为是处于"中间"的一种力量，有两面性，如不加强教育和改造，他就会偏到资产阶级那面去，所以，知识分子向来都没有身份的独立合法性。后来终于有合法性了，变成了"工人阶级的一部分"，这是邓小平时代给予"知识分子"阶层的一个合法性的表述，但是前提仍然是作为工人阶级的一部分。

社会学身份既然变成了一个中间派，一个左右摇摆的人，你写作的时候合法性又何在呢？所以一旦写到知识分子人物的时候，必须要有"自我改造"，或者要自觉"接受工农群众再教育"，否则政治便不正确。

这是作为过去历史的"写作主体"的一些情形。一旦这些历史翻过，最近四十年的文学，大家终于可以相对自由地写作，基本上自由地写作。然而各位，你写作的时候有没有想想自己是谁？作为写作者的"文化身份"怎么建立？

让我先举出一个最朴素的例子。多年前我有一位朋友，写诗也写散文。有一年开他的作品研讨会，老实讲，他的作品真的写得非常好，语言、意境、结构、辞采，都很讲究。所以大家都给予了肯定，评价很高。比如他写杀狗，他自己曾经喂过的一只狗，因为一直吃不饱而瘦骨嶙峋，但它非常忠诚，"狗不嫌家贫"嘛。他们之间自然感情很深，但是突然有一天，种种原因，因为家里穷，社会上也不允许养狗，他自己也想解解馋，于是就把这只狗杀了。他杀狗的过程当中对自己的人性有很多拷问，对自己也未曾想到的冷血和残暴有很多质疑，所以文章写得感人。显然，写作可以对自我进行批评和解剖，袒露自己的人性弱点，这对于别人也很有教益。

但他也有的文章写得不那么让人感动，或者不太能够叫人共鸣。比如他写自己回乡的感受。当初在省城上大学，后来参加了工作，每次回家，所感受到的都是父亲的威严。但渐渐地，他觉得父亲由年轻时的强壮慢慢变老了。这里面有一些怜悯，表达得也很好。但后来有那么一次，他偶然搭乘别人的小轿车回到村子里时，父亲原来威严而专横的态度忽然变了。要知道那是 20 世

007

I
关于"自我"，或写作的文化身份问题

纪 80 年代初期，那时小轿车在乡村是绝少见到的。所以，当他从车子上下来，见到父亲的一刹那，他忽然觉得父亲看他的眼神有一点儿怯生生的，有点儿小心翼翼地，甚至有点畏缩地，问儿子是咋回事，言下之意是，儿子是不是做官了？于是他觉得父亲好可怜，父亲变了，变得衰老和软弱了。

还有一篇作品，是说他毕业若干年后，回母校参加大学同学的聚会，发现人们变得非常势利，那些混得得意的，有权势和地位的同学，周围总是围绕着更多的人，而他作为一个未完全成名的作家，在同学里面显得颇为孤单，故他感到非常落寞和失望，对这样的聚会感到厌恶，觉得一点意思都没有。

这是几篇我印象比较深的文章。因为这位兄长的作品的确是写得好，好作品很多，大家开研讨会时，自然都说好。后来到了他的办公室，他又让我"真心提些意见"。我说真要听吗？他说要听，真要听。我说那好，我送兄长一句话，借用曹操的一句名言，"宁让我负天下人，不让天下人负我"，我把这话转换了一下，叫作"宁让我怜悯天下人，不让天下人怜悯我"。

什么意思呢？曹操是枭雄，自然不是世俗意义上的好人，因为好人应当是"宁让天下人负我，我不负天下人"。但曹操却刻意巧妙地对这个伦理进行了颠覆，当然他是为了配合后来的另一番说辞——假使我不称王，又不知有几人称王，天下生灵又要经受更多的杀戮云云。可见，我担负罪名，其实是给天下人带来福祉好处，我和"妇人之仁"是相反的。他要给自己创造这么一个形象，即不拘于小节，他是取大节、舍小义，而有大伦理的人，是这样的一个自我设计和自我辩护。

我借用曹操这话，是说我主张写文章的时候，应该有一种超越世俗人格的胸襟和气魄：哪怕我是一要饭的，一文不名，既穷又贱，在社会上并无什么地位，然一旦写文章，便须有怜悯天下之人的气度——曹雪芹当初写《红楼梦》时，不就是吃不饱饭吗？那没关系，既要写，就不惧有点担当，否则宁愿不写，写出来也会有小家子气、不入流的危险。你与其去伤心计较众人围着他转、不围着你转，不如觉得光荣一点、骄傲一点。为什么不觉得自己独具高格呢？孤单和孤独，难道不是人生的一杯美酒吗？那不也是一种境界，或者文学本身的命定和应有之义吗？从《诗经·黍离》的作者，到屈原，到陶渊明，到李白，到李商隐、李煜，到苏东坡和辛弃疾，再到曹雪芹，你不觉得他们的主题都是孤独吗？和他们一起，你应该觉得很光荣，而不是孤单和渺小。还有那位父亲，作为一个大字不识的农民，他原来一直道貌岸然，很有威严，一旦看到你坐着小轿车，他就变得有些畏惧和畏缩了，这样去理解自己的父亲，我觉得不是很合适，也不太有境界。

显然，我举了一个并不很遥远的例子，我是想从这个事例，来与各位讨论"文化身份"的问题。文化身份对于一个写作者有

009

多重要？可谓一切写作的前提。我们在写作当中必须建构一个"非世俗的自我"，一个文化意义上的比较高级的自我，他跟世俗、跟社会的身份应该区别开。

看看历史上那些重要的写作者，就会有答案了。像屈原，他在他的诗歌当中是一个特别高傲的人。当然他在日常生活中也可能很高傲，所以不太讲究政治策略，他失去了楚怀王的信任，也失去了同僚大臣的支持，他变成了孤家寡人。这样一个人在社会生活当中可能是很讨嫌的，就像梁实秋写的一篇文章《假如住在一位诗人的隔壁》，会让人觉得很不踏实，当然这说的是浪漫主义意义上的诗人。今天的诗人，通常不大敢再认为自己有某种做人的"特权"。在某些时代诗人是有特权的，比如李白，李白如果住在你的隔壁，我想你不会太舒服的，因为他可能喝醉以后会闹动静，会很不消停。即便他在朗诵《将进酒》，你也不会觉得那是伟大诗篇，相反你可能会觉得很烦，因为这一夜你的觉没法睡了；假使他在朗诵"安能摧眉折腰事权贵，使我不得开心颜"，你会觉得他简直是一个不负责任、处事不计后果的狂人。所以假如诗人住在隔壁，是非常麻烦的事情。

再比如普希金，据说他娶了太太冈察洛娃之后，还跟她说，"你是我的第一百一十三个恋人"。他这样说的时候可能毫无愧色，好像很自然。但这在今天看，已经严重不符合我们的伦理。今天的诗人如果再认为自己有类似的特权，一定会犯错误。

再回到屈原。假如放到日常生活当中看，他可能就是一个难以理喻的人，早上起来到木兰花那儿，去舔上面的露水，黄昏时分在篱笆下，捡起菊花的花瓣塞到嘴里。这只有在诗歌中才有合法性，世俗生活当中见到一个人"朝饮木兰之坠露"，得离他远点，这人一定是有病了。把自个儿比作美人香草，把别人比作霓虹小人，这些作为世俗行为也肯定都是有问题的。但是当它出现在诗歌中，写在《离骚》里面，你就会觉得它顿时变成了伟大人格的一种禀赋，或者一种高出常人的品质。这是为什么呢？因为他在诗歌当中成功地塑造和坚持了一个"独立不倚的精神人格"，所以当我们读到这些诗的时候，会认为屈原是一个君子，一个顶天立地的伟丈夫，一个不为世俗所屈服的品性高洁的人，而不是一个偏执孤傲的、心理过于黑暗的、缺乏合作精神的人。

显然，文化人格跟世俗人格是不一样的，当我们写作的时候，在潜意识里面一定要找到并且坚持自己的一个文化身份。如果你忘记这一点，是为了"鲁奖""茅奖""骏马奖"和各种奖而写作，那就完了。比如2019年的这次评茅奖，有的青年评委的发言，让我听了之后，就感到十分欣慰，我觉得文学的伦理还是有传承的，文学的底线没有破。很多青年评委明确地反对"配制化写作"，或者"写作的配制化"。有人瞄准茅奖的要素去写作，比如考虑政治正确，考虑重大题材，考虑时尚流俗，考虑某些文化上的微妙的诉求，等等，在笔法格调上严格掌握一个四平八稳的标准，这种写作可以在某一个时期成功，但长久来看对当代文学的发展却是有害的，本身也有可能被很快忘却。文学史上出现了多少这种写作，但都被遗忘了。我们反过来想想历史上留下来的经典文本，当时是惊世骇俗，甚至是遭到批评的，后来却慢慢得到了承认。像贾平凹的《废都》，在20世纪90年代初期出来时，几乎一片骂声，他为了这一部小说受了多少磨难，被封禁了好长一段时间，还得了一场大病。当然他后来挣扎过来了，《秦腔》也得了茅奖。但反过来想，贾平凹写了十多部长篇小说，未来哪一部小说最有可能会留下来呢？我想《秦腔》未必会，但是《废都》却有可能会留下来，为什么？原因很多，很重要的一条，就是它回应了中国传统叙事当中特别重要的一个"世情小说"类型，也回应了1990年代中国社会与文化的敏感情境。有人讲它是"当代的《金瓶梅》"，有人也指斥它有很多媚俗的地方，有很多问题，但我却认为它是贾平凹所有作品中最有生命力的。因为就写作者的文化身份而言，贾平凹在写作《废都》的时候，确乎是一个把许多东西都置之度外的人，至少是没有将自己设定为一个适应世俗要求和标准的写作者，而是真正做了一回率性的、从内心出发的写作者。因此，他必然会获得回报。

当然，也有人会说，他想迎合商业的需要，这个我不敢肯定。但反向推理一下，如果是纯然投合市场的趣味，那么这其中的风险呢？他对于要担负的各种风险难道没有评估？所以，简单地摒除风险与压力等因素，断定《废都》是为市场写作，或许是不够厚道的。退一万步说，《金瓶梅》也是有市场诉求的，所以人家作者连名字都不要了，改成了"兰陵笑笑生"。但这就能够断定人家只是要钱的吗？也未必是。批评家张竹坡就不这么看，他是将其列入了与古来圣贤一样的"发愤之作"。这就为背后那个作者的"文化身份"正了名，同时也找回了一部伟大小说的价值。

在《竹坡闲话》[①]中，张批评家为笑笑生辩护道：

> 《金瓶梅》，何为而有此书也哉？曰：此仁人志士、孝子悌弟不得于时，上不能问诸天，下不能告诸人，悲愤呜邑，而作秽言以泄其愤也。虽然，上既不可问诸天，下亦不能告诸人，遂作秽言以丑其仇，而吾所谓悲愤呜邑者，未尝便慊然于心，解颐而自快也。夫终不能一畅吾志，是其言愈毒，而心愈悲，所谓"含酸抱阮"，以此固知玉楼一人，作者之自喻也。然其言既不能以泄吾愤，而终于"含酸抱阮"，作者何以又必有言哉？曰：作者固仁人也，志士也，孝子悌弟也。

---

① 　张竹坡:《竹坡闲话》，见《金瓶梅》，齐鲁书社 1987 年版，第 8 页。

你也可能会觉得这有强词夺理之嫌，以为说其非为妖魔，为普通人也就罢了，何以见得就一定是"仁人志士、孝子悌弟"呢，世界上居然有一种"作秽言以丑其仇"，而且"其言愈毒，而心愈悲"。照此说，那么杀人放火、诲淫诲盗也可以视作对"世界之恶"的反抗了。这作秽言者，难道真的可以与司马迁，与他所赞颂的那些发愤之作同日而语吗？

很显然，如果不能为作者兰陵笑笑生确立一种文化身份，就无法确立《金瓶梅》的价值，反之亦然。作者与作品的价值是互证的。而张竹坡这样的批评家的意义就在于，他能够通过《竹坡闲话》那样的文字，为作者找到一个超越了世俗之人所能够想象的，一个"仁人志士、孝子悌弟"的身份，而不是一个俗不可耐的为利益所驱动的写作者。


## 二 不同时代的文化人格类型

屈原为我们标定了中国传统文学中的一种人格高度。当我们返回古代，去寻找一个精神源头的伟大象征的时候，会找谁？《诗经》那些作者都没名，我们不知道他们是谁。有时我们会觉得《黍离》的作者很厉害，他看到庄稼长得那么好，作为旅人行走在无边的绿色之中，忽然产生了一种无边的伤怀，也产生了一种对自我的敬意，以及敬意中的追问："知我者谓我心忧，不知我者谓我何求，悠悠苍天，此何人哉？"我想，他是谁，那一刻他自己也许并不清楚，他也不好意思说自己就是一个多么了不起的人，但他确乎由此开启了一个伟大的抒情传统，他不是为了五斗米的人，不是为了世俗利益而蝇营狗苟的人，他是一个忧患天下，悲悯苍生的人，第一个有了"万古愁"的人。

但这个人不幸是个无名作者，先人注解时有种种猜测，但都不能确定，所以，作为一个无名的或者民间的知识分子，我们可以认为他是了不起的，因为有了他，《诗经》变得不再都是"民歌"，不再都是"无名作者"的作品，而是许许多多作为民间"隐士"的高人和诗人的作品。

但我们仍然不知道他是谁。因此，要为中国的诗人找一个精神意义上的源头，毫无疑问还要找到屈原。为什么会是屈原，我们为什么给他以那么高的评价？因为他的诗歌里面，勾画或者呈现了一个顶天立地的、不惧世俗权威的、品行高洁的人格形象，这既是作品当中的精神形象和文化人格，当然也意味着文本背后那个抒情主人公自己的文化身份。

宋代的张载有几句著名的大话，叫作"为天地立心，为生民立命，为往圣继绝学，为万世开太平"。这几句话也称"横渠四句"。我们有时候希望将此当作自己的座右铭，但又会感到有些心虚，不太敢真的这么干，便变通一下，当作格言，当作"与自己无关"的一个表述，即知识分子的一种人格典范。我们知道张载一生中也当过很大的官，但他作为一个穷书生的时候，大概就已经这样想了。这说明他确乎很了不起，宋代的知识分子很了不起，它是中国古代读书人也有自己的文化人格与理想情怀的一个明证。这样一种人格想象，会激发出不平凡的业绩和感人的诗篇，否则文天祥不会写出"人生自古谁无死，留取丹心照汗青"这样的句子，李清照也不可能写出"生当作人杰，死亦为鬼雄"这样的句子。这说明在文天祥、李清照的内心，一定有一个特别清晰的文化人格的想定。

这非常重要，会决定他们写作的品质。

文化人格当然也是一个历史范畴，会演变，它在漫长的历史当中会不断变化，它有时候也会化装。比如《红楼梦》的第一回，我们看到开宗明义的曹雪芹，一直在刻意"矮化"自己，强调自己是作为普通人在写作，闺阁闲情，平生所系，写的无非就是几个小女子的传奇故事，他不断暗示自己就是一个庸人，一个无用之人。于是故事本身也是这样缘起。说当初那女娲炼石补天之时，炼就了36501块巨石，只剩下一块没有用，而它受日月光华的化育，渐渐有了灵性，便在那儿日夜悲啼。这"大荒山无稽崖青埂峰"下，自然离"庙堂"很远，它没有被体制所用，也不好以张载那样的格言作为自个儿的座右铭。

但这显然暗示了我们，作者是有儒家知识分子的理念的，他希望能够"修齐治平"，能为皇家或社会所用，但是若没有，他也就认命了，但明显也有不甘心处。一旦认同于这样一个"无用"的身份，他又更加喜欢用道家的这套文化来解释自己，所以后来对"石头"有知遇之情的这两个高人，便一个是"渺渺真人"，一个是"茫茫大士"了，一道一僧，他们有时候会化身为"跛足道人"或者"癞头和尚"，但不论怎么样，这反映了我们的作者内心文化人格的基本构造——既是"出儒入道"的，又是"儒道互补"和"佛道同源"的。某一天，这两个高人经过这块石头，谈论起人间繁华富贵，惹动了石头的凡心，石头说话了，说大师，你何不带我去经历一下。我即便无才以补苍天，你让我经历一下凡间富贵，有一番真正的生命体验也好。大师说行，但又提前告诫他说，那种富贵你不去也罢，因为终竟是一场空幻。这又玩起了佛家的一套，"因空见色，由色入空"的逻辑，加上前两者，就变成了"儒释道合一"了。

不论怎么说，曹雪芹将中国传统知识分子的文化人格彻底复杂化了——复杂到了可能的最大限度，这当然不能算是他的发明，这种理解也可能源自苏东坡，也可能更早，我们这里不做深究。而是说，这种复杂化的自我意识，依然与世俗人格——如小说中宝玉所不屑的、他的父亲贾政所主张的那种世界观——构成了对应，构成了分立的关系。这是《红楼梦》之所以能够成为伟大作品的根本保证。一旦他变成了持卫道者立场的贾政之流，那

017

么《红楼梦》也就不可能存在了。

忽然想起唐代的一位才子叫作沈既济的，他的笔记小说《枕中记》，是中国人妇孺皆知的，但我们很少深究。其中的那个青年儒生，好像也很有些抱负，长到二十多岁的时候，还一无成就，也未看到前途，还在乡下种地。这天他骑着一匹大青马经过一酒店，酒店里坐着一位鹤发童颜的长者。他把马拴上，坐在长者的身边，在那长吁短叹。长者问他，你何故长吁短叹？他说，可怜我已到这个年纪，却什么成绩也没有，所以叹息。这长者从他的袖子里拿出一个枕头，说你躺在这上面，自然会有一番经历。他躺下以后，他觉得那个枕头放出了光，出现了一个洞口，他就进去了。进去以后他变成了一个英俊潇洒的书生，中了科举，先做县官，又做州官，一直做到御史，还去边疆平定了战事。过程很复杂，我无法详述。正当他满足之际，变故发生了，接下来他遭到了别人诬陷，被打入囚牢，受尽折磨。过了几年皇上听了别人建议，把他放了出来，又官复原职。不料好景不长，又遭别人的谗言，再入监牢，之后又放出来。最后，他终于位极人臣，做到了宰相，当然做得也很好，很顺当。然而最后还是遭到了同僚的构陷，这次看样子要杀头了。他见到自己的家人，对自己的太太和孩子们哭诉，说：你看，我现在还不如当初就在家种地，折腾了这一辈子，有什么意义呢？眼看他一病不起，要死了，临死前皇帝又发了善心，又给了他很高的待遇，让太医给他治病。最后他梦见自己就要死了，忽然醒来，并且恍然大悟。

这位高人让他在枕头上用很短的时间，做了一个漫长的梦，这一生从读书、求学到经历修齐治平的宦海沉浮，可谓饱受磨难，饱经沧桑。但最后他的感受是，这一切还不如不经历。这篇小说写到一个特别有意思的关节：他当初躺下要做这个梦的时候，店家的锅灶上正在做着黄澄澄的黍米饭，而他梦醒来的时候，那个饭还没有煮熟，这个就叫"一枕黄粱"。

《枕中记》所要表达的，显然是"对于世俗人生的勘破"的一个态度，如果作者是一个蝇营狗苟的人，一个醉心于仕途经济和世俗名利的人，是不可能写出这样的作品的。

《红楼梦》显然是"一枕黄粱梦"的升级版了。在《红楼梦》中，曹雪芹刻意要强调的，应该是一个道家的理念。前面说"儒释道合一"，但在其中，我以为他更倾向于道家的思想。道家既可以很高迈，同时又可以很渺小，就是"无为"。无为，当然就会在社会政治、社会伦理中显得微不足道，但它又有着哲学方面的优势，是观照世界、理解人生的"众妙之门"的关键。在道家的价值系统中，他可以做到独善其身，且有着常人难以企及的复杂的生命体验。这也是一个极大的优势。他偏离了儒家的文化人格，偏离了类似于杜甫那样的一个正统的人格范式，但是他却另立了一个"贾宝玉式"的人格范型。我们读《红楼梦》，为什么会觉得有一种认同，因为每个人都有可能在这个社会中蒙受磨难和挫折，遭遇遗弃和放逐，但是以宝玉为镜，依然可以在《红楼梦》当中找到自己的同道和位置。

曹雪芹在第一回中反复矮化和强调了自己身份的卑微，但我们可以从中感受到一个独立于皇权、独立于封建正统这一价值体系之外的，一个非常纯粹甚至也很高洁的自我。他与张载、文天祥所标立的人格风范相比，可能没有那么高大，但与屈原式的那种自我悲情想象却很有几分相像。可见，在传统社会中，文化人格也是有各种类型的，在不同时代有不同表现的，从杜甫的儒家君子风范，到《红楼梦》里面所标立的"非主流价值观"，都是值得我们认真分析并且尊崇的。


## 三 新文学以来写作者文化人格的演化

到了新文学，现代知识分子的人格形象开始出现。在鲁迅那里，我们可以看到一个启蒙思想者的文化人格。可以说他以毕生之力，完成了一个现代型文化人格的建立。当然，在不同时期会有各种不同的解释，政治家的解释是，他是向着帝国主义、封建主义和官僚资本主义开火的最坚定、最彻底的无产阶级的文化战士。但学界的解释可能更客观一点，认为他是一个启蒙思想者，毕其一生都是在进行国民性的反思和批判。

鲁迅和五四作家的自我定位，对于新文学而言，具有决定性的意义，他们确立了新文学作家既承续先人感时伤世、匡护道统的传统，同时又具有了在国家政治之外的，作为批评者的独立知识分子身份。这是他们的文化人格得以获得了现代性意义的关键。

很显然，中国传统知识分子是缺乏这种独立性的。虽然也有"在朝"和"在野"之分，有"居庙堂之高，则忧其民；处江湖之远，则忧其君"的境界，有"先天下之忧而忧，后天下之乐而乐"的情怀，但所有的价值想象都是要围绕当权者而定的。在"士"的文化中，官与民的身份一直是含混的，未予分离的。换言之，"士"的阶层，一直未能在精英社会中获得独立性，反而因为科举制度的延迁而变得更加依附于官场。很明显，从隋唐时期明确设立了科举制之后，中国传统知识分子的独立性便愈加走低了。

只有在新文化运动之后，中国才渐渐有了现代意义上的、"文化身份"意义上的独立知识分子，鲁迅和胡适等都是典型代表。鲁迅和胡适略有不同。鲁迅愈加游离于体制之外，特别是迁居上海之后，基本是成了一个寄居于媒体的公共知识分子，没有在体制内生存，所以思想渐渐更加激进和向左转了；而胡适则是主要依附于民国时期的大学体制，因为大学体制的独立性，而保有了个体的独立性。与鲁迅相比，他更倾向于理性而平和的社会观与文化观。

关于鲁迅，我本人有一个看法，提出来供大家思考。我认为在现代知识分子的人格构造中，鲁迅的意义更为重要，因为他具有"启蒙主义与现代主义（存在主义）的双重性"，简言之，有"两个鲁迅"：一个是作为启蒙思想者的鲁迅，一个理性主导的，具有很强社会责任感的鲁迅；另一个则是以存在主义的个体主义为主导的鲁迅，具有强烈的非理性倾向的鲁迅。一个是属于"日神"的鲁迅，另一个则是属于"酒神"的鲁迅，他全部的宽广与深刻、理性与感性、理智与任性、光明与阴鸷、激进与绝望、热忱与悲观，甚至公允与偏狭、雄辩与不讲理……都是他复杂而庞大的矛盾体的一部分。只认识到前一个鲁迅而没有意识到后一个，是不全面的，也不可能真正理解鲁迅。没有后者，就不可能有《狂人日记》，不可能有《野草》，也不可能有对于国民劣根性那样深刻认知的鲁迅。所以，如果要谈论鲁迅的文化人格，我以为必须意识到他的两面性、多重性与复杂性，这是现代性文化人格构成的典范特征。没有这样一个鲁迅，就不可能有他的这些如此经得起长久的分析和研究的作品。

因此，当我们说写作者要注意养成自己的文化人格的时候，并非概念化意义上的纯而又纯的道德化人格，而是指一种文化上的独立性和复杂性，甚至也可以经过某种精神分析式的认识，看到其个人化的秘密。用鲁迅的话说，就是"皮袍下面的小"。这样，我们就远离了简单的道德主义者，而能够使我们的文化人格建立在"人性真实"的基础上。举个不恰当的例子，像钱锺书的《围城》中所嘲笑的那些文化人，大都是些草包或者骗子，即便有博士学位的，也是类似"克莱登大学"的那种子虚乌有的假博士。如果我们以通常的眼光看，这是将鲁迅式的国民性批判延伸至了知识界；但如果我们以"小人之心"去推测，那可能就是另外的一个看法。钱先生虽说很有学问，但他留学欧洲多年，原也只是拿到了一个"B"，一个学士学位，没有拿到硕士"M"，更没有拿到"D"，所以他便会鄙视别人的博士学位。

这当然有笑谈的意思，并非表达对钱先生的不恭，而是要提示和警示我们自己，所谓的文化人格并非"道德的完人"，而是一个"现代知识者的主体"。它允许有更为人性化的和复杂的现代内涵，即便有些许小肚鸡肠也无伤大雅。在这方面，鲁迅的复杂意义无论怎么估量，都是不过分的。

有人会强调政治正确，这个问题近些年来似乎越发明显了。怎么看？有一个时期曾提倡为工农兵服务的文艺观，知识分子的文化人格、写作者的文化人格基本上不具有自足的合法性，这是客观事实。但是马克思、恩格斯的一些文学观点，还是可以拿来作参照的。我想讨论的是，在今天，政治正确和必要的文学写作究竟是什么关系呢？马克思、恩格斯在他们的文论和通信当中早都有阐述。恩格斯曾经以巴尔扎克和莎士比亚为典范，来指出左翼作家写作的问题。他曾评论过一个进步的女作家玛格丽特·哈克奈斯的作品《城市姑娘》，还评论过奥地利进步作家斐迪南·拉萨尔的作品《弗兰茨·冯·济金根》。恩格斯鼓励了他们，但也给出了批评意见。恩格斯认为和这些左翼作家比，巴尔扎克写得更好，虽然巴尔扎克"在政治上是一个保皇党人"，是持了反动阶级的立场的，但是他却写出了伟大的作品。恩格斯的解释逻辑是，这是"现实主义的胜利"，是现实主义的写作原则帮助巴尔扎克战胜了他在政治上的偏见。左翼作家在政治上是正确的，但是却写出了幼稚的作品，在革命导师看来还没有什么深度，也没有多少价值。虽然也给了他们鼓励，但真正的文学导师，却是莎士比亚和巴尔扎克，因为他们才真正写出现实的生动性和人性的丰富性。

这是一个很好的例子，写作者主体的文化身份中，虽然也包含了政治，但又不一定是唯一决定性的因素。正确的政治立场并不一定能够出产优秀的作品，所以我们要从恩格斯的话中找到教训。1970 年代浩然的政治立场是最"正确"的，但《金光大道》那样的作品已被历史证明是有严重问题的。而那时被认为是不正确的很多老作家所写的作品，后来却被认为是有先觉意义的；还有一批具有独立思考的青年人，其立场也遭到过批评，但他们却写出了那个时代最具有思想价值的作品。

20 世纪 80 年代以后，写作者的知识分子身份，文化身份与文化人格是处在逐步恢复中的。莫言在2000年前后曾提出一个非常有意思的观点，叫作"作为老百姓写作"。他认为过去作家总认为自己比劳动者高明，比普通人要特殊，而在他看来，一个写作者应该把自己还原到一个老百姓的身份。这个说法对不对呢？当然是对的，它表明一个作家要谦虚，不要以为自己是"启蒙者"，要教育别人，要把自己看作是和普通劳动者、普通人感同身受，能够同呼吸共命运的主体。我觉得他这种认知是有理由的，当然也是一种表达方式——为了"表示谦虚"。我想问他，你写出了《酒国》，写出了《丰乳肥臀》，写出了《檀香刑》和《生死疲劳》，你说"作为老百姓"能写出来吗？肯定是写不出来的。因为老百姓是"沉默的大多数"，既然是沉默的大多数，当然也就是"无法写作"的大多数。作家既能写作，就是比普通人要有见识和能力的人，这也无须避讳。但为了强化写作的伦理意识，基于他对"写作伦理"的理解和坚持，他把自己做一些"降解"也是有理由的。但我们要领会其中的"潜台词"，他的意思是质疑那些声称"代表人民"写作的说法，你总说是为人民写作，事实上还是以高于人民的姿态写，在他看来这还不够真实，必须要还原到和普通劳动者同样的看问题的角度。真正在自我意识上将自己当作"老百姓"，才真正能够写出具有老百姓立场的作品，这个逻辑也是对的。但归根结底，我以为这样的写作就是"知识分子性的写作"，因为就人文主义传统而言，就新文

025

学的源头属性，还有知识分子的使命而言，就是要实现最接近于人民、最接近于老百姓的写作。

因此，我还是愿意认同莫言的说法。他的表述是质朴和智慧的，也是诚实和意味深长的。

## 四　人文主义精神与写作者的文化身份

说避免"知识化"，还是难免说了这么多废话，还是难以摆脱与知识的纠缠。但这实出无奈，既要写作，就无法不面对这个身份问题。我是谁，谁在写，写什么，我为什么写，这些问题不解决，写作就是一笔糊涂账。

在我看来，在这个问题上含混的人并非少数。有人写了多年，且已经在媒体界、出版界，甚至文学界的某些个圈子里都已有了名气，但如果我问他（她），你在写作的时候，有没有想过你是谁？仅仅是这个社会学身份的你吗？如果你没有意识到自己应该是一个具有人文主义责任的写作者的话，那么我敢说，你的写作也好不到哪里，对于读者和这个社会，也不会有太大的意义。

那么如果必须要面对，我以为，这个写作者的文化身份应该持守以下这样几个原则。

首先是人文性，是一个人文主义的身份和标准。这也许是一个恒定的标准，从孔夫子编订《诗经》，到今天莫言所说的"作为老百姓写作"，其具体的内涵可能会有演化，但骨子里的东西很少有变化。孔夫子对于《诗经》的评价角度是"兴观群怨"，兴观群怨当然就是人文性，虽然他并没有说出这样一个概念。从文字学的角度看，"人"与"文"明显是相通的，仓颉造字时大约也是以此为灵感，"人"字是侧面视之，"文"字则是正面之形。这个我们也可以考据一下——尽管不愿意知识化，但有时候还必须要倚重知识——在金文和篆文中，"文"字其实也就是"人"字。《礼记·王制》中说，"东方曰夷，被发文身"，是说东边那些部族，喜欢披头散发，身上画着"丹青文饰"，可见"文"即"身"的强调和转喻。现代文字学大家朱芳圃，是和郭沫若齐名的甲骨文专家，清华大学的教授，他在其《殷周文字释丛》（中华书局影印本 1962 年版）中说，"文即文身之文，像人正立形。"什么意思呢？是说"文"字就是正立形状的"人"字。这可不是我的臆测，是从《说文解字》（九州出版社 2006 年版）中引述的。

这解决了一个大问题，我一直想从根本上解释"人文"的含义，今天借此算是从源头上弄清楚了。从夫子开始，他强调个体和主体的感受，就是贯穿了朴素的人文精神；孟子讲究"知人论世"，其实就是强调了在"文本"和"人本"之间人的本体地位，以人解文，以文见人；司马迁说"读其文，想见其为人也"，说的也还是人与文之间密不可分的关系。

费了这么多口舌，是想梳理中国本土的人文传统。这个传统与西方近代而下的人本主义、人道主义、个性主义虽然不同，但却是相通的，是中国传统知识分子的核心精神，也是我们今天的写作必须时时返回和加以汲取的。

我们再回到夫子的兴观群怨之说。我以为它就是最早诠释的人文精神。显然，"兴"就是起兴，就是生发想象；"观"就是观察观照，就是认知和发现社会人生；"群"就是沟通和认同，基于共同的感受而成为同道；"怨"就是抒发，就是表达愤怒和悲伤，就是宣泄个人或者群体的情感与意绪。兴观群怨，即构成了人民或者"沉默的大多数"对于表达的诉求，难道不是人文主义的吗？

所以，人文性是基于文学的一种"总体性"的说法，是一种在变量中又有恒定标准与内涵的人格建构的原则。

其次是个体性，必须要以个体生命为本位。当然我们也会说"为人民写作"，但是人民是谁，它不是一个抽象的概念。王朔的《顽主》中，曾借人物的对话嘲讽那些只把口号挂在嘴上的人，"你们所说的那个'人民'中，不包含个人"。如果人民被抽象化，变成一种空洞的说辞，那么这种写作便失去了意义，即便写出来也是虚假的。如果这样的话，那么我们宁愿相信克尔凯郭尔的话，个体才是价值的唯一起点。如果说这些年我们的文学有什么进步的话，那么"生命至上"，关怀个人，关怀真正的个体生存，承认个体的价值，便是最核心的一点。

此刻我想到一个例子，不一定典型，但可以借此说明问题。一部美国电影，1995年纪念世界反法西斯战争胜利五十周年之际，由斯皮尔伯格导演的《拯救大兵瑞恩》。它讲的是一个"牺牲十个战士，去拯救一个战士"的故事，这从经济学上肯定是不合算的，从社会学上也不合算，甚至从一般伦理学的意义上也不合算。因为很简单，生命是平等的，牺牲谁都是残酷的。但美国人在这个电影中表达了一个理念，就是为了拯救他们关于生命的价值，对于生命意义的捍卫，牺牲再多生命也在所不惜。

这是一个集合了生命伦理、情感伦理和社会公共伦理的命题。一个美国母亲的四个儿子，在同一天里有三个分别死于太平洋、北非和欧洲战场，剩下的一个叫作詹姆斯·瑞恩，已被空投至德军敌后，生死不明。马歇尔上将得知这一消息，决定要派一支小分队专门深入敌后，将这个瑞恩救出战场，让他与母亲团聚，为这位母亲减少一分丧子之痛，给她留下一分生的希望。他给属下们诵读了南北战争时期林肯的一封信，那是林肯写给一位贡献了五个儿子的英雄母亲的信，然后上将命令他们不惜一切代价，前去拯救这位母亲最后仅存的一个儿子。电影里那十个人组成的小分队中有一个人说，难道我们不是妈生的吗？我们也是生命，为什么要让我们去救那个小子？他问得有道理，难道他们的命不是一样珍贵的吗？但是，这就是作者和电影制作人了不起的地方，他们就是要在这伦理的刀尖上，来寻找震撼灵魂的意义。

由米勒上尉率领的小分队，在历经曲折，牺牲了大部分成员之后，终于找到并且保住了瑞恩的生命，但瑞恩也并未临阵脱逃，而是参加了脱离战场之前最为惨烈的一场阻击战，战斗中米勒上尉也牺牲了，在大家舍生忘死的保护下，瑞恩终于幸存了下来。电影的末尾是五十年之后，白发苍苍的老瑞恩和他的妻子孩子们，一起来到美国的威灵顿国家公墓，来祭奠当年为拯救他而献出了宝贵生命的战友。老瑞恩在米勒上尉的墓前跪下来，回忆了五十年前的一幕幕难忘的景象。然后对着他同样白发苍苍的太太，说了一句话——我感到我几乎没办法把这句话说出来……因为每次想到这句话，我都会热泪盈眶。他对他的老伴说："你说，我是一个好人。"言下之意，他没有辜负那些拯救他生命的人。他的老伴对他说，"是的，你是好人。"

这个电影看到最后，你会觉得，斯皮尔伯格是算了一笔"倒账"，为了拯救一个母亲四个儿子当中仅剩的一个，牺牲了其他七个母亲的七个儿子。但是你再想一想，又觉得他们是值得的。因为他们所拯救的，不只是一个普通的士兵，而是拯救了他们对于人的尊重，对生命价值的信念。

斯皮尔伯格是个了不起的导演，他这部电影非常"主流"，最后电影结尾的时候也是高扬了美国的国旗，显然也是高度"意识形态化"的、政治的。但这个政治没有变成空洞的概念化宣传，究其根本，就是因为他聚焦了个体，张扬了个体生命的尊严与价值。

而且个体生命也并不是完美的，电影一开始的诺曼底登陆场景中，我们可以看到，那些手持武器全副武装的士兵，在登陆艇上个个面带紧张和恐惧的神色，他们表现了常人的弱点，有的暗自祈祷，有的因为过度紧张而呕吐，而且他们中的大部分在还没有反应过来，没有放一枪一弹的时候，就被德军的火力屠杀在冰冷的海水里，或者血流成河的沙滩上。在最后的战斗中，小分队中那个年轻的士兵因为从未杀过人，在很长的时间里一直是一个怕死鬼，他眼睁睁看着战友被敌人杀死，不敢上前助阵，而是龟缩在墙角里躲避着密集的枪弹。只是在最后，他才终于战胜了自己，变成了一个战士。这些，都真实地暴露了人性的弱点，却没有让我们鄙视他们。

反观我们的一些战争文学和战争影片，在处理故事和情节的时候，常常是见不到真实的个体，也不会专注于生命本身的价值。正义的冲锋枪扫过去，敌人欢快地就倒下了。似乎敌人是没有生命，也没有主体性的蝼蚁之物。当你永远不把敌人作为一个主体生命去书写的时候，你便永远不可能写出真正的敌人；而当敌人都变成了草芥和蝼蚁时，是否革命者的牺牲与英雄业绩也

031

同时遭到了矮化呢？

　　当然，如今我们的电影也在进步，像《集结号》。虽然《集结号》有一半篇幅在结构上好像有些问题，但它好像借鉴了斯皮尔伯格，把那些牺牲的无名战士的名誉看得更加重要，同时它也并不回避批评我们的某些观念和权力体制。这个电影让我们觉得，或许价值观已有了改变，这就是进步。

　　最后也是从这一点上生发出来的，就是真实的问题。尊重个体的同时，也尊重真实，不因为美善的要求而牺牲真实。真实是美善的基础，假如不顾及真实的原则，而去一味地强调所谓美善，那么这种美善的价值就会变得虚伪。这同样是对于写作者主体的一种考验。这一点也涉及另一个话题，即"写作的伦理"问题，所以这里不拟展开了。

　　关于第一个问题就讲到这里。这个问题有点抽象，不宜讲太多，但又很重要。最后我愿意重申，每个写作者都应该自觉建立一个人文主义的自我人格，建立这样一种文化身份，如此，写作才会长久地生效，才有可能将自己塑造为一个纯粹的和有高度、有品质的写作者。

虚构写作

十讲·之二

# 从虚构开始，到有效炼意

写作课应该首先从"学习虚构"开始。在前几年的课程中，第一讲我从来都是从"虚构"开始的。在英文中"fiction"既是"小说"之意，又是"虚构"之意，可见"小说就是虚构"，某种意义上，文学也就是虚构，属于"无中生有"的东西。在我看来，文学的使命不是试图"书写现实"本身，而是凭借语言的另行创造，同时也是对现实进行透视和"透析"，找到"现实"赖以产生的缘由。

可见"虚构"与"真实"是一对矛盾，同时与"经验"也可以构成对应和对照关系。它们是影与形的关系，人与镜子的关系，是共生的。我们经常说，写出真实，或者表达经验，但如何才能做到？这就需要虚构。这是很奇怪的，所有经验与真实都要靠虚构来抵达或者实现。所以，对初学者来说，第一句话就是要提醒他们，学会虚构。

035

如何能够进行虚构？首先一条就是要学会"忘记"，忘记自己的那点经历，学习"从别人的故事开始讲起"，而不是从自己的那点事儿讲起。

这是需要很大的气力才能解决的问题。不要以为"现实"是本然和客观存在的，离开了正确的看法，不可能有"自动呈现出来的现实"。而且更多的时候，是人们自以为秉持了正确的看法，而实际却是大相径庭，甚至南辕北辙。

很多时候我们面对一个文本，要做出评价，这时都会面临这样一个困境：你不得不肯定作者的写作，但你知道这种写作是毫无价值的。为什么呢，因为他只是在堆砌现实，他写出了现实的某些部分，但结果却并不真实。因为他没有对现实进行有效的处理，将之上升到"具有正确伦理的处置"，他只是凭借着一种非常庸俗的想法，或者自私的本能——试图去获取某个奖项或利益，这样的态度下怎么可能有"真实"？

## 一 "真实"与"虚构"的关系

这个问题必须说，但显然又非常难于说清楚。我们必须先从哲学上来澄清一下。前面说反对"知识化"，但我又必须给我们的看法找出根据。从哲学的意义上讲，这个世界的"虚构"是普遍的，或者说，虚构首先是有一个哲学范畴的。正如美国的历史哲学家海登·怀特所说——他是新历史主义理论主要的代表人物，认为"所有的历史文本都是文学文本"，因而也都是虚构之物。什么意思呢？他是说，并不存在一个终极意义上的"真实的叙事"。举个例子，拿到一本历史教科书，我们会说，"这是历史"。但是如果从哲学的意义上认真追问一下，那是历史吗？绝对不是。那只是"关于历史的一个叙述"或一个修辞活动。我们只用了有限的两三个或者更多个事件，让它们进入历史叙述之中，它们就变成了历史吗？显然是以偏概全的。

在海登·怀特看来，所有具体的事件，即便其是真实的，但它们在"进入历史叙事"之后，就"变成了一个扩展了的隐喻"。这就是所谓"三人成虎"，李白诗中所说，"曾参岂是杀人者？谗言三及慈母惊"。有人制作一条新闻，里面有三个人，一个是老年人，一个是年轻人，一个是妇女，他们会说，这项活动非常有意义，特别好，"我们都很喜欢"。这是一条新闻，看上去真实的人物，真实的现场。然而如果被采访的是你，你在回答时是否意识到，你的话会被扩展，"变成一个隐喻"，一个不经授权就擅自"代表了他人"的说法？所以，不要随便表态说"我们认为"。谁给你的授权让你说"你们认为"？你要说"我"，不要说"我们"。但是有的人完全意识不到这个边界，他在无意识中就觉得，自己已天然地被授权，不容辩解地可以说"我们"。

0 3 7

这样做是有后果的，有时候会变得非常危险。"文革"时期红卫兵造反，三个红卫兵组成一个战斗队，马上就可以用"人民群众"的名义，来揪斗他们的老师，揪斗一个革命干部，然后对他进行无产阶级专政。谁给了你的这个权力？这一点当时确没有人意识到，现在当然我们会意识到，但并不是所有人，在所有的问题上都会这么想。

革命现代戏《智取威虎山》——我举一个好玩的例子，杨子荣打进威虎山，他冒称自己是土匪胡彪。由徐克执导的新版电影也是一样。杨子荣是一名解放军排长，他扮演成土匪打入威虎山，这一切原本进行得很顺利。但是突然跑来一个土匪栾平，栾平说出一句"他是共军"，杨子荣便置身于危险之中了，怎么办？他必须要扛到底。他用了革命者正义的话语强势，硬是"以假战胜了真"。他是一个"假胡彪"，但是他战胜了"真栾平"。这个时候真和假的意义就全然颠倒了，栾平说的是真话，杨子荣说的是假话，但是杨子荣战胜栾平。他最后不但让土匪都相信他就是胡彪，而且迫使众匪愤然而指斥栾平。座山雕发出了狞笑，让栾平死。杨子荣抓住栾平的衣服领子，在革命现代京剧里面就是"我代表人民处决你"，砰砰两枪。冒牌土匪处决了真正的土匪，杨子荣在这里可以说既是当事人，又是法官，同时还是法警，他代表人民当场执行了对栾平的枪决。这是一个有意思的戏剧故事，但是如果你把它放到法理上来讨论的时候，它就变成了另外一回事。

所有真实的事件，在进入叙事之后可能反而变得"不真实"了。比如我们在描述1848年的欧洲革命时，会出现一个修辞，即"暴风雨的1848年是欧洲历史的转折点"。这是勃兰兑斯在《十九世纪文学主流·流亡文学》开篇的一句话。这句话将一个年份变成了"暴风雨"和"转折点"，这样他接下来所描绘的所有文学事件，也都变成了比喻或者隐喻，为了让我们相信这是暴风雨的一部分的比喻。这表明，它既是一个"关于文学史的叙事"，同时又是一个标准的"文学叙事"，充满了虚构性。

所有的历史叙述，在海登·怀特看来，都是文学叙述，本质上都是一个修辞活动。

再看一下中国古代的历史叙事，你就会认同这个说法。比如司马迁的《史记》，我们通常会认为是史实，史实是什么意思呢，就是真实可靠的、可考的"信史"。但是司马迁的历史叙事中却充满了文学虚构。比如他写到舜的经历，可谓让人揪心，在他的笔下，舜的成长可谓古今中外历史上"第一冤大头"，窦娥的老祖宗。舜是一个那么诚实老实的人，但在他的家里却不受待见，他的父亲瞽叟和他的异母弟弟象，合伙几番加害于他。让他爬上房顶，然后把梯子抽走；让他下地去刨井，然后从上面把他活埋。好在舜存了一个心眼，他挖井时提前挖了一个通道，他弟弟在上面用土把他埋掉，以为他死了，结果爷俩回家一看，舜

039

已经在家里坐着，他们很吃惊。这样的叙事你们相信吗？世界上有这样的爹和兄弟吗？当然可能有，但是不合逻辑。有两个可能：可能合真实但又不合逻辑，合逻辑又不合真实。司马迁从哪儿看到这些材料？我们知道司马老师特别有学问，但是不知道他是从哪儿看到了这些材料。上古时，人们即便纪事也是惜字如金，哪里会有如此详尽的细节，来叙述舜的遭际？所以，唯一的可能就是，他为了凸显舜作为一个十足的仁义之人，作为一个心性仁厚、胸怀宽广的一代圣君，他的人格之高尚，早已准备好下地狱的这种人品，而不惜笔墨捕风捉影，刻意虚构了这些冤情故事。但是我们看了以后又绝对会相信，觉得这是真的，不然怎么符合尧和舜那种圣君的形象呢？

还有"鸿门宴"，司马迁详尽地描述了鸿门宴的格局。项王坐在哪儿，刘邦坐在哪儿，什么表情；樊哙是怎么进来的，吃猪腿的样子，喝酒，为沛公据理力争；然后项庄、项伯、亚父范增，他们每个人微妙的心理活动……反正在场每个人的心理都跃然纸上，就像电影画面一样栩栩如生。请问：司马迁是怎么知道的？那一刻究竟发生了什么他怎么知道？他根据什么复原了这个现场？又没有影像资料，但是没有人怀疑《史记》的真实性。当然，我们知道这是文学，因为司马迁的《史记》真正弘扬了中国"史传"叙事的一个特点，就是创造了"人本主义历史叙事"的范本。人本主义就是以人为本，它分为"本纪""世家""列传"类型和级别不一样的人物，作为叙事单元，都是以人物为本位讲述历史的，而不是像我们如今所熟悉的历史这样，都是围绕时间和事件讲述的，而且都是国家大事、战争或政变，君王或伟人的叙事——是"帝王将相"而没有"才子佳人"。当然《史记》中也有世系、年表这些，但是他是以人物作为核心来讲述的。一旦讲到人物，当然就会有生老病死，就有成败存亡，就有悲欢离合，就有爱恨情愁，他笔下的历史就"人格化"了，最终也就变成了诗。

这就是《三国演义》开篇词里说的："滚滚长江东逝水，浪花淘尽英雄。是非成败转头空。青山依旧在，几度夕阳红。白发渔樵江渚上，惯看秋月春风。一壶浊酒喜相逢。古今多少事，都付笑谈中。"历史一旦被人格化，将人的生命经验投射到历史当中，或是从历史当中提炼出来的是生命经验本身，历史自然就转换成了文学。所以中国古代的"文史不分"是有理由的，在司马迁的《史记》里面确实是文史一体的。

所以，从这个意义上来讲，虚构是一个哲学范畴，或者说从哲学的意义上看，所有的一切叙述都是虚构。"真实"即便存在，也是一个无法呈现的东西，因为它广大无边，一旦被认知和呈现，从哲学上讲，就有了"虚构"的性质。而从文学的角度，就更是如此，在叙事的意义上，"真实"只是一个愿景罢了。

这样我们就为"写作"找到了一个起点，并且为它找到了合法性所在——连历史都是虚构的，何况文学？

## 二 虚构的理解和操作：一个案例

还要把上述命题进一步具体化，放到文学文本中来理解。著名作家格非有一个教科书式的小说，叫作《褐色鸟群》，它就是刻意"用小说来讨论虚构问题"的一个例子。我理解他的想法，就是想在这个小说中给我们解答诸如什么是虚构，如何理解虚构，以及在叙事和细节连缀等具体操作问题上，作者无法不面对的"虚构的处境"，等等。当然类似的小说还有很多，比如马原的《虚构》，小说本身名字就叫"虚构"，有不少先锋作家在作品中都做过这种讨论。

顾名思义，"褐色鸟群"其实就是闪烁不定的状态，用盘旋起伏的鸟群来比喻人的印象与记忆，它们无时不在变动中，似乎很清晰，但又非常不确定，如同梦境一样，是真实的，但又很难以描述。所以《褐色鸟群》所讨论的，便是诸如"记忆如何成为叙述""叙事如何生成为文本""文本能否抵达真实（历史）"之类的问题。他讲的是"历史—记忆—叙述—文本"这种多重的"不对位"的关系。其中谁都无法完全对位地抵达下一站或另一方。而且，没有哪个人的记忆是完全客观的。记忆既难以抵达叙述与文本，同时也难以返回历史与真相。也可以说，每一次对于记忆的唤醒和叙述，都是对于记忆的一次修改。同样一个事情让我们说两遍，就会有出入，何况是两个对立或不相干的人来讲述，什么叫"公说公有理，婆说婆有理"，他们不可能完全再现、呈现一个完全真实的历史。

这是一个典型的"新历史主义的哲学小说"，格非的观点和海登·怀特的观点几乎是一致的，尽管格非写这个小说的时候，海登·怀特的观点还远没有翻译过来。这是很有意思的事，1993年以后，海登·怀特的新历史主义理论才逐渐介绍进来，但是《褐色鸟群》却是发表于《钟山》1988 年第 2 期的作品。

小说里面的叙事人"我"，显然是一个作家，但是"我"的写作是如何诞生的，这是特别有意思的问题。主人公仿佛生活在梦境当中——我确信《褐色鸟群》是写的一个梦，一个遮遮掩掩欲盖弥彰的"春梦"。一开始他说，"眼下，季节这条大船似乎已经搁浅了"，这显然是暗示时间和空间的模糊性，而梦中的景象，正如萨尔瓦多·达利的绘画，时间和空间的坐标是含混的。"我蛰居在一个被人称作'水边'的地域，写一部类似圣约翰预言的小说"。圣约翰预言是《圣经·新约》中的故事，我们不知道作者想干吗，想要说什么。这应该是夏季，一个多梦时节，"我"在写小说，其实是进入了对梦境的讲述。

主人公觉得自己的寓所里来了一个女孩，她来时像熟人造访

043

一样，倒水、聊天。请注意，小说接下来的一个细节，暴露了它的秘密，这位棋在与"我"交谈的时候，"胸脯上像是坠着两个暖袋"，有时候俯下身子，"两个暖暖的袋子就耷拉在我的手背上"。你懂得，这就是"春梦"中的场景了——我说过格非先生一直擅长写春梦，但是他也很狡猾，他把那些敏感的经验，类似曹雪芹写贾宝玉梦游太虚幻境，与侄媳妇秦可卿的"替身"梦交的那种经验，可都藏起来了，而把另外的部分则加以放大或扩展。事实上，这个梦中最关键的地方，恰恰被剔除了。我们只能从局部的细节上去揣测，去"以小人之心度君子之腹"。棋的性感部位缘何没来由地会碰到我的手背，那是因为这是梦，梦中的陌生人会像熟人一样配合做梦者的所有"愿望"，以助其达成。

然后他跟棋聊天，聊到现实当中的一些人，比如聊到李劼。李劼是华东师大的才子，和格非应该是师兄弟。但李劼这个人20世纪90年代跑到美国去了，再没有回来。这个人的批评文字很有才，也写小说，他在小说中几乎嘲讽了他所有的老师和同学，他有一本小说叫《丽娃河》，据说就是以华东师大的校园生活为原型的。此人确乎个性强，有影响，出现在格非的小说中，应该是他刻意的一个"嵌入"安排。但是当棋说到画是一个叫李朴的男孩给她画的，"我"说，李朴是谁我不知道。棋说，李朴是李劼的儿子呀，你居然不知道！实际上李劼那时根本没有儿子，他完全是故意嫁接上去的，临时编造的。"李朴"就是

"离谱"。

这一段表明，叙事当中总会有冗余，或者有延迟、延伸和溢出的部分，所有人的叙述当中都会生长出不真实的部分。

这个长夜怎么度过呢？棋进来的时候身上背着一个东西，像是一个夹子。"我"便问棋，这是一个镜子吗？我们通常认为女孩子是爱美的，带镜子会符合逻辑。但棋展开那个夹子说，这哪里是镜子？打开一看，原来是一个画夹。然后棋说，你给我讲故事吧，不然我们这个长夜怎么度过——各位，在"梦"里肯定不是这么一回事，肯定更私密，但却是难以讲述或不可告人的。格非要让这个故事能够讲下去，可是如何讲下去呢？"我"就开始编。几年前"我"在城里非常无聊，有一天看到一个女人，穿着咖啡色的高跟鞋，走路很优雅，"我"就注意到她，并且在后边跟踪了她。"我"怕她发现，就注意规避。但她的确发现了，当她来到一个小摊面前，好像是卖木梳的，她要买梳子，而"我"就假装在一边看什么东西。此女发现"我"在跟踪她，似乎很紧张，这时候过来一辆公交车，她一下跳了上去，公交车快速驶向远方。那时"我"就顺手找了一辆自行车（这也符合梦境中的情形，梦境的发展通常是无逻辑的），摇摇晃晃去追那公交车，追了很远，追到郊外，看到那女人从公交车上下来，走到了河边，这时候天色暗下来，并没有看到她到底去了哪里。这时"我"往那边追，追的过程中感觉自己走在河边，迎面和一个什么人撞到，似乎把那个人撞到水里去了，但是也没有顾上这事（这又是符合梦境的逻辑，现实中怎么会允许），继续往前追，来到了河边，出来一个看桥的人，举着一盏马灯问"我"，你要做什么？"我"说你有没有看到有一个女人刚从这桥上过去？看桥人对"我"说，这是一个断桥，二十年前就被河水冲垮了，哪里有桥啊。"我"过去看了看，果然没有桥。

小说讲到这里就中断了，中间插上了"现实"中两个人的另一段对话。这里好像还有一句话特别有哲理，当棋问到"我"的一些往事的时候，"我"记不清了。棋说，"你的记忆全让你的小说给毁了"。这句话非常有哲理，我认为写小说的人通常会有这种"职业病"，他会把现实和虚构混为一谈。作为小说家，这当然也是一种禀赋，一种令人羡慕的素质，但作为现实中的人，就有点可怕了。如果找一个最现成的例证，我愿意举作家李洱，我跟李洱见面的时候，这种感觉非常强烈：他就是一个将现实和幻境完全混淆的人。他讲述的时候，永远是亦真亦幻、现编现造的，他的记忆也早已"让他的小说给毁了"——当然，他的记忆也成就了他的小说。

接下来两个人的对话就结束了，棋又要求"我"接着往下讲。"我"便不得不把中断的故事继续接上：后来，"我"在乡下某地一座新建的白楼上，应了"黑鸭出版社"的要求，给他们写一部小说，大概写得很苦，于是经常会注意门前经过的人。突然有一天"我"发现，几年前"我"在城里面追过的那个女人出现了，她现在似乎是嫁人了，和一个男的经常一起走过，那个男人是一个酒鬼，经常喝醉酒。突然有一天，这个女的慌慌张张跑来找"我"，说不好了，我男人淹死了。淹死在哪里？就在不远处的一个粪坑里。应该是农村猪圈一类的场所，下大雨积水把它平掉了，行路人不小心掉进里面。"我"便跟她前去，帮她把男人捞了上来，再把他放到棺材里，就在要把棺材盖儿盖上的时候，"我"发现她的男人嫌热，竟然在里面解扣子。但"我"也装作没看见，直接就将盖子盖上了。

这些显然都是梦境，绝对不可能是现实。

写到这里，作者又耍了很多花腔。棋问后来呢？"我"说后来她就变成我的妻子，但是在新婚之夜，也就是在她三十岁生日的烛光晚会上，她又突发脑出血死了。这个叙述显然有"仓促收尾"的嫌疑，因为第一，这是一个梦境逻辑，第二，作者也确实难以处理"我"与陌生女人的关系。只好这样闪烁其词。要知道，一个男人不可能对着一个敏感女性，讲自己与另一个女性之间的亲密关系，这可是常识。

小说讲到这儿就断了，棋听到她成了"我"的妻子，似乎不高兴，尽管她已经死了。随后棋走了。又过了很久，"我"看到棋再度来到"我"的寓所，还是和上次一样，作为"熟人"在"我"的房间里来回走动，倒水喝。"我"说，棋你怎么这么久没

047

来呢？棋说，我是第一次来啊，我没有来过。"我"说，你这不还背着那个夹子吗，你的画夹。这时女孩把夹子打开，说，你看这是画夹吗，这是个镜子。小说到这儿就结束了。

这是格非讲的故事，他在二十四岁的时候完成的。格非是1964年出生的，1988年他比在座很多人要年轻得多，我觉得格非很了不起，他在二十多岁的时候写了这么一篇小说，到现在都能经得起反复细读和琢磨，让我们不能不佩服。

我们不禁要问：格非在这个叙事中玩弄了这么多花样，他是要说什么呢？在我看来，他是想说，记忆在成为叙事的过程当中会被反复修改，会出来很多虚构，或者说本身就是通过虚构才能成为叙事。这也符合我们每个人的思维逻辑：人在叙述一件事情的时候，同一件事情在两次叙述中，会差别巨大；同一件事情两个人来叙述，也会完全不一样——否则不会有"公说公有理，婆说婆有理"的说法；同一件事情，一个人在讲的时候会不断地出现"增值和冗余"，即会有各种不期然的旁逸斜出。这些情形在《褐色鸟群》里都出现了。

显然，在建立叙事的连缀与绵延关系的时候，写作者有很大的回旋余地，这样讲和那样讲，其实都有可能，但最佳的逻辑与途径总是有限的。一个微小的枝杈都有可能使叙述变得面目全非，此其一。其二，如何弥合叙事间的缝隙，这是非常关键的问题，在该小说中，格非能够将完全说不通的地方"敷衍"过去，这就是一个功夫。文中女子如何既做了"我"的妻子，又死于三十岁生日的烛光晚会？这是值得研究的地方。而且，有缝隙不要紧，只要叙述有足够的黏合力，这种敷衍反而显得很有意味。顺便说一句，格非是这方面的杰出代表，他的小说中总是会出现叙述的缝隙，但每次都能够很好地解决掉这类问题。其三，该篇小说的核心经验在于，格非试图证明，写作是一场梦，有许多不确定性，但又有一点是可以肯定的，就是其叙述完成的"偶然性"与快意。而且，所有的材料在未"黏结成文本"之前，其实都是如同"褐色鸟群"一般，似有实无，或似无实有，只有经过叙述的黏结，才会固定下来，但在阅读过程中对于读者所生成的经验而言，就像作者未生成文本之前的样子，是飘忽的。这也相当于一个"还原"，如下所示：

作者：不确定的材料→确定的文本≈读者：确定的阅读→不确定的感受

该作品因为可以强调并且裸露了这样一个不确定性，从作者的虚构到读者的狐疑，为我们解析了虚构的基本机制。这种"元虚构"（metafiction）策略之所以也叫"暴露虚构"，就是为了引发我们对于虚构的关切、追问与思考。

而且小说中还有一个与博尔赫斯密切相关的关键词"镜

子"，同时还有"画家"，其实与"叙述"或"叙事"也是密切相关的。作者试图告诉我们，通过虚构来完成的叙述，假如要用某个比喻来说明它，那么可以联系到"镜子"或"画家"，这都是类似"认识论问题的隐喻"。镜子可以照出真实的样貌，现代的"照相"庶几近之；画家则用线条和形象来呈现，也是一种虚构，但是他们都指向了对于事物的反映，与语言的叙述同理。那么问题来了，上述形式中何者更为接近"真相"？

这可不一定，这要看我们的诉求是什么，同样要抵达真相，谁更有优势？镜子里的我们无法植入固化到现实之中；一张照片有时候不如一幅油画，或者一幅素描更"真实"和传神，甚至还不如一幅速写，一幅漫画，一幅木刻……那么什么是真实的？这就是一个辩证法了。所以，"叙述的真实"也是同样的道理，格非是想告诉我们，有效的剪裁和跳跃的留白，或许更为重要，所以结论或许就是——

"虚构或许比写实更接近于真相。"


## 三　虚构与叙述中的增值：又一个例子

叙述中的增值，是说在写作的过程中，会出现意外的"跑题"，或者"跑偏"，想必曹雪芹写《红楼梦》的时候也有这问题，不然何来"披阅十载，增删五次"的说法。这说明，虚构本身会不断通过"意外"而建构起新的可能与叙述逻辑。

20世纪60年代文学中有一个特别的例子，很能够说明问题，这就是湖南知青张扬的一部作品《第二次握手》，它有着古今中外至为离奇的诞生过程。据杨健的《文化大革命中的地下文学》一书中记载，张扬在写此书时，历经了长达十四年的艰险和磨难。第一次诞生文本是一个一万字左右的短篇小说，名叫《浪花》，写于1963年。说来这篇小说的起因很有意外之处。当时只有十八九岁的张扬，奉父母之命，要从湖南去天津看望失联多年从未谋面的伯父，该伯父是通过公安部门找到的。当时去天津须途经北京，而张扬的舅舅是中国医科院药物研究所的一位化学家，当张扬临行前想与母亲和姨母询问一下舅舅的情况时，无意间听姨母说到了一个场景：有一次，舅舅家忽然来了一位陌生的女性……就是这句话，深深吸引了张扬的注意力。杨健的《文化大革命中的地下文学》中用了这样具有文学性的笔法①——

我无意中听到姨母对母亲说："姐姐，1954年我在北京，听嫂嫂说起这么一件事……"从姨母和母亲的神情上看，都是第一次谈到这件事。"有一天哥哥下班回来，到书房里换

---

① 杨健：《文化大革命中的地下文学》，朝华出版社1993年版，第308至309页。

051

拖鞋。嫂嫂将做好的饭菜端上桌，推开书房门叫他，见他全身不动，像是凝固了似的，脸冲着窗外……"

我听着，发生了兴趣。

"嫂嫂回身，拉开客厅门，看见外面站着一位女客人……"

客人问我舅舅是否住在这里，舅妈说是，并邀请她进来。但她不肯，只站了一会儿便向外走，舅母跟在后面送她。

女客人在门口站住，沉默了几秒钟，"请问您是他夫人么？"

舅妈茫然："是呀。"

"唉。"客人于是轻叹一声，"你多幸福呀……"说完，转身离去。

舅妈回屋，在餐桌上，她问舅舅，刚才那位女客人是谁？舅舅说："她就是×××呀！"

舅妈恍然大悟："原来是她！唉，你为什么不请她进来呢？"

一件什么事打断了姨母的叙述，她没再往下谈。我脑海中却留下了一个大问号。

后来有人问我，是怎么为这本书构思出如此富有吸引力的开头的？

其实很简单：生活本身就是如此，基本素材一开头便是以极强的悬念形式进入我的感官的。

以上是杨健所著书中的一段原话，这几乎看起来也像是小说家言了。就是这样一个细节，触动了尚未到过北京，也并不了解所谓科学家生活的张扬，在此基础上虚构了一个留美归来的科学家献身国家核物理科学的故事。并且，他还根据上述细节虚构了一个三角爱情关系。第一稿非常简陋，只是一个轮廓，后来他遭到拘讯，原稿也丢失了。1964 年他根据原先的记忆重写，结果这次竟然变成了一个十万字的作品，照现在的说法，已是一个"小长篇"了，取名叫《香山叶正红》。且将原来的悲剧收场，改为了"正能量"的结局，在总理周恩来直接出场亲切关怀之下，女主人公为了祖国的科学事业，毅然留了下来。

但这一稿在流传中亦不慎丢失了。随后，他根据记忆又重写了第三稿，结果在传阅中仍"不知所终"。

"事实上，从 1963 年春写《浪花》至 1970 年写《归来》，并不止四稿，而是至少写过七八次"。后来他这些丢失的手稿大都被公安局找到了，当然也成为他获罪的证据。他先后数次入狱，在颠沛流离中坚持写完了最后一稿《归来》。但 1975 年，他被再次羁押，并最终因为写"反党小说"而被拟判处极刑，罪名有几个：一是"反党"，二是"吹捧臭老九"，三是鼓吹"科学救国"，四是明明知道不能写爱情，却非要写。1976年，关于张扬的起诉书据说已经起草好——在杨健的书中这些都有详细的记录，张扬随时都有可能被枪决，只是阴差阳错延宕下来，幸好10月"四人帮"被粉碎，"文革"结束，他才得以幸存。

张扬的遭际，写这部小说的过程本身，就像是一部情节跌宕起伏的小说——不，比一部小说要曲折、荒诞和离奇得多。现今如果那几个"前文本"还在，可以做一个实验性的出版，供有兴趣的人来研究，应该是很有意思的。

作为历史的悲喜剧或荒诞剧，我们就不去追溯了。今天我们从中要获取的，是关于写作这件事本身的启示，在写作过程中"虚构的奇迹"，因为丢失原稿，而最终却因祸得福由小变大，成就了一部长篇小说。这其中的戏剧性，仿佛是历史故意开了个玩笑。当然，今天看，这部作品并非有多么了不起的思想与艺术价值，相反它甚至还足够"俗套"，这自是另外一个问题了。我们要说的是，这部作品的产生过程会在"写作"上给我们哪些启示。

首先，源于某个细节和场景的触发，而产生的虚构冲动与逻辑，这个是写作中至关重要的缘起和动力。当初姨母所叙述的那个场景，对于张扬来说，已然是一个火花，它迅速地点燃了张扬的思绪，使之脱离了原有的因果链条，而在其想象中生成了新的故事。并且在整个写作过程中，它还一直起着隐秘的支配作用——它生发出了小说中最关键的三角关系：从国外冲破重重阻挠，回到祖国怀抱的女科学家"丁洁琼"，（或许作者无意中从钱学森、钱三强等原型那里移植了若干影子，将之改造成为女性。）因为一直深爱着她的恋人，也是曾经的救命恩人苏冠兰，故而一直苦苦等待和寻觅；而苏冠兰在内心中，也一直守候着他与丁洁琼的誓言，无奈动荡之中苦等多年却无消息，后不得已才娶了父亲挚友的女儿叶玉菡为妻；而叶玉菡也是一个优秀的知识分子，且曾在一次事故中也救过苏冠兰之命。在这样一个三角关系中，几乎所有人都背上了道德的负累或标签，并以此增加了人物之间情感的复杂性与合法性。

其次，在构造上述人物关系时，小说不免要采用许多"无巧不成书"的老套。比如，齐鲁大学的学生苏冠兰偶然在暑假到江南游学，在长江里救起了溺水的丁洁琼，英雄救美，这样的套路在才子佳人小说中是数不胜数的，甚至我们从中也不难看出其与《青春之歌》一类小说的脱胎关系，能够看到《青春之歌》中余永泽从大海边救出暴风雨中的林道静一节的影子。这些过度的巧合在叙述中变得合理，并且成为后来故事的起始逻辑。这表明，即使是一部很俗的小说，用非常老旧的方式也已然可以敷衍成篇，甚至造成重大的影响。

再次，历史会赋予某个文本以"命运"。类似《第二次握手》这样的小说，在任何时代都上不得大的台面，因为从潜结构

055

的角度看，它和《林海雪原》《铁道游击队》等小说一样，不需要很高的艺术素养，单凭传统叙事中留存下来的某些"无意识构造"，就足以支撑作者将它写下来。而且更为不幸或幸运的是，作者在特殊的年月里遭受巨大的冤屈和磨难，这些都成为他日后作品产生巨大影响的铺垫。经由历史的翻覆，这个本来非常俗套的故事，反而获得了历史所投射出的许多"溢出性的意义"，比如政治上对于"四人帮"的极左路线的反对，对于科学和知识分子的关注，对于国家重大成就（如两弹成功）的文学描写，甚至对于纯真爱情的礼赞……这些都被历史赋予了特殊的政治意涵，这都是其作为一个偶然性的文学叙事，所携带的某些必然的意义投射。

## 四　以"寓言"赋予虚构意义：一个伟大的例子

既然虚构有如此多的情形，那么又如何使这些虚构获得意义呢？这就需要"炼意"，即从故事中提炼出有价值的意义。不甘平庸的写作都会追求意义，而一旦故事有了特别精妙的意义，那么也就意味着这叙述已变成了一个载力强大的"寓言"。也就是说，要想使自己的叙事成功地承载更多意义，必须认真将故事的潜力提炼至最大。

接下来我要讲的这篇小说，就是一个赋予其故事以巨大意义的范例。这篇小说的名字叫作《智利地震》，是由德国作家海因里希·冯·克莱斯特所作。克莱斯特生于 1777 年，死于 1811 年，只活了三十四岁，一生短促而不幸，死后很久才获得承认。克莱斯特与许多德国作家和诗人一样，有非同寻常的哲人式思维与气质。他留存的作品并不多，但是 20 世纪中叶的另一位德语作家茨威格，却把他和尼采、荷尔德林并列，将他们三位称为具有精神现象学意义的作家，是"与魔鬼作斗争的人"①，他们是疯子，有巨大的内心黑暗，但也是优秀的哲人和了不起的作家。

《智利地震》和作者的个人经验没有任何关系，所以我才说它是"虚构的范例"。我当然不是不设前提地反对个人经验，事实上，即使你讲的是"别人的故事"，归根结底也还是你自己的故事，因为即便是别人的经验，实质也是自身经验的投射——如拉康所说，他人不过都是自我的镜子。也即是说，在别人的故事中，映照出的其实还是自己那张脸。所以，主动和自觉地写别人的故事很重要，它意味着你的故事因此会更具有超出自我的可能，具有了更多的"他者性"，因而也就具有了更多的公共性。

克莱斯特所叙述的这场地震发生在 1647 年的智利，将近一

---

① 参见斯蒂芬·茨威格：《与魔鬼作斗争：荷尔德林、克莱斯特、尼采》，西苑出版社 1998 年版。

个半世纪之后他才出生，在他短暂的人生经历中，也未曾去过南美的智利，所以关于这场地震肯定是毫无经验的，但他依据万里之外这一实有其事的事件，虚构出了两个人物的命运，并且取得了震撼人心的叙述效果。所以我认为，这是一篇关于如何学习虚构的"教科书式的小说"。

如何让虚构的故事成立，必要的前提是它在逻辑上必须成立。每天、每时、每刻都会有生老病死和爱恨情仇，但发生在大地震到来的一刻中的爱恨生死，却有了非同一般的意义。

首先，这对年轻人的爱情是老套的，"穷小子爱上了富家女"，这在古往今来的小说中最为常见，会改装为各种形式，但骨子里却永不会改变。弗洛伊德将这样的故事视为"白日梦"式的故事[①]。来自西班牙的青年叫作赫罗尼莫·鲁赫拉，他在给圣地亚哥的有钱人唐·恩里克·阿斯特隆做家庭教师的时候，与其女儿唐娜·何赛法发生了爱情。阿斯特隆认为这样门不当户不对的情感是不能容忍的，于是就把青年人开除了，把女儿也送进了修道院，以此来断绝他们的关系。但没有想到，这一对年轻人还是侥幸联系上了，并且在一个静谧的夜晚得以幽会，"把修道院的花园变成了享受极度幸福的乐园"，言下之意，他们发生了身

---

[①]　弗洛伊德：《作家与白日梦》，其中提到类似一个职员幻想老板的女儿会爱上他的现象，见《论文学与艺术》，常宏等译，国际文化出版公司 2001 年版，第 103 页。

体关系。就在这一次幽会之后，何赛法居然怀孕了。当有一天女主人公的肚子再也瞒不住修道院，危机来了，孩子在圣体节这一天的诵经活动中生了下来，全城哗然。依照当时教会的规则，何赛法是公然亵渎神灵，须遭火刑惩处，但由于院长嬷嬷的疼爱，改为斩首。

就在行刑这一天，全城万人空巷都来围观——这是工业革命时期南美的情形，相信也曾是中世纪欧洲的情形，20世纪初鲁迅笔下中国的情形。一场狂欢的刑罚就要来临。此时同样身陷囹圄的赫罗尼莫无法自救，也无法救其情人，只能在绝望中试图悬梁自尽。就在他将绳子套上脖颈，行将就死的一刻，忽然间天崩地裂，大地震来袭，摧毁了圣地亚哥的城市。自然的灾难反而使他免于一死，本来社会要消灭违法的人，但自然却摧毁了社会。这就是人与自然的戏剧性悖反。

真正的作家是从这里开始写作的。记述那些"真实的场景"有没有用呢？是有的，但必须为这样的时刻作铺垫。从这一刻开始，真正的冲突才得以出现。自然法则与社会秩序、公共伦理与个体生命、教会意志与人性本然之间的冲突终于展开，这才是属于文学的领地和使命。

被地震解救了的赫罗尼莫穿越大片的废墟，来寻找他可能存活的爱人，他在极度的疲惫和绝望中凭着本能寻找着，在一片云蒸霞蔚的山谷里、溪水旁，居然找到了他的何赛法和她怀抱中的孩子！他们仿佛重回伊甸园的亚当和夏娃，享受了世间最美好的一夜。请注意，作者在这儿为我们插入了一个具有宗教意义的命题：人类究竟是从何时失去了乐园？看起来我们拥有了完备的社会秩序，有了保护大多数人的法律，还有为绝大多数人尊崇或迷信的道德，但这一切与人性的本初，与那些自然的欲念比起来，何者更为真实和美好？一旦这些作为庞然大物的社会秩序被摧垮，人类反而会有"重返伊甸园"的体验，这不是一个奇怪的自然与社会的双重辩证法吗？

他们还从废墟中看见了教会的、修道院的、市政厅的，那些刚刚宣布他们有罪的人的尸体，"总督的宫殿也已倒塌，曾经审判过她的法院正在燃烧，她父亲的住宅所在的地方变成了一个湖泊，沸腾着红色的蒸气"。一切在瞬间都被反转了。作者故意强调了这些对照式的景观，目的就是要凸显"重返伊甸园"的可能。

接下来是一对恋人和他们的孩子，在幸福中谋划着如何继续他们的"劫后余生"，他们打算回到西班牙，那里已没有圣地亚哥这种严刑峻法，他们可以开始全新的生活。

然而，接下来，刚刚被毁坏的秩序开始恢复了，人群重新开始聚集，他们遇见了城防司令的儿子，善良英俊的唐·费尔南多一家，他建议他们回到那一群人中间，而他们自然已忘记了刚刚经历的一切，觉得整个世界已经另起炉灶了，于是很愉快地接受了建议。当然，这些人是善良的，灾难中人性的闪光就在此时，也正像作者忍不住所感慨的："正是在这悲惨的瞬间，人类的所有物质财产遭到毁灭，整个自然界险些儿全部沉沦，而人类的博爱精神却像一朵美丽的鲜花，开放出来。"他们互相帮助，抱团取暖，并传递着人间的各种消息，比如哪里有人抢劫偷窃，遭到了惩处，哪里有人被冤枉，也惨遭杀戮，等等。人间的一切悲喜剧又开始上演了。

随后，转折性的时刻来到了，有人说，地震中唯一幸存的圣多米尼克大教堂准备召集地震后的第一次弥撒，来征求大家的意见。请注意，这表明了秩序的力量，社会固有的统治力正在回来，道德与善的功能也在恢复。所有人都忘记了危险，包括此刻正充满了感恩情绪的赫罗尼莫和何赛法，都决定参加祈祷。

人们像潮水一样地向城市中心涌去。路上他们难免有种种疑虑和担心，但无论如何还是随着人群来到了教堂的广场。克莱斯特浓墨重彩地为我们描绘了弥撒的现场：

> 庄严的典礼从讲道开始，年龄最大的唱诗班神甫当中的一个穿着节日的法衣，站在讲台上谆谆训诫。他举起颤抖的、被法衣裹着的双手，高高地伸向天空，对于人们还能在世界上这块变成废墟的地方向天主喃喃祈祷，表示对神明的颂扬、赞美和感恩。他描述了因全能的天主的示意所发生的

事情：末日审判也不可能比它更加可怕；当他说到昨天的地震时，用手指着教堂的一道裂缝，说这仅仅是末日审判的预兆，整个会场里的听众都产生一阵毛发悚然的感觉。他接着以神甫惯有的口才，口若悬河、滔滔不绝地谈到这个城市道德沦丧，伤风败俗；他攻击了一些即使在索多姆和戈莫拉也不会发生的严重罪行。他说这个城市所以没有从地面上完全消灭，只是由于天主无比宽厚，慈悲为怀。赫罗尼莫与何赛法这两个不幸的人，听了这些说教已觉心肝皆摧，神甫却接着详细地叙述了发生在卡美尔派修道院花园里的罪恶行为，这些话就像尖刀一样刺透了他们已经碎裂的心窝。神甫继续说道，这样的恶行，居然在世上有人姑息，这简直是亵渎天主，他用尽了诅咒的言词，指出了犯罪者的名字，并要求把他们的灵魂交给地狱里的魔王！

请注意，弥撒的过程很快转移了方向，感恩和原罪情绪的抒放，很快戏剧性地变成了把上天的降罪安在何赛法和赫罗尼莫身上。这意味着他们刚刚被自然释放的身体，又将重新被关禁于人间的桎梏之中，而这些听上去冠冕堂皇的理由是如此荒谬。

但是"群众即群氓"的定律再一次彰显，所有人的怒火开始找到一个发泄口，这就是教会的伪善和世俗世界无耻的甩锅逻辑。于是悲剧重新开始上演：有人已经认出了这对犯有罪孽的恋人，高声叫道，"圣地亚哥的公民们，你们快躲远点，亵渎上帝的人就站在这里！"听闻此言，刚刚还是上帝子民的善良的人群，顷刻间变成"专制的暴民"，他们怒吼着，凶残地拥了过来，我们的主人公瞬间已处于洪水般的危险之中。这时，善良的费尔南多和他的妻妹一直试图在保护他们，包括准备牺牲自己的儿子而保护他们的孩子。但关键时刻，赫罗尼莫还是不想连累别人，他勇敢地站了出来，把人群的愤怒引向自己。

人性中的勇敢和至善，与人性中的黑暗与暴力，都在此刻显现得淋漓尽致。这是真正在文学的意义上惊心动魄的时刻，伟大作家会用文字来创造这样的时刻，更必定不会浪费这样的时刻。机智的费尔南多用他的剑和胆气镇住了暴民，正要带着两个孩子、他的妻妹和一对可怜的人逃出苦海，但却无法阻止另一个恶魔——赫罗尼莫的父亲，他突然从人群中跳出来，大喊他就是赫罗尼莫的生身父亲，接着一棒将亲生儿子打死，人群重新像潮水一样涌过来。费尔南多的妻妹康斯坦彻也被暴民打死，何赛法眼看保护自己的人也惨遭荼毒，便把孩子交给了费尔南多，然后自动跳到那群凶手中间，希望以她的死来结束这一场争斗，接着那位挑起事端的鞋匠佩德里约举起了大头棒，一棒将她打死，鲜血溅了他一身。这个疯狂的刽子手还觉得不过瘾，还要叫嚷着杀掉何赛法的孩子。

克莱斯特在这里塑造了一个叫作佩德里约的鞋匠，这应该说

063

是一个小人物，甚至用今天的话说，是一个底层劳动者，为什么在这样一个小人物身上竟然有着如此凶残而平庸的恶呢？值得我们思考。所谓善与恶，在克莱斯特这里是同在和并生的。对这些暴民来说，他们丝毫也没有意识到自己是杀人凶手，他们还以为自己是正义和道德的捍卫者呢，他们之所以如此有恃无恐，无非认为自己是主和秩序的代表。而这正是值得我们深思的。佩德里约作为一个小市民，其身上恰恰注入了克莱斯特的看法，那就是以善的名义行恶与以弱小的身份施暴，是更具有欺骗性和需要戳破的，这就是伟大的文学认知。

此时的抗争就变得尤为悲壮，这位费尔南多是凭着朴素的观念，即他相信赫罗尼莫和何赛法的人性是善良的，他们的爱是美好和值得同情的，二是他必须坚守信义，既然带他们来参加弥撒，就有责任保护他们。然而面对这无边庸众所化为的暴民，他一个人的力量又显得微不足道。这时的他也开始了杀戮——

唐·费尔南多，这位天神般的英雄，现在背靠着教堂站着；他的左手抱着两个孩子，右手握着宝剑。一剑砍下，寒光所至就有一个人倒在地上；一头狮子也不可能比他防卫得更好。已经有七个嗜血成性的人死在他的面前。这群魔鬼般的暴徒的头目自己也受了伤。但是，佩德里约师傅不肯罢休，直到他从唐·费尔南多的怀中抱过一个孩子，抓住孩子的脚在空中旋转，然后把他在教堂柱子的一个棱角上摔得粉身碎骨方才住手。这时广场上鸦雀无声，所有的人都纷纷离去。

作恶者终于在达到了目的之后变得茫然，费尔南多终于得以脱身。被摔死的孩子不是赫罗尼莫和何赛法的孩子，而是费尔南多自己的儿子小胡安，而小胡安的死，使得何赛法和赫罗尼莫的儿子小菲利普得以幸存下来。费尔南多为了不至于伤害自己伤病中的妻子，开始向她隐瞒了这一事件，但不久妻子知晓了原委，在痛哭一场之后，也原谅了自己的丈夫。这意味着，创伤终将过去，费尔南多和他善良的妻子，将养育那个劫后余生的孩子长大，延续这世界上至为美好的部分和人性中至善的部分。

至此小说结束。

让我们再来盘点一下这篇小说中丰富的寓意。除了前文中所提到的，我们或许还可以注意这样一些有意味的点。

一是充当道德和法律替身的庸众，他们以天父的名义，自动授权来谴责并且惩罚一对恋人的过失。这其中有深刻的集体无意识，应了某个有意思的说法——"人们总是喜欢在前半生通奸，在后半生捉奸"；或者换一个说法，"多少人都是一边在自己偷欢，一边又要享受捉奸他人的狂欢"。世间向来最热闹的，便是作为"法"与禁忌的维护者的多数，对于少数违反者的惩罚或者

065

施暴的游戏。这种事情在某些时候还会演变为常态，像在余华的《许三观卖血记》和《兄弟》中，我们会看到"红袖章"们的行为，与此小说中的暴民，可谓庶几近之。

二是"告密"。告密行为也是人类的一个致命缺陷，自犹大出卖耶稣就开始了，但那毕竟是不赦之罪的，而日常中的告密算不算平庸之恶呢？"老贵族阿斯特隆已经非常明确地警告过女儿，不准她再同赫罗尼莫·鲁赫拉有任何来往；但是，阿斯特隆的骄傲的儿子不怀好意，暗中窥伺，向父亲告发了这对情侣的一次秘密约会。"这是兄妹之间的告密，还有鞋匠佩德里约当众揭发赫罗尼莫与何赛法的身份，也属于告密。没有这些平庸之恶，就不会有一对恋人的悲剧。而且在面对狂热的暴民之时，这已不再是平庸之恶，而是穷凶极恶了。如赫罗尼莫的父亲，还以"为民除害"的名义亲手杀死了自己的儿子，这是何等冷酷而嗜血的凶残之举。

三是善与恶的界限，在作者看来是如此清晰而又模糊，他们很容易彼此混淆，走向其反面。那些参加弥撒的群众，看似是向善的，确实本来也如此。但当他们将无端的愤怒指向一对超越了礼数的恋人时，向善就变成了作恶，维护教义就变成了违反基本人性。宗教本来是叫人向善的，但此刻却生生变成了恶。我们知道，欧洲在新教改革以后，基督教和世俗生活之间已不再有尖锐的冲突，但并不是一下子进步到今天。这其中还有充满血泪的一个过程。而且这样的情况，在现今也并非完全消失，在我们的社会生活中，它们适时还有可能重演，这并不是天方夜谭。

在得知修女何赛法当众生下了孩子，并被判处斩首之刑时，"圣地亚哥的太太小姐们对此还表示了极大的愤慨"。各位有没有注意到这话语里的反讽意味，我们每个人经常会痛恨不道德的行为，但文学却不能以这样的态度来处理。《圣经》曾记载，耶稣某天经过法利赛人的地方，看到人群正用石块击打一个妓女，他们在羞辱这个女人，耶稣就过去说，你们当中有谁是没有罪的，现在可以用石块打她，结果所有人闻此言都默然离开了。承认人性当中的罪孽，并且和自己挂钩，把自己摆进去——现在不是主张要"把自己摆进去"吗，我们把自己摆进去，就会有更正确的道德观，不要认为道德都是约束别人的。

第四，还有有意思的一点，这是否也属于人性深处的秘密？即一旦有巨大的灾难颠覆了世俗价值的尺度，人性反而会得以升华或救赎。在小说中我们看到，大地震后人们开始无私地互助，人性中美好的东西顿时得以绽放。而 2008 年的汶川地震也是这样，我相信在大地震的那一刻，哪怕是一个恶人，在面对无可抗拒的自然之力时，也可能会闪现出人性之光，也可能会流下眼泪，可能会有救人或捐助的冲动。可一旦社会秩序恢复之后，人性所有的恶又都会重新恢复。这难道不奇怪吗？究竟是什么力量，会使得自私的人性在灾难面前发生改变？伊甸园的原型与此

067

又有何种关系，为什么大地震后的赫罗尼莫与何赛法仿佛回到了伊甸园，而当社会功能一旦回来之时，这刚刚复得的乐园又重新丧失？

最后还有一点，就是灾难叙事的伦理问题，这也可以看作是克莱斯特给我们的启示。前不久阿来写了一篇小说《云中记》，大家可以研究一下。这部作品写了一个巫师，政府在汶川地震之后把所有灾民迁了出来，修建了集中居住的居民点。这等于说现代文明、社会、政府，依靠现代性的力量，帮所有的灾民完成了震后的重建和生存的安置。这无疑是符合社会公共伦理的，但是对于很多人来说，他的记忆、家园，他原来的伦理亲情，也统统随着居住方式的改变而终结了。这时候巫师自动要求返回他原来的村庄，那个村庄早已夷为平地，他回去以后只能和所有的鬼魂交流。这大概就是文学的处理方式了，他回去完成了一次精神上的交接、祭奠。这位巫师显然不是现代性的存在，他肩负的乃是行将消亡的传统的使命，尽管他也有现代的社会角色，但巫师这个角色则变得更重要，他知道单是靠理性和政治、科技重建的城市是不够的，如何医治和消除巨大的精神创伤，完成在精神上的祭奠，在文明意义上的安放，这是巫师的使命。这样的小说很难写，但我相信阿来的处理是文学的处理，写得怎么样，肯定见仁见智，但至少我相信阿来是一个有精神高度和伦理自觉的作家，他不愿意用常用的方式去处理。这就是克莱斯特式的处理，也是一切真正的文学作品的处理方式。

　　问题还会有很多，而一部短篇小说，就包含了这么多的思想和命题，而且把生死与善恶、是非与得失、苦难与幸福、真实与虚伪等一切原始和根本的命题，几乎都涵纳其中了，不能不令人感慨和深思。

# III

虚构写作

十讲·之三

# 如何将现实经验升华为精神性命题

很多时候，人的想象力赶不上现实，尤其是在变动不居的时代。为什么这些年忽然兴起了"非虚构"？因为"虚构"几乎赶不上现实更有传奇性。早在世纪之交时，人们喜欢说，读小说尚不如读《南方周末》。这让我想起老巴尔扎克，他在《人间喜剧》前言中所说的，"偶然才是最伟大的小说家"。这当然都是"在某种意义上说"，并非所有"偶然"都赛过小说家的创造。

但问题在于，现实和偶然，在什么样的情况下才会产生出意义？它们是在进入合适的叙述之后，才会产生出"大于它自身"的意义，即类似海登·怀特所说的，"一个扩展了的隐喻"的效果，这时它们才会得其所哉。

许多年前，人们曾强调"现实"的重要性，且以"现实主义"为圭臬，但是却常常创作出平庸或虚假的作品。平庸，是因

073

为他们不懂得从现实中升华出意义；虚假，则是因为他们往往以某种观念，来强行扭曲或挟制"现实"。所以，那些关于现实的叙述，都是不足取的。

所以，什么样的"现实"才能变成有意义且有意思的现实？那就是经过"升华"的叙述。那么怎样才算是升华呢？就是使之由一般性的现实材料，变成"关于现实的寓言"，或是"精神性的命题"。

为了避免单纯的理论化的讨论，我将借助几个文本的例证，来说明这一处置的过程。

## 一 去往灵魂处境的现实

在写作中，展示现实的状况不如探究灵魂的处境，这是写作的关键所在。如果只考虑人物的社会现实境遇，而不能深及灵魂，那么这种表现和处理就是简单和缺少力量的。文学作为"人学"，首先是指作为精神和心理意义上的人学，而不只是社会学和现实意义上的人学。而灵魂意义上的人学又如何建立，这里有一个很好的例子，便是俄罗斯作家安德烈耶夫的小说《贼》。

古往今来写贼的作品，实在是太多了，中国古代的历史小说与侠义小说中，最常见的主题就是正统与邪恶、英雄（君子）与盗贼的对立。《三国演义》《水浒传》《七侠五义》等，都是这类作品的典范，甚至"二十四史"中也有太多这样的例证。在世界其他国家的文学传统中也一样，从阿拉伯世界的《一千零一夜》，到大仲马的《侠盗罗宾汉》，到莱蒙托夫的《海盗》，再到北欧的各种同类传奇，盗贼故事可谓精彩纷呈。但是，所有这些都未曾完成"现代性的改造"，因为它们几乎都被伦理化或传奇化了，因而未曾深入人物的内心世界，并变成一个现代意义上的"灵魂故事"。而安德烈耶夫做到了。

如何写一个贼的内心，发现其灵魂？这是有难度的。因为每个正派的人自然都不是"贼"，所以难以描述出一个贼的经验世界。然而，每一个人或许都曾有过"贼心"，所以只有写出这贼心，这种写作才有价值。从社会学和政治学的意义上，问题或许会简单些——但也不那么简单，比如曹操会被很多人认为"名为汉相，实为汉贼"，所有号称正统者消灭他人，也都声称是"杀贼"。但曹操自己却不这么看，他认为倘若他不称王，天下又不知有几人会称王称霸，那天下就会有更多战乱，生灵百姓就会有更多涂炭，所以他认为自己才是"奉诏讨贼"。但这个问题一旦成为伦理命题，便显得有些表面化或简单化了。

所以，还须将贼的命题还原为一个人性命题。在动物界或最早的人类社会中，觊觎他人利益和财物的行为，是普遍存在的。一只狮子在独享猎物的时候，鬣狗和秃鹫便在不远处觊觎，伺机

075

夺取一二。人类也不例外，从原始时期就会传下来这种抢夺偷窃他人之物的本能冲动，至后来，虽然日益被压抑和变得隐秘，但在人性中会一直存在。所谓"窃钩者诛，窃国者侯"的说法，便是指"贼"的普遍存在，以及看似南辕北辙的不同表现形式。这不但反映了人类社会的复杂性，更喻指了人的精神世界，乃至于文化和文明的复杂性。

所以我认为，这有可能也是一个"精神现象学"的问题。即便我们不曾偷窃别人的财物，难道我们没有"窥探"过别人的世界，没有"在潜意识里做过贼"吗？这也是一种拷问。为什么人们在某种情况下都会"心惊"——当有人说"有贼"，或"丢了东西"的时候，我们都会不由自主地生出恐惧的自问，乃至于错乱感，难道是在说我吗？

显然，基督教文化背景中的人，对此问题会更敏感。因为他们是有"原罪"文化的，他们对自我的罪感会有更多认识。这种情结在我们这里要稀薄得多，但再稀薄也并非没有。

安德烈耶夫是鲁迅推崇的一个作家，鲁迅在很多文章中都曾提到他。他的小说《贼》，我以为可以作为"人学"主题的教科书。作为一个短篇，它确实显得有点冗长，甚至可以说有点沉闷，但它实在是太具有道德或者人性深度了。

大概梳理一下该小说的内容，他写的是一个叫作费德尔·尤拉索夫的贼的故事①。"尤拉索夫"在俄文里可能是"蠢货"，或是"笨蛋""恶棍"的意思，反正不是一个好名字。作为一个人渣，尤拉索夫因多次偷盗而入狱，已经成为一个积习难改的惯犯。现在，他刚刚蹲了几年监狱，在获释之初，忽然产生了重新做人的想法。

基于这一想法，他决定给自己一个新的定位，所以他给自己取了一个化名，一个具有"德国意味"的名字——瓦利切·盖利赫。瓦利切·盖利赫试图给自己的里里外外，来一个彻头彻尾的易容术，在其内心世界里也置换成一个德国人，一个正派的、体面的、有钱和有尊严的人。因为尤拉索夫偶然得到了一笔钱，这笔钱是他从前相好的一个妓女给的，刚刚出狱的他，也渴望女人，于是他决定坐火车到另一个城市去看望她。现在他想，自己是一个有正派人身份，甚至也是一个有情感归属的新人了。

我曾为这篇小说写过一个短文，题目叫作《论贼的道德处境》。我所讨论的是"贼的痛苦"，缘于道德的自我惩罚而产生的灵魂冲突。中国人一般绝少考虑这类问题，我们通常会因为贼"讲义气"，或是夺了江山，而给予一个合法化的评价，前者如赤发鬼刘唐一类的梁山好汉，后者例子就更多了，不举。但有东

---

① 引自《世界短篇小说经典·俄苏卷》，刘文飞选编，陆夂年、张业民译，春风文艺出版社1994年版，第252页。

正教背景的主人公尤拉索夫就不一样了，在他的"贼性"和"人性"之间，有一个巨大的灰色地带，所以产生了心灵的斗争。安德烈耶夫在这个问题上，给了我们一个奇妙且富有哲学与道德内涵的回答，他写出了贼身上神奇而真实的、残酷而充满精神震撼的自我斗争。贼也会有良知发现，也会有做正派人的冲动，然而他又不幸保有了"贼的下意识的职业反应症"，在某个时候，他的脑袋是一个正派的脑袋，但他的手却仍然是贼的手。

《天下无贼》的电影之所以拍得不错，应该跟这种深度的心理反应有关系。其中的两个良心发现产生了道德反转的贼，似乎也是在"罪与罚"的意义上有了反思，所以他们产生了保护一个弱者、穷人和傻子的冲动。但这时，他们似乎又陷入了一个"劫富济贫"的老套路，叙事从而又被"传奇化"了，冲淡了其应有的灵魂震动。而电影中的"黎叔"，则代表了"贼性"中更为顽固的倾向，他的心狠手辣和"人心散了，队伍不好带"之类的幽默，似乎也生发出很强的社会讽喻意味。但话又说回来，他只是反衬了另外两个"义贼"的道德化意义。

在安德烈耶夫笔下，主人公所面对的是一场"灵魂的发现和肉体的毁灭"之旅。因一个下意识的冲动，毁了一场原本可能非常愉快甚至浪漫的旅行。尤拉索夫憧憬着他那一刻的远方，不但重获自由，马上还要与多年未见的老情人厮会，心情当然很不错。带着虚幻的体面感——他努力让自己变成德国人瓦利切·盖利赫，希望彻底变身为受尊重的人。这个预设的身份在他脑海里非常强烈，他想象这次旅行会像小鸟翱翔于天空一样，完全与过去的身份绝缘。然而，就在他即将上车的一刻，他还是抑制不住本能的贼性，顺手牵羊地偷了一位老者的钱包。一切似乎进行得很顺利，钱很容易就到了手了，他到了厕所把钱包扔掉，把钱取了出来，一瞬间他有些得意，但马上他就意识到，这是一个危险的错误，他让自己踏上了一场错误的旅行。

刚刚获得的一切，一下子变得虚无缥缈起来，这使旅行变得不再安宁和愉快。

尤拉索夫又回来了，瓦利切·盖利赫不见了。

他身上难以抑制的贼性，和他对体面人身份的渴望之间，产生了难以调和的冲突。并且，这种不安立刻转换成为一种内心的痛苦。他变得敏感和脆弱起来，本来他可以无视周围人对他的态度，但此刻他却非常在意车厢里人的反应，而稍后在面对警察的搜捕时，又更加变得惊慌失措。

这当然是作者的安排。本来，作为一个老牌的贼，他应该非常老练、不动声色和泰然自若地躲过警察的搜捕，但内心的紧张却使他完全失了方寸。尤拉索夫穿过了二等座的车厢，试图在这里找到中产阶级的体面感，但很快他发现自己受到了鄙视，便慌忙离开了那里，在混乱而拥挤的三等车厢里，他终于发现自己已无处躲藏。

079

在这里，我们的安德烈耶夫差不多塑造了一个哈姆雷特式的人物：内心敏感脆弱，充满了自我悖反的斗争，也像是契诃夫笔下的那种"别里科夫式"的灵魂挣扎着的小人物。本来是可以溜之大吉的，可此刻他却准备拿下自己。这是最令人费解的。也正因为如此，这篇小说变得复杂起来，变得不再是一篇道德主题的作品。

贼陷入了人格的危机和道德的审判，而且他还要以逐渐加重的幻觉，不断反复的自我掩盖和自我揭露的思想斗争的形式，来加重这一危机。这个人如果不折磨自己，只是单纯地逃脱警察搜捕，他只要有钢铁般的神经就好了，但是他偏巧是一个特别敏感的家伙。因而他自己崩溃了。

真正的文学性和教益性正是来自这里。不但小说家的思想影响了人物，而且人物自己也演绎了他的命运，使这个死亡变得必然和有意义，变成了一个人"灵魂发现和肉体毁灭的统一"。当然，该贼灵魂中的自我发现和"自我偷换"，并不是意味着他真的想"变成"一个好人，而是他突然出现了人格中的矛盾，他的人格当中有一个"奇怪的超我"，一个叫作瓦利切·盖利赫的飞来之物，一个虚幻的自我假象，这个因虚幻而懦弱，又因需求而强烈的超我角色，与他的"贼性的本我"之间展开了激烈的斗争，而这让他的"自我"陷入了特别巨大的恐惧、恐慌、痛苦和焦灼之中。

所以他最后试图爬到车顶上去，因为车厢里已经不能待了，他觉得所有人都发现他是一个贼，他因此想从车厢的出口处爬上去，逃避人们的目光。但这时候他失手掉下了铁轨——摔死了。其实在我理解，他有可能就是下意识的一个动作，他"故意失手"，实际上也就是自杀了。

这篇小说非常有戏剧性的逻辑，同时又出人意料。小说家在完成戏剧性叙述的同时，也升华了小说中人物的道德处境，实现了对读者心灵的深层冲击。在这个过程中值得佩服的，还有人物的整个心理过程的复杂繁难，以及和现实之间界限的含混与消失。到底是发生在内心世界的景象，还是现实之中的景象？比如警察的步步逼近，周围人的目光，这其实也都可以理解为他自己的幻觉，但是这个幻觉和现实的情境完全统一了起来。

中间部分有关尤拉索夫被捕的恐惧，以及想象，可以说写得亦真亦幻。因为他已三次被抓，三次坐牢，他可不想再去坐牢，坐牢的痛苦对他来说太深刻了，自由还没享受到一天，就因为旧病复发而失去，这犹如一场噩梦。他想这是在梦中吗？我怎么会干出这种傻事，哪怕我享受一段时间的自由也好。小说写了他对自己的道德宽解和精神折磨，一会儿原谅自己，一会儿又自我折磨，这是一个有着"知识分子式的心灵"的贼，一个有着"多余人"灵魂的下等人。小说写他最后通向死亡深渊的心理过程，十分细腻自然，富有感染和说服力。

081

由此我们可以说，在终极的意义上，文学永远不是可以看得见的现实，而应该是难以言喻的精神现象。

这样的悲剧在我们这个民族这里似乎不大可能发生，因为罪与罚、作恶与忏悔这样的思维习惯和道德命题，通常不会那么强烈地困扰一个中国人，在我们这里，道德命题的显现，常常是以外力介入的形式出现的，即作恶的人遭到了报应，而作恶者很少主动对自己予以道德追问，更谈何谴责。历史上有太多这样的小说，善恶是有报应的，但是恶人永远不会良心发现，更不会充满精神痛苦。我们总是用外部的社会伦理，甚至简单的道德对立去处理这类问题，而不会把它内化为一种自我的冲突。

任何好的小说其实都可以看作是一篇寓言，庄子说"寓言以广"，大意是说，寓言性的叙述总是有很宽阔的拟喻性，对安德烈耶夫的《贼》而言，这个寓言的拟喻性不但宽阔，而且幽深，堪称一个精神的寓言。贼性的习惯与人性的需求之间发生了不可调和的冲突。从这点来说，它的作者不仅是现实主义作家，而且具有灵魂解剖的深度。尤其是在《贼》问世之时，尚未至19世纪的晚期，那时无论意识流还是精神分析学，还都未曾显豁出世，因此殊为难得。也难怪鲁迅会那么推崇，因为它确乎值得中国作家学习。

但从另一方面看，它也仍然带有古典短篇小说那种鲜明强烈的戏剧性意味，也就是类似于莫泊桑、契诃夫、欧·亨利这些短篇大师的小说风格，他们所代表的是一种充分戏剧化的叙事追求。比如《项链》，因为虚荣心所导致的一个中产阶级妇女的人生悲剧，她花费了全部青春，用来挣取赔偿丢失的珍珠项链的悲剧，在小说的结尾被证明是一个令人感慨万千的误会，完全是戏剧化的安排。

显然，我要讨论和强调的问题是：要做一个描摹和堆砌现实的作家，还是一个具有真正精神和灵魂深度的作家，这是我们所面对的根本问题。当然，我也并不认为两者一定是矛盾的，因为真正的现实主义一定是有精神深度的，但时下我们的写作，却往往只会浅表化地理解现实主义，认为是一个忠实于材料，或者忠实于表象逻辑的写作，一个堆积现象和未对经验世界进行过发酵处理的写作。有不少人的写作，甚至还在瞄准着各种评奖的需求，在按照政策尺度、必要的元素配置、题材的适合程度等等，其对现实的理解已经接近于功利化和庸俗化了。这样的作品虽然也确实有可能得奖，但却不会在人类的自我认知和精神足迹中留下任何痕迹。

## 二　如何洞烛和彰显人性的幽暗

在人性的揭示方面，有很多陷阱与误区。比如说，单向度地

083

将黑暗或者丑恶归咎于某个个体，而将另外的人拆白出来，这是19世纪以前的写法，也是古典时期的认知。但即便是19世纪，真正优秀的作家也知道"丑就在美的旁边，畸形靠近着优美，庸俗藏在崇高的背后，恶与善并存，黑暗与光明相共"。这是雨果在《克伦威尔》序中的话，所以要想真正接近于"现实"，接近于"真相"，必须要写出人性的复杂性，能够触及其幽暗的部分。就像歌德在叙述浮士德的精神遭际和生命历程的时候，必不能离开魔鬼梅菲斯特的挖坑和误导，离不开他的怂恿和诱惑。也只有在这样的情况下，浮士德才会变成一个可爱的活人，而不是一个圣人的骷髅和概念的躯壳。

从写作的角度看，一旦作家试图揭示"人性的真相"，有一个必须注意的问题，同时也是一个诀窍，就是"把自己摆进去"——就像眼下某些政治生活中的要求一样。在这方面，鲁迅是一个好的例子，因为他善于"解剖自己"，或是以自身为镜像，去揭示人性之丑与人性之缺陷，这样的写作才是人性书写的正途，才有发现和烛照的可能，这样的写作也才是现代性价值的体现。前文所讲述的《贼》，之所以让我挂怀，是因为作家已经深入贼的内心世界之中，以己度人，如此叙述才有了灵魂和温度，有了肉身的真实感，也有了强烈的悲悯和入木三分的批判。

接下来我们要再讨论一个作品，就是东西的短篇小说《我们的父亲》。

这是一篇试图揭示人性中普遍弱点的小说，即所谓"孝的不可能性"的书写。所谓不可能是指，在人类的文明中有一种深刻的矛盾，一种"野蛮（本能）与文明（修为）的天然冲突"。比如，长对幼的爱是伟大的，但这是与本能相统一的行为，故有"舐犊情深""虎毒不食子"之说。据说雌性大马哈鱼在产卵后会死去，将自己的身体变为鱼卵孵化的营养。这样的爱足以感天动地，但它与动物的本能却并不相悖。而"孝"就不一样了，在动物界，虽然也有"跪乳""反哺"之说，但那毕竟都是传说，就动物界的普遍规律而言，并没有"尊老养老"的本能和规则，因为这并非物种竞争中的应有之义和必备条件。所以我们看到，在猴群或灵长类动物中，甚至普遍存在着篡位与乱伦的行为，一只年轻力壮、血气方刚的雄性，会直接向它的"父法权威"进行挑战，并公然试图取而代之，而并没有什么"不合伦理"或"不合法"的性质。所以，在人类社会的文明中，后生者对于长辈的爱就成了对于本能的反对和超越，因而也变得殊为可贵，成为"百善之首"。

但这样的美德毕竟是文明的产物，与自然本能间并无内在的支持关系，甚至有可能是相抵的。所以在人类社会中，每天都会发生着类似的悲剧，会有《墙头记》《卷席筒》的故事，也会有东西的《我们的父亲》。这篇小说正是用了过人的敏感和洞察力，揭示了这一人性的幽暗之处。

III
如何将现实经验升华为精神性命题

东西是一个真正的好作家，以我对他的阅读，我以为他从不堆砌现实，而是擅长对于现实与日常经验进行提炼，总能从这些朴素的东西中升华出意义，这使他成为先锋派的一个传承者，一个将先锋小说引回了现实地面，同时又保留了它的思想性与批判力的作家。他的许多短篇都表现了这些特点：《反义词大楼》隐喻着谎言与反向思维的普遍存在；《溺》寓意了人性中以非理性引导的软弱与凶残同在的悖反状况；《你不知道她有多美》中对少年的性心理的复杂与敏感的勘察；《送我到仇人的身边》中关于人性中的恶与狠、贪婪与茫然的书写……这些作品可以说都传承了先锋小说的寓言方法，但又与现实经验发生了充分的关联。《我们的父亲》也是这样。

　　小说用了第一人称复数"我们"，他不说"我的父亲"，而是用了"我们的父亲"。请注意，若是在童年，"我们的父亲"显然就是"分享父爱"了；但这是成年之后，父亲已然老了，如此的称呼便成了"推诿责任"。因为年老的父亲再不能为他们遮风挡雨，相反，住在乡下且陷入了贫困的他，渐渐成为儿女的负担，也成了卑微、低贱的同义语。所以，一旦成为"我们的父亲"，也就意味着这是一位没有真正所属和实际依靠的父亲，是一位有名无实无人问津的父亲。

　　因此，这名字起得好，可以说直指人性的痛处，同时，它也有很强的现实及物性，它讽喻的笔法可谓直指我们社会的养老问题、农村问题、社会伦理问题，预示着我们这个传统宗法伦理维系的社会，很多时候已经失去了道德的底线。

"我们的父亲"拥有三个孩子，作为一个年老的渐渐失去劳动能力的农民，他的三个孩子都居住在城里，这个父亲满怀热情地前来看望他们，然而却没有一个孩子真正欢迎和尊重他，有着强烈自尊心的父亲，最终变成了无所归依的流浪者而死在了大街上，无人认领。这样一个故事，显然是对所有儿女道德良知的一个拷问。它也启示我们的写作，如何来处理现实，与其去写一个无比"真实"的故事，不如将现实升华为一个烛照人心、引人思考的命题。

"某年某月的某一天"，这是小说的开头，让我们想起一首歌的开头。别看这一小小的细节，它不是刻意地显示机巧，而是意味着这篇小说的叙事，具有某种悲歌的性质，也像是一首充满寓意的民谣。"我们的父亲来到我居住的城市。那时我的妻子正好怀孕三个月，每天的清晨或者黄昏，我的妻子总要伏在水龙头前，经受半个小时的呕吐煎熬。其实我妻子也吐不出什么东西，只是她喉咙里滚出来的声音一声比一声响亮，一声比一声吓人。"

父亲来得不是时候，因为恰好妻子有着强烈的妊娠反应。请注意，叙事中在说"我们的父亲"的同时，却强调了"我的妻子"。这是一个刻意的对比。

请原谅我限于篇幅，不能完全实录小说中的情形，只能大概

087

描述过程。父亲肩上挎着一个褪色的军用挎包，出现在"我"的家门口。显然作者想告诉我们，他不是从"乡下"来，而是从"过去的年代"里来。我们可以联想一下，所有乡村的父亲，他们都是穿着过去年代的被淘汰的衣服，用着被淘汰的器具，他们身上的所有标签几乎都是过去年代的。因为他们事实上早已被我们、被我们的时代抛弃了。

父亲仿佛从时间的隧道里来到我的家里，十分局促和不安。他说话谨慎，不敢抽烟，生怕打扰了儿子和儿媳的生活。这时，作者强调了"城里的儿子"和"乡下的父亲"之间的奇怪关系。一方面，儿子依然有索取的习惯，"我"本能地把手伸进了父亲的挎包，那是儿时的习惯性动作；另一方面，儿子又对父亲此刻的贫困与孤单状况相当无感，仿佛这一切都是理所当然。叙事中还强调了父亲挎包上的旧时代印记，上面"绣着的八个字，像八团火焰照亮我的眼睛，那是草书的'一不怕苦，二不怕死'"。这意味着，父亲似乎还必须按照过去年代的逻辑生存，无人希望他的生活能够真正"与时俱进"。

这就是我们时代乡村之父老的遭际。在这段叙事中，作者显然加入了许多悲悯与批判式的理解。作为儿子的"我"从未意识到父亲的不幸处境，他只关心自己的存在，虽然在接下来父子共同抽旱烟的一段中，还显示了亲情和往事的回忆。这表明"父子"关系尚在，一切仿佛没有变，但是他们的世界正在变得越来越远。

此刻，"我"的领导 A 打来了电话。他要"我"陪他一起出差，其实也不是什么真正的出差，而是要借由头公款吃喝玩乐，"我"本来可以有若干个理由推托，但是都没有，"我"一口答应了他。随后就把这个远道而来的父亲给抛下了，而且按照中国人的伦理习惯，"我"应该非常清楚自己的"出差"会陷父亲于非常尴尬的境地，他会因为不方便与儿媳单独相处而离开。显然，这个真正的父亲的重要性，远不如另一个"权力的父亲"，权力的爹让他做什么，他会毫不犹豫地牺牲掉自个儿的亲爹。

二十多天后，当"我"回到家里，发现自己的妻子已经"精神抖擞地站在厨房里炒菜，我于是长长地松了一口气"，但父亲却不见了，再问时，知道父亲也未在其他的儿女处，父亲失踪了。

接下来是"我"对哥哥和姐姐的访问，先到了县城姐姐的家里，姐姐叙说了父亲来此的情景，一切都仿佛自然而然，父亲在这里待了一会儿，就说要到另一个儿子那里吃饭。而事实是，父亲来后，姐姐每次吃饭都用酒精给碗筷"消毒"，她的行为流露了对于父亲的歧视，父亲当然没有办法继续待在他们那里。

"我"随后又到了当警察的哥哥那里，哥哥说他这么多年找到了无数的失踪者，这次却全无头绪。这暗示，即便我们是职业意义上的"为人民服务者"，也不会真正关心自己的父亲，而他也是"人民"。这其中的伦理悖反值得深思,《礼记·大学》中说,"古之欲明德于天下者,先治其国;欲治其国者,先齐其家",一个人连自己的父亲都不爱,如何爱人民,爱别人的父亲,如何"老吾老以及人之老"?可见这位哥哥的标榜是虚伪的表现。

请注意,这里作者的叙述是"复调"的:一方面是其妻子、姐姐和哥哥的表述,另一方面是"事后证明"的真实情况,两者是迥异的。所有人的叙述都是推诿责任的,不诚实的。

之后"我"进入了独自"寻父"的过程。这个几乎同样冷漠的儿子,和他人相比似乎是责任尚存的,他对于姐姐和哥哥的所作所为已经表现出了义愤。在寻找的过程中,他遇到了一个同村的侄子,一个流氓无产者的角色——你也可以认为是一个新时代的阿Q,他的工作是给医院扛死人。按照他提供的线索,有一具由他掩埋的尸体,高度疑似"我们的父亲",据说这名死者是在大街上摔死的,由于无人认领,在太平间里留存多日之后,已经接近于腐败,所以由他用草席卷了一下,匆匆埋了。"我"自然对于他这个描述将信将疑,不愿意接受,但随后在医院,"我"终于看到了父亲的遗物。

　　庆远把我引向一个角落,我看到一只军用挎包上面绣着一不怕苦二不怕死八个金光闪闪的大字,我打开,终于看见我们的父亲的烟斗、烟丝以及两套黄色的童装。我用挎包捂住脸，泪水夺眶而出。

这个反应是不是真实的呢？当然是真实的，毕竟看到那些熟悉的东西，睹物思人，知道和父亲确实已阴阳两隔，"我"难以抑制悲伤的情绪。在这里，叙事特别强调了两点：一是父亲是死在姐夫担任院长的医院里；二是关于父亲的死亡在大哥担任所长的派出所里是有记录的，记录本上居然有大哥的签字。这都强化了前面所说的那一点，即父亲的儿女们都在忙于为社会工作，乃至于奉献，但却不约而同地忽视了作为"人民"一员的"我们的父亲"。

最后，是三个儿女一起来寻找"我们的父亲"。按照那位埋尸人的指示，我们带上准备将父亲认真收殓的棺材，挖开了泥土，但是最终并未找见父亲的尸骸。

请注意，这也堪称小说叙事的一个关键点所在。如何处置和安排最后的结果？如果按照现实的逻辑，结果会是他们扒开泥土，看到了父亲的身体已然腐烂的景象，扑上去痛哭流涕、顿足捶胸，虽然真实，但会麻烦很多。对于小说的叙事本身意义不大，所以，东西的处理方式是更高明的，他最后的安排是父亲尸首的隐而不显，并没有找到。而这才符合整篇作品的主题和逻辑，那就是：因为"我们"没有把父亲当作"我的父亲"，而是当作了"我们的父亲"，所以"最终丢失了父亲"。

091

我们的双腿突然软下来，一个一个地坐在新翻的泥土上，四双眼睛盯住那个土坑，谁也不想说话。我们似乎都在想同一个问题，我们的父亲到哪里去了呢？

　　这是一个最好的结尾。这一最后的"虚化"恰恰升华了作品的题旨，即人性中最本己的自私，它植根于人性的本然，开裂于人伦的表象，显形于公共道德的虚伪，幻灭于亲子之情的漠然。此地无人胜有人，此处无声胜有声，这是东西由现实表象，抵达人性勘探，将一个普通的道德叙事升华为一个哲学与精神命题的成功探求。

　　当然，作为一个社会性的和公共性的命题，它也同样很有力量。它启示我们，所有的爱必须抵达"个体的主体"，否则爱就有可能是空话。就像我们每每高调声称"人民是我们的母亲"，但却不能给一个倒在大街上的"具体的母亲"以救助，那么这种伦理化的说辞就变成了彻头彻尾的假话。所以，丹麦哲学家克尔凯郭尔说的是对的，他说"群众是虚妄"，他"唯一所信任的起点，是'那个个人'（That Individual）"。东西延伸了这个命题，并且将之更形象化了。他告诉我们，"父亲"就像"人民"，必有所属，若是以一集合性的代称含糊其词的话，那么我们将没有自己的父亲。

这是将现实材料升华为精神性命题的必然通道。

## 三 历史叙事的心灵化处置

《新约》中记载，有一天，耶稣遇到法利赛人抓到一个正在行淫的妇女，这些人让他来判断是否该用石块将其打死。耶稣对他们说，你们中谁是没有罪的，谁就可以先拿石头打她。听到这话，众人羞赧地停止了施暴。

这个故事之所以令人震动，是因为耶稣对于罪的态度。他比起那些尝试"以道德、法律以及正义的名义惩罚他人"的人们来说，更真实地揭示并面对了人性的真相。他清晰地告知我们，没人能够天然地代表法律和正义，即便我们是"人民群众"，也并无天赋权力来惩戒他人。任何以道德的名义对于他人的侵犯，都应该受到质疑。历史上那些本应可以避免的悲剧，正是因为这一反思的缺席而发生。

进一步说，没有任何人在人性上是纯洁无瑕的，这是源于他们的"原罪观"。人性本恶并无人幸免，所以在看待他人之罪的时候，便不能是置身度外、唯我独善的看法，而应该是推己及人，充分地看到自身人性的局限。如此才会对他人有所宽宥，并激发自我向善，这才是救赎与归正的必由之路。

093

显然，在正常人与所谓罪犯之间，并非截然的善恶对立。就像在鲁提辖与镇关西之间、在武松和潘金莲、蒋门神和张都监之间、在宋江与黄文炳之间，都并非善恶的截然对立一样。然而，在中国古典小说中，处置善恶的方式是相对简单和粗暴的，是以传奇的和概念化方式处置的。李逵劫法场的时候，是"抡起板斧来排头砍去，而所砍的是看客"。作者和我们从没有按照法理的精神，去追讨过他的完全过当的暴行；同样，对于武松杀嫂和杀玉兰，亦从未有过明辨是非的认识。而在安德烈耶夫的《贼》中，我们却看到了主人公尖锐的灵魂斗争与自我绞杀。

　　如何以理性来反思和清理历史的暴力，有很多例证。这方面的作品实在是太多了，余华的《往事与刑罚》《一九八六年》，莫言的《牛》和《檀香刑》，都是非常典型的例子。在《一九八六年》中，失踪的"历史教师"在那场动乱结束十年之后，仍然无法返回现实之中。因为他已被众人遗忘，甚至连他的妻子和女儿也不再接受他。而他则只能靠在垃圾站捡拾垃圾为生。他每天都在挥刀对自己施以残忍的刑罚，嘴里还喊着那些刑罚的名字。这是余华对于历史暴力的一种寓言式的归纳。作为历史的本体，同时也作为历史的经验主体，历史的受害者和反思者，他已被现实彻底拒绝和遗忘。这是 1986 年前后余华的历史认知，我不能不为他的描写感到震惊和钦佩。

　　"中国人如何面对历史"，二十多年前我曾读到一位叫作魏格林的德国学者的文章，她提出了一个发人深省的问题，如果中国人对于历史的暴力采取回避的态度，或束之高阁的方式，而不从每个人自身去反思，那么类似"文革"那样的悲剧还会重演。历史告诉我们，这个提醒并不多余，如果没有从个体精神世界中追索原因，在文化上的进步就会阻力重重。

假如说暴力书写有两种主要的维度——历史和人性的话，那么余华是倾向于将暴力人性化，而莫言则是倾向于将之历史化。在《檀香刑》中，他所着重表现的，是"作为历史的暴力"，是写了 1900 年的"庚子事变"中，腐朽的清政府首鼠两端的国家政治——先是纵容拳民滥杀外国人，后是为讨好列强而对内施行的屠杀。这场近乎疯狂和变态的屠杀，将传统社会中伦理的崩毁和暴力的泛滥，推到了令人发指的人间极致。当然，像鲁迅一样，莫言在《檀香刑》中其实也深刻地触及了人性之恶，人性中天然的"嗜血"与"围观"的癖好和冲动，在他的笔下，有了比之鲁迅更为具体和生动的表现。

上述例子或许有点过于遥远了，让我来举出一个更切近些的例子，一位并不炙手可热的作家张玉清，有一个短篇小说。张玉清居河北廊坊，并非先锋派的成员，也不属一线的名作家，但在我看来却是一个非常值得学习的作家。因为他对于过去年代中人性的书写，非常具有历史的深度，同时也获得了无意识的深度——请注意，这是我认为文学叙事中两个最为重要的价值向

095

度，后面还将做专门的讨论。张玉清正是很好地体现了这样一种深度，因此也是值得我们进行认真讨论的作家。

这篇小说的名字叫作《皮鞭》，讲述的是 20 世纪六七十年代的故事，少年人在成长过程中暴力倾向的恶性滋生。这种滋生是以无意识形式出现的，源于过度的和概念化的政治教育，并因为缺少人性中正常的罪感意识，而衍变成了病态的暴力冲动。作者将一个过去年代的悲剧经验，提炼为一种人性的罪感反思，也可以说是从反思人性开始来反思历史，并且因为对于无意识的深入，而达到了前所罕见的深度。

主人公是两个成长中的少年，一个是"我"，作为见证者和叙事人，另一个是核心人物黑子。黑子不愿好好读书，但独独背过了一首"阶级教育"的诗，叫作《仇恨的伤疤》。诗本身应该说很朴素又很形象，作为阶级教育的文本是合适的，但问题在于暴力教育会产生出意外的负面效应，在不设限的情况下，会延迁和弥漫，最终溢出原有文本的意图，成为一种比李逵之滥杀无辜的板斧更为可怕的暴力。

以下是这首"仇恨诗"中的几句：

贫农张大爷，手上有块疤，
大爷告诉我，这是仇恨疤。
过去受剥削，扛活地主家，

地主心肠狠，把我当牛马。

三顿糠菜粥，饿得眼发花，

干活慢一点，就遭皮鞭打。

这只是其中一节，之后还有若干描述，强调了地主的黑心和凶残；之后是解放军解救了张大爷，与此同时，这个故事也深刻地教育了诗中的"我"。

然而这些看似清晰的道理，对于小说中的黑子来说，几乎都被刻意遗忘了。他唯独记得的是"干活慢一点，就遭皮鞭打"这两句，而且将此变成了自己的"无意识记忆"。假如从精神分析学的角度看，他可谓患上了一种"获得性暴力妄想症"，并借此变成了一种"语言无意识"，语言无意识又反过来支配了其行为方式。同样作为1960年代出生的人，我对这一点可以说深有感触，黑子也仿佛唤醒了我自身的童年记忆，也唤醒了我记忆中的一类人，他们可能就是我的伙伴，或者也部分地活在我的身上。

黑子渴望获得一条鞭子，以使他的语言无意识和暴力妄想症在现实中得以实现。于是他处心积虑，先去偷窃生产队的豆子，然后用此换了鸡蛋，然后又将鸡蛋卖掉，用卖得的钱买了一瓶酒，又用酒来贿赂饲养员，最终获得了半条旧鞭子。请注意，在这一过程中，黑子全程使用了偷窃、商品交换、贿赂，种种与革

097

命道德完全不相符合的方式，来获取他的道具。在这一过程中，"我"则是配角，处处起着为虎作伥和助纣为虐的作用。

黑子用得来的旧鞭子加以改造，变成了一把崭新的，可以用来鞭笞的鞭子。这个道具的获得，使他的暴力与恶的情绪，立刻获得了物质性的依托，他由此开始了更大规模的偷窃和施暴：

> 回去的路上，黑子把皮鞭拎在手里，不断抽向中途所遇的比皮鞭软弱的东西：树枝、庄稼、草叶、地面，皮鞭抽到不同的物件上，就发出不同的声响。

请注意，作者这些描写，在此处并非单纯谴责黑子，而是告诉我们，恶并不是个别现象，是普遍的，人性之恶的释放是蔓延的，并且会弥漫及所有孩子，包括"我"。这是非常具有哲学意味和意识深度的设定。接着，黑子的暴行迅速溢出和弥漫。他先从一只小白猫开始，只一鞭子就将这一可怜的小生命打死了。他在施暴的时候，完全是在无意识的支配之下，一直默念着那句"干活慢一点，就遭皮鞭打"。之后，他又发现了村里那个人人都可以欺侮的傻子，他将傻子骗至无人处，将之绑于一棵大树之上，然后又念着那句"干活慢一点，就遭皮鞭打"，对这个可怜的无助之人开始了疯狂的鞭笞。

在这一过程中，"我"不但全程目击，而且一直作为一个

"随从"角色，配合黑子偷窃和施暴。然而就在黑子将傻子差不多打得奄奄一息之际，还余兴未消，他默念着"干活慢一点，就遭皮鞭打"，开始将目光盯向"我"，此刻"我"吓得魂飞魄散，抱头鼠窜。

　　黑子毫没有停止的意思，傻子已经绝望得不再挣扎，只是两手捂住脸，缩着脖子，嘴里发出凄惨的嚎叫。黑子手里的皮鞭像凶恶的毒蛇，"噼噼啪啪"的狂舞。我打了个冷战，看见黑子的眼睛里透出了一种我从未见过的凌厉狰狞的光，这种光不仅凶残而且发狂，像我们村里的疯子冬奇发疯之时的眼光。我忽地感到巨大的可怕和恐怖，再也不敢留在原地，转过身拔腿就跑。

　　我什么也不顾地越跑越快，边跑边听到背后仍然传来"噼噼啪啪"的鞭声和傻子凄惨的嚎叫，我甚至还听到了黑子边抽鞭子边发出的低语，"干活慢一点，就遭皮鞭打"……

　　这一结尾发人深省，它意味着，一旦人性中的恶得以诱发，暴力的逻辑开始蔓延，即使是施暴者的"同道"和帮凶也难以幸免，他们会自相残杀。

　　从写法看，《皮鞭》很像是多年前先锋小说的思路与写法，充满了寓言性，内容与意义设置十分哲学化。作者依照其特殊的

099

历史记忆，成功地将一个儿童成长中常见的欺侮和暴力行为，提升成了一个富有哲学和宗教寓意的命题；而且，从细节看，小说又以其精妙的真实描写，将这些行为"历史化"了——还原成为特定年代的情境与行为逻辑，使之在当代历史中生发出更为真切的合理性，不只使我们反思"永恒的人性之恶"，还可以更严肃和严峻地面对"具体的历史之罪"，面对包括自我在内的内心黑暗，以及其难以预料的灾难性后果。因此，某种意义上也可以说，它是同时在人性和历史两个向度上，充分地揭示了暴力的滋生秘密，以及深及灵魂的可怕。

"干活慢一点，就遭皮鞭打"，这一句诗，不但是作为一个有趣的历史文本，而且演化为了一种"独立于历史之外的无意识记忆"，变成了一个少年施暴时的口诀。是什么原因让一句原本看起来正确的话语，变成了不设限的暴力呢？值得我们深思。如果说这是教育的失败，那么又应该如何避免和挽回？它是基于何种机制，变成了一个少年的行为逻辑的起点？究竟又因为何种原因，成为一代人的"历史无意识"和"语言无意识"？

《皮鞭》确乎是一篇妙作。它显示了当代作家叙述历史的可喜变化，它意味着，我们不只认识到了历史抽象的误区和黑暗，同时也看到了人性深处种种罪恶的症结与根源，认识到了恶就在我们自己身上，存在于历史无意识与个体无意识之中，存在于意识形态与集体无意识的结构之中。它的切口虽然很小，但所产生的启示与警示作用，却是无论如何也不可以低估的。


## 四　如何使历史和现实变为寓言

奥威尔的《1984》中，历史和现实的某些侧面，变成了巨大的精神寓言。不论其观点怎样，这种写法展现出了巨大的效力，它告诉我们，不一定只有"卡夫卡式"的《变形记》的写法才能成为寓言，巴尔扎克式的写法也可以。即便是写实的笔法中，荒诞也无处不在。一旦成为寓言，就意味着作者对于现实和历史的指涉，已经越出了"经验"的层面，而成为一种具有抽象意义的精神的象征和哲学式的呈现。

关于寓言的问题，我曾专门撰文讨论过，这里不拟展开。作为写作中的寓意方式，寓言有很多种，有儿童式的，也有成人的，而我们所讨论的主要是现代意义上的复杂的寓意写作，如文化寓言、人性寓言、精神寓言等。文化寓言在 20 世纪八九十年代有很多典范的作品，像扎西达娃的西藏系列小说，韩少功等人的寻根小说，莫言的《红高粱家族》以及 90 年代初张炜的《九月寓言》等；人性寓言最典范的是残雪的小说，她的作品大部分都是写人性之幽暗的，是写无意识支配的人；而精神寓言则如余华的部分作品，他早期的许多中短篇，《世事如烟》《难逃劫数》

《现实一种》《鲜血梅花》等，格非的《傻瓜的诗篇》《褐色鸟群》等也庶几近之。何为精神寓言？我以为它是比人性寓言更为复杂的一种，比如人性寓言可能只留意于善恶的揭示，而精神寓言则更将之视为"精神现象学"意义上的标本，会更有哲学探究的深度诉求。像《现实一种》探究的是该隐杀约伯式的"兄弟相残"的古老原型，《世事如烟》和《鲜血梅花》等探究的是国人的某种集体无意识情结；格非的小说更是具有"纯粹精神现象学解剖"的意味。

更多的是综合性的案例，很难说清楚是哪一种，可能都有。像莫言的《四十一炮》《生死疲劳》，阎连科的《受活》《炸裂志》，余华的《活着》《许三观卖血记》《第七天》，都可以看作是历史或现实的某种寓言。它们包含了对于世道人心、历史现实、文化构造、人性状况等的反映或书写，对于某一个时期的历史，具有全息式或标本式的分析意义，所以也可以说是本雅明所说的那种"文明的寓言"。

《活着》是一个"关于赌徒的寓言"。但这不是一个单纯的现实意义上的和人性意义上的赌徒，若是单纯作为人性的弱点，那么它可能会很深刻，但却不会感人；它是同时成为特定历史意义上的赌徒，一个与命运赌博的人的悲剧，某种意义上它的主人公同时成为历史的牺牲品，如此才会出现了感人的效能。这一点是很值得讨论的。作者成功地完成了两个双向互逆的转换——

历史寓言的人性化，以及人性寓言的历史化。前者使小说变得深刻，后者使叙事更为感人，而且两相融合，致使读者在阅读过程中渐渐忘记了其属性。一句话，从一个"恶少"开始的福贵，经由人生的磨难和历史的承重，最终变成了一个"过度赎罪"的老人，因而变成了一个令人心疼、感动和敬畏的角色。这是余华作为一个作家尤为高明的地方。

他看起来并未花费九牛二虎之力，就写出了一部伟大的作品。因为它以寓意的形式，揭示了一个双重乃至多重的悲剧命题，展现了人性的弱点与光辉、历史的苦难与升华。它的主人公的人格变化，甚至充满了哲学和宗教般的奇迹意味。主人公是以对苦难的终身承受，来完成了对于少年之恶的毕生救赎。由此，他得以将小说本来有可能的简单化，变成了无比绵长和幽深的一种多重构造。这是真正杰出的作家才能够做到，且有志趣做到的。

阎连科的《受活》也是一个有意思的作品，我以为可以称之为"后革命时代的精神寓言"。无比封闭的受活庄的人们，在市场经济的年代里居然有如此奇葩的创意，他们在东欧剧变后决定把列宁的遗体买回来，这样一则可以传承革命领袖的思想，二则还可以通过"红色旅游"来振兴经济。这部在世纪之交问世的小说，可以说非常敏感地回应了这一时期中国人的思维方式和精神状况，是一个有着丰富寓意的构思。

103

但与此相关的还有一个重要问题，就是任何寓意性的构思，不管其多么宏大，都应该落脚于个体。唯有个体生命的承受，在文学叙事中才会产生感人的意义。前者讲到的《活着》即是一例，如果小说不聚焦于福贵这样一个人的命运，作品不会成功。《许三观卖血记》也一样，它是写出了一个卑微的底层人，一个生如草芥的生命，靠卖血求生的一生，这样的聚焦才会产生具体的历史价值。所以切不可单靠概念化的寓意，来建构或判断一部作品的价值。有寓意，也不见得就是了不起的作品，没有落到个体生命的寓意是空洞的。

我再举一个例子，就是李洱的《花腔》。这部将近二十年前问世的小说，其主人公的名字叫作葛任——用陕西话发音就是——"个人"。这部小说如果翻成外文，我以为应该换一个名字，就叫《个人之死》。据说小说的主人公有一个原型是瞿秋白，"葛任的故事"是从瞿秋白的故事中脱胎而来的。关于瞿秋白的生平事迹，一般都认为他是一个有争议的人，在早期革命历史中他曾是重要的领导人，后来因为涉及"左"倾错误，加上其他复杂的历史原因，一直被搁置而不便谈议。

小说中的葛任的身世是一个谜，据说他死于"二里岗战斗"之中，但又扑朔迷离，在被证实的同时又被证伪。有消息说他死于日军的枪下，也有消息说他可能死于国共两党中的一家。但最终他的身份被确认为"牺牲"。

这是一个离奇而又真实的逻辑。它让我们想起了克尔凯郭尔的说法，"那个个人"在革命的过程中，渐渐被甩出中心。犹如一个堂吉诃德或者哈姆雷特，或是鲁迅笔下的狂人，作为曾经的先觉者，主张"个性解放"的五四知识分子，曾预示现代或者革命的到来，甚至也曾经成为主导者——如陈独秀、瞿秋白那样。但渐渐地，知识分子这个传播启蒙和发动了革命的群体，其意识形态与革命的暴力实践之间很快发生了脱节，于是便有可能被甩出中心，由启蒙者、最初的领导者变成同路人、局外人，甚至"被革命"的对象。这个过程是源于观念与实践之间的一种不确定的衍生关系，即暴力实践对于启蒙理念的"溢出"关系。就像《皮鞭》中的黑子，他是将一句"忆苦思甜"的诗，"干活慢一点，就遭皮鞭打"，误读成为一个不设限的施暴理由。这个逻辑在《花腔》中变成了一个深度设置的历史模型。

同样的情况在格非的"江南三部曲"中也有深刻的表现。三部作品中的主人公都是不同时期的革命者，但作为"理想主义的革命者"，他们往往有"不切实际"的毛病，有一种"遗传性"的精神情结，即"不在现场"的自我意识——用加缪的概念便可叫作"局外人"。仿佛是中国现代那些"多余人"或"零余者"的还魂复活，或是更为古老的贾宝玉的再世，或是远在西洋异域的哈姆雷特或堂吉诃德的附体，他们都有一个初期顺利、稍后落魄、最终失败的人生。这是格非的处理模式。

这个问题显得非常复杂，我还是赶紧打住。归根结底我想提醒的是，若真正想要获得历史叙述的纵深感与高度，绝不是靠对现象的堆积、对经验世界的鸡零狗碎的捡拾，而是需要能够基于人文主义的精神，对现实经验和历史本身进行深度的处理，将之真正升华为精神性的命题，方能够使写作获得意义。

# IV

虚构写作

十讲·之四

# 僭越与豁免：
## 文学对于现实的伦理溢出

写作伦理的问题，不是单纯的一个文化问题，更不是一个文学之外"强加于文学"的问题，它应该是写作的基本和内部问题。实际上是写作的事理、写作的情理、写作的机理的集合性的说法。它和我们的写作关注什么问题、怎么想、怎么表达、怎么去把握分寸，密切相关。也可以说，关于文学如何进入、如何展开其描写，它都是先决条件。

人们经常说，文学要表现真善美，要引人向善、向上，这些话都没错。但文学不同于现实的实录，它所理解的真善美与现实社会伦理中的真善美，并不完全是一个东西，这是很多人所误解的。他们用现实中的，或概念化的某些规则来要求文学，常常是造成对于文学的挤压甚至伤害的一个原因。不只是伤害文学，而且会伤害到具体的人，伤害到现实本身，有时还很严重。像姚文元评《海瑞罢官》，就不只伤害到吴晗，还伤害到了社会主义文学，严重地伤害到了社会主义的文化，这当然是一个极端的例子；"评《水浒》，批宋江运动"，虽然伤害不到六百多年前的施耐庵，但却同样伤害到当代中国的文化。在诗歌中，"燕山雪花大如席"是美的，但在现实中这样说便是撒谎；"抽刀断水水更流"作为诗歌的表达是真实的，但在现实中有人这样做，便几近为精神不正常；"五花马，千金裘，呼儿将出换美酒，与尔同销万古愁"，在诗歌中是高贵的冲动，但在现实中，在你的邻居里，便成为即刻远离的"不安定因素"。

所以，文学有自己的价值，叙述有自身的规律，它的伦理尺度与现实并不完全一样，甚至完全不一样，对此必须要有清晰的分界，否则我们的写作和谈论，就会变得盲目和失去方寸。一个好的写作者必须清楚，写作伦理是对于现实伦理的一种"溢出""移出"或"逸出"的关系，甚至是颠覆、讥讽和反转的关系，这不是属于"知识范畴"的东西，而是文学意义上的方法论和世界观。必须要内化为写作的视点、立场和态度。


## 一　写作者的伦理旨归与主体拷问

有一幅图片应该妇孺皆知：1994 年美国"普利策奖"获奖

作品，拍摄者为南非籍的一位记者，叫作凯文·卡特，他的作品叫作《饥饿的苏丹》。这幅照片中有两个主要角色，一个是瘦弱的黑人女童，一个大概四五岁的小女孩，她已饿得奄奄一息，在前往救济站的路上爬行着，大约只剩下了最后的一口气。她硕大的头颅和孱弱的身体也不匹配，这是严重的营养不良所致，她看来已无法支撑自己走到救济点。另一个角色，是在她身后蹲守的一只庞大的秃鹫——它几乎和这个孩子的身体同样大小，因为距离远一点，它显得略小，但实际上它的体态是相当大的。秃鹫属于非洲的一种猛禽，是食腐类动物，为什么它会"等候"在女孩的不远处呢？因为它不吃活食，如果是一只豹子或其他的掠食动物，会迅速地扑上去把女孩撕碎，但现在它却是在单等着女孩的咽气。一旦她倒地而死，秃鹫就会立刻扑上去啄食她的身体。

这幅照片在视觉上带给了全世界以巨大的震撼。它本身也是一个强烈的伦理主题，世界上其他地方的人在奢侈浪费，而非洲的儿童却因为饥饿而丧命。这幅照片摄于 1993 年，在《纽约时报》刊登后，被其他媒体广泛转载，很快传遍了世界。凯文·卡特因此而获得了 1994 年的普利策新闻特写摄影奖。从网上照片可以查到这位凯文·卡特作品很多，风格属残酷的写实，人则长了一副开朗和简单的样子。

照片显然激发了难以估量的道德力量，它为全世界有良知的人去赈济非洲灾民，提供了一个理由，一种强烈的伦理压力。但

III

是问题并没有完，在这幅照片当中，还隐含了另一个巨大的伦理问题，那就是——谁是第三个角色？在画面之外，必定还有一个举着相机，对准这一残酷时刻的人，在用他冷酷的心，用他作为记者无限追求真实的意志，对准这个处于悲惨命运中的孩子。人们忽然意识到，这一时刻记者可以有另一种选择，那就是放下相机，放下自己的职业使命，先去救助这个濒于危险的生命，让她免于遭受饥饿和死亡威胁。但那样的话就可能没有这张照片，作为职业摄影家的凯文·卡特，就将牺牲他的拍摄机会，全世界的人也不会看到这一震撼人心的画面，那么，赈济非洲的义举，也将缺少了一个关键性的动力。两相比较，或许凯文·卡特应该坚持做完艺术家应该做的事情；然而作为基督徒，那一刻他身体力行的善行义举将是第一位的，如果救助孩子而牺牲其他，则意味着他忠实地践行了仁爱的教义，也实现了对自己的人性救赎。然而他却选择了用冰冷的镜头，对准了这一残酷时刻。

所以，这艺术伦理的复杂性立刻就显示出来了：有一个人在阴暗的角落里，伺机观察着他人的苦难，对于那一时刻的惨剧无动于衷，他只是在试图获取自己的成功、荣誉和奖赏。那么这一角色在本质上，与那只秃鹫又有什么区别呢？

后来我们还知道，从那时起还有了"直播战争"。自1991年美国和多国部队发起"沙漠风暴"空袭伊拉克起，世界进入了直播战争的时代。在媒体的实时播放中，人们看到伊拉克的几十万军队顷刻解体，多国部队的飞机在施行空中打击的时候，简直如入无人之境。伊拉克的上千辆坦克被轻易地击毁在路上，可谓如屠猪羊。在直播状态下，以往战争的性质也变得发人深思，不管是正义的还是非正义的战争，屠杀直接以"可观赏的实时画面"呈现，对人类的伦理来说，也是一个前所未有的颠覆。

不久，一家电视机构的记者打电话采访了普利策奖的评委，其中一位叫约翰·卡普兰的接受了采访。采访中，记者转述了佛罗里达一个记者就该照片写的一篇文章，大意就是前文所说的那些话。他说，"你看这自私的、不关心民众的媒体和记者，踩在小女孩的尸体上得了普利策奖。"这种指责有没有道理？如果不顾及一些具体事实的话，当然是有道理的。卡普兰还是第一次听说这样的评论，他对记者回应道，评委们当时仔细看了这张照片，照片本身有提示，会有人来帮助这个小女孩，她不是独自待在荒野。卡普兰还指出，小女孩手上有一个环，说明她当时已受到了人道保护，所有评委都注意到了这些细节。所以他们都信任摄影师，如果小孩需要帮助的话他一定会的。这是卡普兰在评选普利策奖时，从各种材料上获知的信息[①]。

然而在节目播出的时候，卡普兰的陈述还是"被无情地切掉了"，因为媒体也是有选择性的，他们要挑事。节目紧紧围绕新

---

① 以上信息是通过网络资料获得的。

闻伦理和道德观展开，对凯文·卡特和普利策奖进行了猛烈的抨击，这件事最终演变为一种谣言——这里我需要加一个"按语"，这又涉及了一重伦理问题——"媒体的伦理"。我们现在经常面临这样的事情，在媒体上曝出一个丑闻，所有人顷刻间把最不堪和最恶毒的话语抛向当事人，这一时刻所有人都变成了围观的暴民，我们顷刻间变成了站在道德高地上谴责别人的人。但是，我们自己真的就很干净吗？我们大概从来没有想过耶稣对法利赛人说的那些话的含义，这也同样是一个严重的伦理问题。

那么，作为写作者我们应该关注什么，又如何把握事物的分寸？这个确乎很难，需要做具体的分析。但至少，我们不能像一般受众那样，去简单地用世俗观点加以衡量和看待。

这张照片揭示的饥饿主题被忽略了，而伦理的罪名则被无限放大，这对我们来说，提出了值得深思的问题。如果说凯文·卡特的作品确乎是有瑕疵的，那么媒体抓住一点不及其余的攻讦，也同样违背了新闻的职业伦理，违背了作为人的伦理精神。这直接导致了凯文·卡特的有口难辩，并最终以自杀谢世。他在南非的约翰内斯堡住所，用一氧化碳自杀身亡。我相信他是因为有基督教背景才这样做的。因为如果按照事实上的情形，他完全可以选择解释并活下来，但是他选择了自杀，因为他有了深重的负罪感。他也曾经说过，他当时希望等到这个小孩倒下以后，秃鹫扑过来时的那个场景。我相信他说的可能是真的，如果是那样的话，他的自裁或者自我惩罚便是有理由的，他是一个诚实的人。

这就提示我们，文学和艺术的伦理是至为复杂敏感的，需要小心地加以辨析，方有可能接近正确的理解。

苦难可否成为他人的素材，甚至风景？一旦我们严肃地追问——像海德格尔经常追问的那样，问题就来了。

不设限的书写是不存在的。2008年的汶川大地震，瞬间摧毁了数百万人的家园，夺走了近七万人的生命，那一刻地动山摇，有多少血肉之躯被埋于瓦砾之中，多少孩子失去了父母，多少幸存者失去了亲人。这时，有人忽然写起了诗歌，很快，网上开始出现无数的写作者，他们表达悲伤、震惊、关爱，也传递信心和力量，看起来这些都没问题，直到出现了"纵做鬼，也幸福""看奥运，同欢呼"之类的词句，所有人尚未认真思考过"灾难写作的合法性问题"。然而随着这诗句遭受质疑，人们忽然间仿佛明白了什么，对于某种无视乃至藐视个体生命的无意识，产生了巨大的反感，乃至憎恶。

我不想再展开对于这些"地震诗歌"的评论，只是想说，每一次灾难如果最终会给我们留下一点什么，会有一点可资慰藉和纪念的东西的话，那么就是公共伦理的觉醒。就像2020年春暴发的新冠疫情一样，在这场巨大的灾难面前，中国人虽然也历经了思想的阵痛与某种程度上的价值混乱，但归根结底，有更多人受到了一次精神的洗礼，一次生命伦理的启蒙，人们开始意识

115

到，个体生命的价值高于一切，一切声称崇高的价值，都必须建立在对于具体的生命的尊重之上。

2008年也是如此。我在写于当年的一篇题为《我们会不会错读苦难：关于地震诗歌的思考》中，曾经谈到过这种灾难写作的伦理，那就是，写作者须有对于生命的悲悯与尊重的严肃态度，并且曾以参与救助、捐助等活动来证明自己的资格。否则，如果仅以轻松和轻薄的态度表达感受，即便声称是"鼓舞"或"激励"的"正能量"，也有可能是不得体的，是"轻浮的"。

最好的例子便是一位叫作朵渔的诗人，他的一首《今夜，写诗是轻浮的》，其中他将包括自己在内的所有写作者都骂了："今夜，大地轻摇，石头 / 离开了山坡，莽原敞开了伤口…… / 半个亚洲眩晕，半个亚洲 / 找不到悲哀的理由 / 想想，太轻浮了，这一切 / 在一张西部地图前"，"在伟大的废墟旁 / 论功行赏的将军是轻浮的…… / ……面对那自坟墓中伸出的小手，水泥，水泥是轻浮的 / 赤裸的水泥，掩盖了她美丽的脸 / 啊，轻浮……请不要在他头上 / 动土，不要在她的骨头上钉钉子……"

"电视上的抒情是轻浮的，当一具尸体 / 一万具尸体，在屏幕前 / 我的眼泪是轻浮的，你的罪过是轻浮的 / 主持人是轻浮的…… / 将坏事变成好事的官员是轻浮的！啊，轻浮，轻浮的医院 / 轻浮的祖母…… / 悲伤的好人，轻浮如杜甫"。

今夜，我必定也是

轻浮的，当我写下

悲伤、眼泪、尸体、血，却写不出

巨石、大地、团结和暴怒！

当我写下语言，却写不出深深的沉默。

今夜，人类的沉痛里

有轻浮的泪，悲哀中有轻浮的甜

今夜，天下写诗人是轻浮的

轻浮如刽子手，

轻浮如刀笔吏。

这首诗变成了"地震诗歌"中最关键的一首，也可以说是一个"元写作"的生动实践。假如有人要编一本"地震诗歌选"，就应该将它当作序，或是跋，那么这本诗选也就合法化了。因为有了这样一个反思，所有的写作就等于有了伦理的基础和依据。

还有一个例子是阿来的长篇小说《云中记》。《云中记》也是为了纪念汶川地震而作，如果来评论这部作品，我愿意举出一个参照，就是德国作家克莱斯特的《智利地震》。《智利地震》也是将大地震作为灾难来写的，可是这个灾难对于一对触犯了教会法律和世俗伦理，而被处以极刑的青年男女来说，却是解放。地震摧毁了社会秩序和权力，可也唤回了人性的温暖，给了他们

117

以重生的机会；而当世俗社会再度恢复其统治秩序的时候，这对男女马上又被当作了牺牲品。对他们的诅咒和杀害，满足了所有曾经的教民——他们已集体沦为暴民——所谓神圣的道德感。所以，伟大作家总是能够在别人无法发现，或者束手无策的地方开始书写，其伦理设置也会比一般人的公共伦理和社会伦理的设置来得独特，他们的视角会完全不一样，在别人认为是错的地方，他会当作正确，在别人认为是正义的地方，他可以将之视为邪恶。

阿来的《云中记》写了一个"祭师"人物。这个祭师原也是挺"二"的一个人，他被任命为"非物质文化的传承人"，但其实他既不擅长古老风习，也不懂什么现代意义上的"非物质文化"。但当他回到被地震毁灭的村庄，一个人面对大自然和那些死去的灵魂的时候，在这个一片死寂的村落里，他一下获得了"通灵"的能力，得以与那些亡灵共同交流对话，自此便再也不愿离开这片土地。由于余震之后导致的山体裂缝，最后，这个村庄的残骸也随山体坍塌，一同沉入了深渊，他也再没有回到人间。

小说里当然也写到了政府所做的各种各样的救助，包括新的居民点的灾后重建等。但是却没有谁可以替代这样一个角色，去完成对亡魂的安抚和祭奠，并完成这个族群，这世世代代在山野中居住的人们的历史与精神记忆，他们惨痛的创伤。而且，不只是完成记忆，同时也完成遗忘。谁能够做到这些？只有祭师阿巴，只有文学才能够实现。而这就是文学应该把握的伦理。


## 二 艺术伦理对世俗伦理的僭越

艺术的使命，某种意义上就在于对世俗伦理的僭越。据说福楼拜的名言听起来是很过分的，他说，"伟大的文学作品都只有一个主题，那就是通奸。"也许这是一个"冒用"，因为我并未查到确切的出处。如果确有此言，那当然也是一种"比喻"之辞，是一种强调的表述，并非就表明人家是"低级趣味"。

即便是最经典的艺术作品，对社会伦理的"逸出"或"僭越"也是普遍的。"荷马史诗"中，得胜的阿伽门农从特洛伊带回了俘获的女奴卡桑德拉，同样，他的妻子也没有闲着，在他外出的十年战争期间，她与他人通奸，并密谋了对阿伽门农王的弑杀。就在阿伽门农凯旋回到他的迈锡尼王宫之际，一把血腥之剑刺向了他的胸膛。

而更早先，是特洛伊的王子帕里斯先拐走了阿伽门农的弟弟墨涅拉奥斯的妻子海伦，才挑起了长达十年的希腊与特洛伊的战争。可知这样一部英雄辈出的史诗，其肇始的理由却是如此不名誉的偷情与私奔。


119

可是你会觉得两部希腊史诗的主题很低级，那些偷情的人物很猥琐吗？显然不会。非但不会，你还会觉得那就是人性的永恒悖论与处境。那些血与火的场景，爱与恨的纠结，来得无比壮美。

这例子显然太远了，会缺少说服力。有没有近一点的例子呢？有，我想再举出一个可类比的——比如"探戈舞"，一种性感而美的舞蹈。多年前，我听到一种说法，说探戈不只性感热辣，而且有一种忧伤。我很不理解，心想，这算不算矫情呢。那些充满性暗示的动作，居然会被理解为"忧伤"，喊。多年后我才逐渐明白，探戈之美，其实是用了合法方式，包裹下了人类的身体欲望的全部秘密，包括对于这欲望的实现和节制。因为那舞步中的节制乃至压抑，而忧伤。

我当然知道舞蹈艺术的隐秘来源，它除了和文学一样，是"起源于劳动"之外，还有一个起源，就是性与生殖活动。著名美学家朱光潜先生在他的《诗论》中，曾经举出了澳洲土著的"考劳伯芮舞"（Corroborries）的例子，他说，这种舞通常在月夜里举行，舞时部落的人围绕着篝火，女性裸体立于旁边，男人则排成队伍来跳舞①。显然这是一个男女性爱和生殖中的选择仪式，这一过程犹如配对的过程，男男女女各自寻找满意的伙伴，将原

---

① 　朱光潜:《诗论》，生活·读书·新知三联书店1998年版，第9页。

始人类的生活赋予了"文化"色彩。

还有更露骨的，朱光潜还列举了霍济金森（Hodgkinson）所描写的土著部落的"卡罗舞"（Kaaro）。这种舞也是在月夜举行，开始之前他们先饱餐一顿，而后由男子每人手执一长矛，沿着一个类似女性生殖器的土坑跳来跳去，用矛插入坑里去，做出种种模仿的姿势，唱着狂热的歌调[1]。

从人类学的角度，不难看出舞蹈的来历，以及那些动作的性含义。这让人想起现代舞蹈中的变化，显然，现代的舞蹈更加复杂和美化了，音乐和节奏都更为专业和丰富，但是否舞蹈的原始意义就改变了呢？在高级的审美诉求之外，舞蹈那原始的生命内核，其身体性的内驱力，难道就消失了吗？没有。在探戈中，它依然深置于那些动作之中，美掩饰不住其欲望的本质。

有人专门研究了探戈的起源，我在一本阿根廷人费雷尔所著的《探戈艺术的历史与变革》[2]一书中，看到了十分详尽的记载，作者告诉我们，在 20 世纪初期的探戈，是阿根廷拉普拉塔河流域中的"淫秽的音乐"，"是郊区人悲伤、痛苦、放荡不羁的产物"，而且只"在痞子艺人中间流传"。他说：

----

[1] 朱光潜：《诗论》，生活·读书·新知三联书店 1998 年版，第 10 页。

[2] 奥拉西奥·费雷尔：《探戈艺术的历史与变革》，欧占明译，北京师范大学出版社 2014 年版。

探戈在发展初期的很多主要作品，受到了城郊被边缘化的人群淫秽思想的重大影响：非常重要的是，探戈成了妓院的敲门砖，在妓院里探戈成了嫖客性欲的催化剂，并且由此创造了独特的舞蹈动作。

费雷尔说，由于欧洲大量移民的到来，在布宜诺斯艾利斯的城郊地带，形成了大量过剩人口的滞留，在人们的穷极无聊中，色情业也发展起来，而最早来自非洲的探戈舞，就逐渐演化，成为具有明显性挑逗性质的催情之舞。然而，草根艺术家们不但丰富了这些舞蹈的形式和动作，而且迅速将之传入了欧洲大陆，并且在那里得以提升，成为一种具有强烈异域风情和"高雅趣味"的新的艺术形式。

关于探戈的历史，我们先说到这儿。再接着说一部与探戈有关的电影，这部电影的名字叫《水性杨花》，剧情我想也可姑且称之为"洋爬灰的故事"。讲述的是20世纪30年代，一个在美国留学的英国青年爱上一个美国女孩的故事。男孩叫威特克，清纯而英俊，女孩叫拉莉塔，性感而热烈。两人"闪婚"之后，回到了丈夫在英国的乡间庄园。本来这应该是一趟其乐融融的亲情之旅，但女孩来到婆家之后并不快乐。她的婆婆是一个非常保守、强势和挑剔的人，一直在刻意挑她的毛病；公公是一个阴郁的男子，因为曾参加一次世界大战，众多战友的死亡已使他全然勘破人生，生无可恋，懒得管任何事。两个小姑子愚蠢而八卦，她们找出了载有拉莉塔原来不幸婚姻的新闻的报纸，使得拉莉塔陷于尴尬之中。

在老威特克举办的庄园舞会上，忧伤的拉莉塔已然决定离开，但她还是给了全家面子，她在高潮阶段盛装出现，简直光彩照人。她希望与年轻的丈夫小威特克跳一曲探戈——那时探戈在欧洲还刚刚兴起，确乎有些惊世骇俗的意味。但是她的丈夫受到婆母的挑唆，全不顾忌任何体面，当众拒绝了她。这对她来说是非常尴尬的场面，照一般情形，她或许会哭着离开这个格格不入的家庭，但她是强悍的，有着美国女孩特有的自尊和骄傲。她睥睨地扫视众人，做出了另行邀请男士的动作，但并无一个合适的"真男子"能与她匹配。一个小混混走上前来，他觊觎拉莉塔的美貌已久，但是因为他气质猥琐，被拉莉塔得体地拒绝了，她将手里的酒杯顺势塞给了他。就在她环视四周，无人应答之际，他的公爹老威特克出现了。当晚他一改往日做派，不只刮了胡须，整理了发型，而且身穿燕尾正装和花式衬衣，简直是一副王者气派，他向儿媳伸出了援手。

拉莉塔略微愣了一下，她没有想到会是这样，接着，他们便开启了舞步。最初是小心地试探，互相适应，很快他们就进入了那热烈的节奏之中，在众人的注视下，儿媳用脚尖拨开了公爹的左腿，然后将她那修长的大腿，伸进了老威特克的胯下，他们的

123

身体渐渐协调，且紧紧地贴在了一起，开合、旋转、腾挪、相拥，跳出了一曲令全场瞠目，让婆母愤怒，使小威特克伤心的性感探戈。

结束动作是一个漂亮的旋转，之后公爹用右臂将儿媳的身体夹起，一个漂亮的悬空之后，稳稳落地，而儿媳又将右腿搭上了公爹的左胯，两人深情注视，欲说还休，一个完美的结束。

随后是婆母的高声怒骂，她当然没有像泼妇骂街那样不堪，而是说"简直可以和布宜诺斯艾利斯的妓院媲美了"之类的话。拉莉塔坦然地，依然风度傲人地走出了庄园，坐上了她的跑车——她原就是一名女赛车手。但就在她发动引擎，踩上油门，准备扬长而去的时候，老威特克却坐了上来。

结局是令人瞠目的，儿媳与公爹，公然一起从家里出走了！

你当然可以认为，他们不过是一起离开了而已，同是天涯沦落人，并不见得他们就会走到一起。可是你也可以设想，为什么在拉莉塔来之前，老威特克不曾离家出走？虽然他也沉默寡言，但与这个家里的人还是可以和平共处，为什么此刻却忽然扩大了与老婆和家庭之间的裂隙，也要愤然离开呢？

说严重点，这几乎就是一个"洋爬灰"的故事了，那一刻我世俗的伦理观受到了严重的挑战，然而我的艺术趣味，却使我宽宏大量地原谅了他们，不止原谅，我甚至还觉得这结尾相当解气，结得有想象力。

显然，艺术的伦理在这里悄然僭越了社会伦理，我们在日常生活中那些坚不可摧的信念和教条，顷刻间被这一曲探戈，被这一对迷人的男女给瓦解得无影无踪。

　　让我们再回到近处的例子，在我们这个讲究宗法传统的民族这里，也喜欢以文学挑衅世俗伦理。一部《金瓶梅》，所讲述的便是穷奢极欲、淫人妻女的故事，然而张竹坡先生却不这么看，他不认为《金瓶梅》是淫书一部，相反却将之看作是与古来圣贤之书一样的"发愤之作"。原话是"此仁人志士、孝子悌弟不得于时，上不能问诸天，下不能告诸人，悲愤鸣邑，而作秽言以泄其愤也……吾所谓悲愤鸣邑者……夫终不能一畅吾志，是其言愈毒，而心愈悲"。大意是，该书是以"秽言泄愤"的悲天悯人之作，所表达的乃是仁人志士之胸襟块垒。故事和语言愈是不堪，所传达的意旨愈是高贵。

　　你信吗？反正在下是不太敢信，我觉得这也算是古人喜欢的"强制阐释"的一个绝佳例证了，和汉代的大儒们喜欢用"后妃之德"的说法来解释《诗经》，是出自一个逻辑，是"关于文学的世俗伦理过于敏感"的结果。在我看来，也许作者并无那么崇高的愿望，他无非是先讲一个"欲望故事"，然后再将之修正为"训诫故事"，中间的"道德转换器"就是西门庆之死。"纵欲暴亡"使得之前所有的骄奢淫逸，立刻转换为了人生的教训，以及中道而坠的无限凄凉，由此让看者各取所需。因为很显然，单

125

纯的"训诫之作"是无人欣赏的，谁会有兴趣去听道学家喋喋不休的人生教诲呢？同时，纯然的"风月笔墨"也会被视为"坏人子弟"的文字，明清之际这种消费性的小说实在是太多了，其危害，曹雪芹在《红楼梦》的第一回中早有论述。所以，调和一下是必要的。因为风月可以招徕眼球，训诫可以使风月合法化，两者互为依存的前提，也互为叙述的补充，便可使此书堂而皇之地进入了"四大奇书"的名单，而得以区别另外的那些一味"荼毒人心"之作。仅此而已。

而且，西门之死也同时是一个"美学转换器"，使他由一个十恶不赦的色魔淫棍，变成了一个"以死自赎"的可悲可怜之人。它表明，那些在佛家和道家所说的"业报"与"轮回"，也已因果显现。他所经历的一切，已变成了一种别样的人生启示录，他的悲欢际遇纵欲早亡，还有身后的家道败落与冤孽报应，也变成了类似《红楼梦》中所说的，"好一似食尽鸟投林，落了片白茫茫大地真干净"的景致。同样令人唏嘘和感喟。这就是文学中的伦理，它是如此宽容而又模糊。

顺势延伸，便又来到了《红楼梦》。

在中国人的观念中，"爬灰""聚麀"都属为人不齿的行为。爬灰为俗语，聚麀则为含蓄的说法，但无论是哪一种，在现实中都是道德的禁地，属于人尽唾弃的丑事。然而在文学叙事中就不然了。《红楼梦》中，作者就在非常核心的关节点——第五回中，写到了贾宝玉和其侄媳秦可卿之间的隐秘关系。虽然此刻宝玉尚未成年，但已经有了相当复杂的感情需求，有了朦胧的性意识，他对于秦可卿隐秘的性想象，就导致了这一关键而美妙的"乱伦之梦"。

当然，曹雪芹在处理这一乱伦之梦的时候，是采用了隐晦的曲笔和转借的方法，将现实中的侄媳可卿，变成了警幻仙子的妹妹，仙境中的可卿，且将她的容貌做了几近"钗黛合一"的"兼美"处理，言她"其鲜艳妩媚，有似宝钗，风流袅娜，又如黛玉"，这种含混的想象，确乎符合此时宝玉未成年的心理特点，对于人生未来的设计还属懵懂，其感情的想象也还充满了直感和不确定。而且问题的关键在于，他想想黛玉宝钗也就罢了，那是他的同龄人，是对等的，他为什么要将这人生的第一个春梦，设定在业已成年的侄媳秦可卿身上呢？

我只能说，这就是伟大作品的设计，因为它最大限度地将笔触伸向了人性或灵魂世界的最隐秘处，最大限度地暗含了说不清楚的东西。作者并不想把这其中的男男女女们，塑造成冰清玉洁不食人间烟火的仙人，而是将他们置于生命、生活、生存的复杂纠葛与矛盾的交织中，以此来展现全部的复杂与丰富。

贾宝玉和秦可卿之间的关系，仅仅是构成了一种乱伦的替代形式。但在可卿和其公公贾珍之间，却是有"爬灰"之名的，所谓"父子聚麀"也与她沾边。既是公公爬灰，必然父子聚麀啊。

**127**

当然，聚麀之诮在《红楼梦》中是多指的，可能还指贾琏贾蓉叔侄，他们与尤氏二姐的关系。这些都是贾府上的丑闻，但无论怎么说，这可卿和尤氏姐妹在小说中，却都不是什么败坏人伦的反面人物，作者都对她们寄寓了深切的同情和悲悯。这就是文学的伦理。

还要顺便说一句，即便是核心的"正面人物"，也不一定就是纯洁无瑕的，就宝玉而言，他也有一样的鬼胎；小小年纪就已暴露出其强烈的占有欲，刚刚在梦里厮会了仙子，旁及了可卿黛玉宝钗，醒来后经不住袭人的拷问和引逗，又与她"温存了一番"，草草地体验了第一次。之后，他感兴趣且花心思的，又岂止这些，还有那妙玉、晴雯等等。你要说他是"未成年的西门庆"便罢了，而非要说是"初步具有了民主主义思想"①的先进人物，硬往进步阶级的爱情观上扯，确乎便是"扯"了。

## 三 诗歌写作中的"道德豁免权"

在莫斯科阿尔巴特大街的尽头，矗立着两座紧挨在一起的高

---

① 从"百度"输入"贾宝玉"和"初步具有民主主义思想"关键字，可得 69 篇相关论文。时间分布自 1970 年代到 2015 年，刊物从《中国社会科学》到一般通俗读物，作者从著名学者、红学家到一般作者均有，真乃奇观也。

大铜像，他们是俄罗斯的文学之父伟大诗人普希金和他的妻子冈察洛娃的雕像。他们并肩携手，矗立在岁月的斑斑锈迹之中，沐浴在夏日的阳光之下，以及所有来此参观的人们的崇敬的目光之中。

据说现今俄罗斯语言的词汇当中，有很大一部分是由普希金创造的，可见一个诗人对于他的母语作用有多大。卡西尔曾说，"在但丁、莎士比亚和歌德诞生的时候，意大利语、英语和德语是一个样子，等到他们谢世的时候，则成为另外一个样子"。这是大意，我不知是否说得确切，但这的确表明了诗人在民族语言中的地位。所以，无论普希金说什么，似乎都是无可置疑的，无论他做了什么，似乎也都是理所当然的。至于他所说和所做是否符合世俗道德，则并没有谁会真正计较。

这类似于一种奇怪的，且为诗人所仅有的"道德豁免权"。若是了解兰波和魏尔伦的为人，便会知道那何止是一双奇葩，说是垃圾和人渣大约也不算过分，赌博、贩毒、吸毒、滥性……可如今谁还记得他们的不堪，诗歌史上大概只留下了他们的传奇，以供无数人追捧和崇拜。对于中国的诗人也是一样，古往今来，有多少诗人在诗中传达了他们游戏人生的——至少是"不那么正面"的世界观，又有谁跟他们计较过。李白的"古来圣贤皆寂寞，惟有饮者留其名"，搁现实中，少说也是个"负能量"。他一天到晚炫耀自己的酗酒滋事和游手好闲，好像也没有谁揭发过

129

他的放荡人品与不检点的私生活。再如杜牧，干脆公然在诗中张扬其对于女性的玩亵，可谓是一副狎邪祖师的派头，"十年一觉扬州梦，占得青楼薄幸名"。还有更隐晦且变态的，"二十四桥明月夜，玉人何处教吹箫"。他那里倒好意思说，却让解释的人很难开得了口。有谁写文章批判过他吗，今日的女性主义者们，有谁认真理会过这种赤裸裸的男权主义呢？

我只是随意举些例子，我们还是再回到普希金。关于他的故事简直太丰富和离奇了，没必要都展开。我们只说普希金之死，他的死是缘于一个法国贵族军官丹特士的挑衅，丹特士一度疯狂追求普希金的妻子冈察洛娃，导致了流言压力下普希金与他的决斗，那时俄罗斯上流社会还有这种野蛮的陋习。这次决斗导致普希金负伤致死。

在很多材料中，都有关于冈察洛娃负有责任的说法，认为是她的虚荣害了诗人；过去我们所能够见到的文学史，更是将丹特士描述为与俄国上流社会的黑暗势力勾结在一起的角色，是他们共同"阴谋杀害"了具有进步思想倾向的诗人。然而多年之后，我们又知道了另一种刚好相反的说法，有人认为普希金婚姻的不幸，其责任首在于多情而善变的普希金本人。他在婚后不久，便轻浮地向妻子夸耀自己的风流艳史，说"你是我的第一百一十三个恋人"云云。这些说法今天已很难证实或证伪，但在普希金留存下来的诗歌中，我们却至少可以找到他对于十数位女性公然表达的爱慕，甚至暧昧。有案可查的就有《被你那缠绵悱恻的梦想》，是写给费奥多罗夫娜·扎克列夫斯卡娅的;《为了怀念你》，是写给沃隆佐娃的，她比普希金大七岁，是敖德萨总督沃隆佐夫公爵的夫人;《娜塔莉亚》，是献给托尔斯泰伯爵家的农奴女演员娜塔莉亚的;《致凯恩》，是写给他几乎一生的情人凯恩的……这当然也没有谁认为不妥，但如果仅仅是为了向妻子"炫耀"自己和一百多个女人有过男女关系的话，那么这位俄罗斯文学之父、伟大的诗人，和一个通常意义上的纨绔子弟又有什么区别呢？但那些诗却留下来，它们是美的。在《致凯恩》当中，普希金写道:"我记得那美妙的一瞬，在我的面前出现了你，有如昙花一现的幻影……"

不过，1825 年写此诗的时候，普希金尚未与冈察洛娃结婚，他有恋爱的自由。但又有材料说，在他和冈察洛娃的四个孩子陆续降生的过程中，他仍与昔日的情人罗谢特、凯恩等人联系，甚至同时与贵族妇女奥西波娃及其两个女儿谈情说爱，不断地向她们献上诗作，他甚至还爱上了库图佐夫元帅的女儿西特罗娃和其孙女多丽，并以多丽为原型塑造了短篇小说《黑桃皇后》中丽萨的形象……

我仍然不能肯定这些说法的真实性与否，但即便是这些互相矛盾的材料，也足以证明普希金作为一个浪漫诗人的情感生活的复杂与混乱。我想说的是，如果放在一个俗人的身上，所有这些

131

都是可指摘的，甚至是庸俗和令人作呕的，可是一旦放在普希金身上，那就变成了不可或缺的佐证——因为他是"俄罗斯最伟大的民族诗人，追求真理和自由的斗士，友谊和爱情的歌手……"这些教科书式的表述，若是没有他的这些爱情故事作为支撑，又何以构成那些宏大叙述的理由？

这就是我看到的普希金雕像，他与娜塔丽娅·尼古拉耶夫娜·冈察洛娃并肩携手，超越了他们并不完整也不完美的婚姻，超越了那些流言蜚语中的是是非非，消弭了那些痛苦的争吵和不可原谅的过失，超越了他们各自的人生悲剧，终于在青铜中达成了这属于诗和艺术的完美。

这其实是一个重要的"秘密"和问题——写作者的权力，甚至"特权"，究竟存不存在？如果存在，它的方式、根基和限度究竟在哪里？古往今来，写作者凭着诗歌得以成为酒神的化身。在李白的诗歌里面，喝酒变成了一种特权，当然，这特权来自更早先的诗歌传统，从曹操开始，喝酒与讨论人生，便成为一个有身份者趋之若鹜的话题，但只有在李白那里，才真正成了"撒娇"的理由。"李白斗酒诗百篇，长安市上酒家眠。天子呼来不上船，自称臣是酒中仙。"牛到这种程度，这是杜甫为他作的，将他的恃才傲物与混不吝，做了合法化的命名与包装，后人便因此来赞佩和服膺他的所有行为。

但是，如果这个人就在你的隔壁，你却如何应对？恰好梁实秋写了这样一篇文章——《假如住在一位诗人的隔壁》，他说，"在历史里一个诗人似乎是神圣的，但是一个诗人在隔壁便是个笑话"，为什么呢？他一天到晚在那喝烂酒，喝醉了还要作诗，大呼小叫的，还不烦死你？但这就是诗人在文本中的特权——有时这特权还伸进了现实之中，他可以"不好好说话"，可以拥香抱玉，可以放浪形骸，可以公然声称"十年一觉扬州梦"云云，而不被认为是法律或伦理意义上的不正当，究竟出自谁的庇护呢？

白居易的例子，似乎最能够说明问题。我之所以举出他，是因为他写出了《卖炭翁》之类的作品，写出了"心忧炭贱愿天寒"之类的诗句，被誉为"伟大的现实主义诗人"，在文学史中被前所未有地道德化了。他对底层百姓的关注，虽然在他的诗中只占了极小的比例，但却被认为是具有了所谓"人民性"的诗人。这当然没问题，但这种高度道德化的论述，说到底又是一种选择性的评价，因为如果不怀偏袒地看，白居易有时候也很成问题，很不道德，说得直接些，不但没有人民性，连人性也很稀薄了。常人知道他悲天悯人，提出了"文章合为时而著，歌诗合为事而作"的写作观云云，但他时常和包括元稹在内的这些哥们儿，在一起拥香抱玉，甚至玩换妻游戏，交换女朋友，这些事却很少被人谈起，他堪称厚颜而绝不赧颜的《追欢偶作》之类的诗，就被刻意淡化，甚至遗忘了。

133

各位在正统的文学史中，大约不会看到这首诗，因为主张说白居易有"人民性"的人，会很不愿意读到它：

> 追欢逐乐少闲时，补贴平生得事迟。何处花开曾后看，谁家酒熟不先知。石楼月下吹芦管，金谷风前舞柳枝。十听春啼变莺舌，三嫌老丑换蛾眉。乐天一过难知分，犹自咨嗟两鬓丝。

这是白居易的自曝，并不是别人的"揭发"。他自言终日追欢逐乐，以玩女性、花天酒地来"补贴平生"，还觉得有些太晚了，之前没有能及时行乐。"何处花开"两句，说的是人生得意须尽欢，不要等凉了黄花菜之意。再后面就是描述其日日饮宴歌舞的场景，不予赘述了，关键是接下来的两句，实在是太过分了，他挑肥拣瘦到变态的程度，好端端一个妙龄女孩，听她唱个十回八回，就开始厌倦了，开始嫌弃人家老丑，急吼吼就要换人。这要多糜烂、多不要脸才能做到啊，他还兀自觉得人生苦短，来不及行乐。

原来这"白乐天"三个字，也可以作这般解释。他在诗中坦然而公然地写到了他并不高尚的人生感怀，他的自我激励并非事关国家兴亡的正事，和老百姓的愁苦没半毛钱关系，他只是一味地怨恨没有两倍的人生，用来寻欢作乐。这些场景若是放在桀纣之君的头上，自然就是荒淫无道，无耻了，但在诗人这里，便成了一种可谅解，甚至可炫耀的潇洒。

既说到了白居易，就索性再多说几句。白居易不但以诗宣教他的沉湎酒色，还做过一件不可原谅的事，就是"以诗杀人"——杀了一位无辜的女子，叫作关盼盼。这可不是别人编排他的，是他自己所招，在他的《燕子楼三首》前面，有一个序，详载了他和友人之爱姬关盼盼的唱酬史。而关盼盼之死，与他的这三首诗有密切的关系。

关盼盼是谁？乃是曾任职徐州刺史、官至工部尚书的张建封的爱妾①，当年白居易还只是一个小小校书郎之时，游经徐泗，去顺访张建封大人，张是当世名流，且非常好客，作为前辈很谦逊地接待了他，并以厚礼相赠。《新唐书》列传第八十三里有载，张建封雅好文辞，喜欢交友，待人至为诚恳，"性乐士，贤不肖游其门者，礼必均"，不管是好人坏人，名声如何，只要到访，赠送的礼物都一样多，从不厚此薄彼。故这位小小校书郎来访时，张也以家宴招待，还请出了自己最宠爱的关盼盼歌舞助

---

① 北宋张君房《丽情集》一书中，认为此事是发生于张建封与白居易身上，南宋计有功的《唐诗纪事》亦采此说。但后人辨伪，认为是误把建封之子张愔的事情安在其父身上了，且对关盼盼此人是否存在亦有质疑。但在《白氏长庆集》卷十五中，确有《燕子楼三首（并序）》记载了他在张府所见盼盼，以及他与张仲素唱酬之事。这几首诗出处背景和意思是无误的。

兴。关盼盼不只貌美如花儿，歌舞亦属妙绝，自然让白居易不能释怀。

十多年后，张建封的旧属，时任司勋员外郎的张仲素前来拜访白居易，带来了张建封身后的消息，并言他过世后，其爱姬关盼盼并未改嫁，而是一直孤居在徐州城西的燕子楼为夫守节，也算是一个贞节烈妇了。张仲素带来了他专为关盼盼写的三首诗，其中可见关盼盼彼时的挚情与孤困。这诗写得很感人，诗中有道："楼上残灯伴晓霜，独眠人起合欢床。相思一夜情多少，地角天涯未是长。"读后令人伤感，白居易读之也不免长吁短叹，随"感彭城旧游"，因同其题唱和了三首。

最后一首是这样的："今春有客洛阳回，曾到尚书墓上来。见说白杨堪作柱，争教红粉不成灰。"是说这张仲素来访的事情，得知了张尚书已然作古的消息，想那坟上的白杨已长成了大树，可当年他留下的那些娇妻美妾还都活着。"不成灰"，这话说得有点像是诅咒别人。平心而论，前两首大体为唱和，有少许念其家人孤单的体恤，但其中"燕子楼中霜月夜，秋来只为一人长"之类，已有些许荒腔走板了，说难听点，也可以理解为略有些轻薄，意思是，这么美的一个女子，怎么光想她死去的男人呢？

第三首不唯文辞愈加蹩脚，更见出他那男尊女卑的肺腑、刚愎自用的嘴脸来，几许怜悯已然变成诅咒，人家坟上白杨长成参天大树，干卿底事，可他却硬要充作理直气壮的卫道士质问人

136

家，你这红粉居然还有脸活在世上？设想，如果关盼盼读到，怎会不满腔悲愤？但白居易好像还不算完，又补了几句：

> 黄金不惜买蛾眉，拣得如花三四枚。歌舞教成心力尽，一朝身去不相随。

他这是挑逗人家，说当年张尚书到处挑肥拣瘦，终于把你们买了来，教会了你们唱歌跳舞，如今他老人家走了，你们为何不跟着去。这下连当年款待他的前辈也一块讥讽了，殊不厚道。试想，这如何不叫原本早已心如止水的关盼盼怒火满腔。所以在后人所编的故事中，关盼盼看了这首诗之后，愤然绝食而亡，并回了他一首："自守空楼敛恨眉，形同春后牡丹枝。舍人不会人深意，讶道泉台不去随。"临死又留了两句："儿童不识冲天物，漫把青泥汗雪毫。"

这样的人还为官写诗，真是一俗物耳，不配理解我之贞节和志向。骂人未吐脏字，却足以叫人无地自容。白居易写了一辈子诗，没有想到会遇到这样一位贞烈女子，他不明白，她之活着要难于死，居然说出这样不着四六的话来。从人格境界上说，他完全输了，可谓是假道学遇到了真烈妇，油腻男碰到了冰清玉洁女。

此事如果确实，便是白居易一生当中的一大污点了，放到现

137

今是要负法律责任的，只是古人宽容，将这段故事编为了一段佳话。即使没有后面的这番故事，但从这三首诗看，也是有猥琐卑鄙之嫌的，至少是既不正大，又不得体的。

诗歌确乎是一个奇怪的文体，其中的伦理问题变得深不见底，有时候很宽，有时候又很严。对于白居易来说，一方面是宽，我们作为读者和研究者，对他的不得体的作品从未予以深究；另一方面是严，若是平常人对于关盼盼的处境说三道四，不咸不淡地说点什么，似乎都无所谓，但对于白居易来说，这样说就算是不可原谅了。

这意味着，我们在写作时，必须要知道这伦理之宽的来历，它的凭据，决不能滥用这权力，并因此犯下不应该犯的错误。


## 四 写作中暴力问题的伦理尺度

显然，问题渐渐清晰起来了，但在某些领域——比如对暴力叙事伦理的认识，依然十足含混。作为极端的例证，需要我们再做些厘清。

若论暴力叙事，《水浒传》自然是老祖宗，它通篇都离不开暴力主题，那么其作者把握的尺度，便成了值得深究的问题。

当然首先得益于小说的"传奇逻辑"。因为属于英雄侠客的传奇，小说中的一切暴力都被合法化了。那些强盗人物，类似赤发鬼刘唐，最早说动晁天王一块做盗贼的家伙，还有那个贼眉鼠眼惯作梁上君子的鼓上蚤时迁，十字坡下惯用蒙汗药麻翻客人，再卖作人肉包子的菜园子张青与孙二娘夫妇，还有那个十分不要脸的，得机会就想强抢民女的好色之徒王英……这些人，若非处在传奇叙事中，是断难登得了大雅之堂的，更遑论忝列一百单八个"好汉"。

以黑旋风李逵为例，他的行为方式，常常是暴徒的逻辑。每遇战事必是冲将前去，抢着两把板斧，砍瓜切菜般齐齐地砍过，"所砍的是看客"。有谁是苦主，会诉他滥杀无辜？没有，只因他那张黑脸上刻了"好汉"俩字，便可以有着滥施暴力的特权。还有鲁智深，过去看"拳打镇关西"一节，每每感到痛快，但那是因为我们给鲁提辖预先安上了"除暴安良"的桂冠，给定了他"急公好义"的头衔，一旦深究，他那三番几次挑衅郑屠的做法，也委实有些过分——先要十斤精肉，不能有一丁点肥的在上面；再要十斤肥肉，不要带半点瘦的，都"细细地切做臊子"。那郑屠自知来者不善，一直小心赔着笑脸，亲自操刀伺候，切完了用荷叶包好，可是这边找碴儿的人仍是不依不饶：

鲁达道："再要十斤寸筋软骨，也要细细地剁做臊子，不要见些肉在上面。"郑屠笑道："却不是特地来消遣我。"

139

鲁达听罢,跳起身来,拿着那两包臊子在手里,睁眼看着郑屠说道:"洒家特地要消遣你!"把两包臊子劈面打将去,却似下了一阵的肉雨。

等的就是这句话,无论那郑屠说什么,两包臊子都是要劈面打将去的。而且一旦动手,那郑屠便不会再有机会卖肉切臊子,霸道占民女了。只三拳,便非常有节奏感地结果了郑屠的性命。

照现今的法理,这鲁提辖不是在维护社会治安,而是擅自越权执法,而且是典型的过度执法。若他以说理加震慑,能够使郑屠户终止对金氏父女的侵害,则善莫大焉;但他不由分说,以寻衅方式挑起斗殴,在郑屠罪不至死且尚懂得畏惧的情况下,执意将其打死。这分明是又一种滥施暴力。同样的还有武松醉打蒋门神,助施恩"义夺"快活林,号称义夺,实则也是以私冒公。如果说那张都监和蒋门神是合伙霸占一方生意的黑社会,那么之前孟州牢城中的施恩父子以敲诈服刑犯人为业,更兼垄断经营快活林商业街的行为,就属光明正大吗?其所行的,不也是黑社会的那一套吗?所以,武松为报其恩而出手的行为,也断然算不得什么义举。

但这些在《水浒传》里,都妥妥地变成了一笔糊涂账,没有人会与之计较。

也许有人会说,这是中国人的问题呵,只重利害,不重是非，或许。但西方文学中的伦理就那么泾渭分明，是非清楚吗？也不见得。《十日谈》中那讲故事的七女三男，在黑死病到处蔓延的时候，并没有挺身而出的勇气，也没有救济穷人的善心，他们是将自己的城堡与外间隔绝，每日过着无忧无虑的生活，讲着诲淫诲盗的故事，那些男男女女偷鸡摸狗的行为，并不是多么纯洁和高尚的，讲故事者的态度，也没几分善恶的界限，但我们却将之作为文艺复兴的先兆、人文精神的曙光。又去哪儿说理呢？

在莎士比亚的著名喜剧《威尼斯商人》中，曾塑造了一个犹太商人夏洛克的形象，这个角色在剧中是一个备受讥嘲和非议的人物，他心如铁石，悭吝成性，以放高利贷为业，视钱财如命，他和基督徒安东尼奥，刚好形成了一个对比。安东尼奥慷慨大度，接济他人从来不收利钱，但却一度拮据而不得不向夏洛克借贷。他平时见到夏洛克时，都是待以鄙视和辱骂的态度，是典型的光荣正确的伟岸气质，而相比之下，夏洛克则是个猥琐的老儿。但莎士比亚并未完全将他脸谱化，而是也给了他表达愤怒与不平的机会。从他的嘴里，我们也可以看出犹太人所受到的不公正的对待。他说：

> 安东尼奥先生，好多次您在交易所里骂我，说我盘剥取利，我总是忍气吞声，耸耸肩膀，没有跟您争辩，因为忍受迫害，本来是我们民族的特色。您骂我异教徒，杀人的狗，

141

把唾沫吐在我的犹太长袍上，只因为我用我自己的钱博取几个利息。好，看来现在是您要来向我求助了……我应该怎样对您说呢？我要不要这样说："一条狗会有钱吗？一条恶狗能够借人三千块钱吗？"

即便是一个受审判者，也有机会陈述自己的理由和处境，有为自己辩护的权利，这就是莎士比亚的态度，也是文学的态度。关于犹太人的历史与文化，在欧洲是个复杂的问题，在莎翁的剧中，亦可以窥见排犹主义的古老历史，但也透露了犹太人的某些心声。请看夏洛克的反问：

他曾经羞辱过我，夺去我几十万块钱的生意，讥笑着我的亏蚀，挖苦着我的盈余，侮蔑我的民族，破坏我的买卖，离间我的朋友，煽动我的仇敌。他的理由是什么？只因为我是一个犹太人。难道犹太人没有眼睛吗？难道犹太人没有五官四肢，没有知觉，没有感情，没有血气吗？他不是吃着同样的食物，同样的武器可以伤害他，同样的医药可以疗治他，冬天同样会冷，夏天同样会热，就像一个基督徒一样吗？你们要是用刀剑刺我们，我们不是也会出血的吗？你们要是搔我们的痒，我们不是也会笑起来吗？你们要是用毒药谋害我们，我们不是也会死的吗？那么要是你们欺侮了我们，我们难道不会复仇吗？

你能说夏洛克说得完全没有道理吗？如果转换为他的处境，他的逻辑，那么他的行为便也有了几分道理，甚至也有了复仇的理由。

显然，例子是有限的，道理却是无限的，世俗伦理的种种规限在文学叙事中，都被悉数"软化"了，反过来，在文学叙事中的伦理之于社会的规则与评价，也是一个模糊的，或者刻意含混了的关系。它必须让那些简单的判断和处置失效，或是被反转。

以上这些都属于远处的例子了，要么是古人，要么是外人，我们再以当代作家为例，来看看其叙事伦理的尺度问题。也许我们更要怀以宽容之心来看待他们，因为所见以道德为理由的指摘，对他们来说，常常是太多了。

仍然说暴力叙事的问题。如何叙述暴力，是直面而述，"敢于正视淋漓的鲜血"，还是"化刀剑为玉帛"，不同的人有不同的主张。如果你是写儿童文学的，那自然不应该写暴力，但如果不是，问题就没有那么简单。有人说，艺术是真善美，所以反对在文学和艺术中表现暴力。不错，文学是与美有关，但除了"美善"，还有"真"，在我看来，真是第一伦理，如果离开了真实，那么美善就有可能陷于虚伪。反之，假如我们要想忠于真实，有时便不得不放弃美善的粉饰。

143

顺便说一句，我刚才说到有些动辄声称文学不能书写暴力的人，在声讨别人的时候，极有可能就是语言施暴的人。我反复提到耶稣与法利赛人的故事，那些用石块击打行淫的妇女的人，不一定就是恶人，他们通常情况下有可能就是一些平常的人，所谓"平庸之恶"，但因为对于自我之恶缺乏认知，所以对于别人的恶就特别不能容忍。这是一个有关辩证法的坏例子。这个道理反过来，当我们读到暴力书写的时候，为什么不能作为自己的一面镜子，而非要指摘别人是诲淫诲盗呢？再反推，作家书写暴力，极有可能也就是为我们的人性之恶提供一面镜子，就像《阿Q正传》中的阿Q，他既是一个被压迫和被损害者，同时也是一个加害者和施暴者——对于小尼姑和吴妈，王胡和小D而言。否则，他又何以成为不朽的典型呢？

很显然，一般读者从不会质疑李逵的滥杀无辜，不会质疑武松的私设公堂、审杀嫂嫂，也不会对鲁提辖寻衅滋事、三拳打死镇关西有不同看法。为什么呢？因为他们认定打人者是古代的传奇英雄，是一种杀富济贫、匡扶正义之举，是一种江湖英雄的特权，不会与今人有甚瓜葛。这是一种奇怪的宽容。但是对于同时代的作家，他们便变得苛刻起来。比如，我听到了太多对于莫言和余华小说中的暴力书写的非议，这里面有批评家，有一般的读者，还有人从政治上挑刺做文章。什么原因呢？无非是他们将现实伦理与文学伦理混为一谈了。因为在现实中，我们应当坚持用正面的价值引导人，可是就因为这样一个理由，就不允许作家在文学叙事中表现暴力了吗？

有人会说，可以写暴力，但不是"宣扬暴力"。听起来在逻辑上是正确的，但我就不明白了，如果不真实地呈现暴力的情景，如何让人想象和识别暴力，如何让人们批判和厌恶暴力？所谓不宣扬，又何以起到警示和反思的作用呢？显然这是一个悖论，我并不反对这种说法，就是通过暴力书写起到对暴力的反思与批判作用，但是并非掩饰和省略暴力才是合乎正面价值的。如果历史上确乎发生了类似"檀香刑"那样的屠杀，在中国近代确乎上演了类似的惨剧的话，那么为什么不能像鲁迅所说，"敢于直面惨淡的人生，敢于正视淋漓的鲜血"？难道让写作者去掩饰那些曾经的悲剧与惨剧，才是正确的吗？

# V

虚构写作

十讲·之五

# 如何向一个古老的叙事致意

迄今为止，人类已有的写作，冥冥之中和某种程度上，都可能与之前的叙事有关联。这既是一个学术性的问题，又是一个创作当中常见的问题。诗人批评家 T.S. 艾略特曾以《传统与个人才能》为题谈论过这个问题。大意是，没人可以在历史与传统之外，单靠个人的才能来写作，他所有的作品都建立在与之前文本的某种关系中。

这个说法可以更具体些——所有写作都建立在与之前人类所创造的文本与语言的对话关系中，要么是其绵延、重复、模仿、幻形、替代、悖反、颠覆……总之都会发生关系。即使作者不想如此，读者在阅读和理解时，也会做类似的理解，将自己事先获得的知识和经验代入进去。所以，不可能存在一个真正意义上的文本的飞来之物，更不可能有事实上的"断裂"。

正因为如此，我们不只要"被动地"与前人的叙事发生关

149

系，甚至还要"有意识地"去建立这种联系，这样会使得我们的写作得以承载更多的内容，以获得某种传统经验的印证，并被汇入一个谱系中去，引发更多人的认同、共鸣或关注，也产生更多和更为广泛的意义。


## 一　什么是"原型"，又如何向其致意

学术的问题我不想谈太多，只简单涉及一下，证明此话题不是无中生有。关于"原型"，加拿大的理论家诺斯洛普·弗莱——精神分析学派的传人之一，首先提出了这个概念。原型主要是以神话作为考察对象而得出的概念，弗莱认为文学起源于神话，神话当中包含了后代文学演化的一切形式和主题。这大约也是结构主义与人类学之间发生关联的方式。通过研究神话，发现其中所包含的人类所有的核心和重要的叙事，也即是原型。

弗莱的说法很有道理，至少从欧洲文学史上看，这些古老的原型赋予了文学千百年来不断繁衍的种子与营养。这些东西当然会受到社会历史因素的催化，但又一直以某些不变的构造存续着。这就足以说明，文学不只属于"创造"，同时还属于"守护"。

谈论这些不免又太学术化了，我还是将之简化为一个写作问

题。其实弗洛伊德在他的《梦的解析》①当中，已观察过个体无意识的蔓延和溢出。他所讨论的文学作品中所潜伏的"俄狄浦斯情结"，已非常接近于弗莱所说的"原型"，也接近于荣格所说的"集体无意识"。俄狄浦斯情结是他从两部重要的古代戏剧，索福克勒斯的著名悲剧《俄狄浦斯王》，以及莎士比亚的悲剧名作《哈姆雷特》当中分析出来的。俄狄浦斯情结实际上就是一个"原型心理"或者"原型结构"，甚至也是一个"原型人物"；哈姆雷特本身也是一个原型人物，甚至克劳狄斯也是。弗洛伊德从中发现了一个秘密，作为人类广泛存在的一个无意识心理，"弑父娶母"的冲动，成功地潜藏在了古老的文学叙事里。随着文明社会的发展，它在世俗伦理当中当然已被剪除，或被"压制到了潜意识"里。但在潜意识中的这种存在，最终被作家改装成了一个叙事，一个需要精神分析才能看清楚的富有原始意味的象征意象。

在弗洛伊德的学生荣格那里，从弗洛伊德的个体无意识分析，进而生发出了一种"集体无意识"概念，他把这些东西统称为"原始意象"。这些原始意象实际上是指那些原本式的模型，其他相似的存在，皆根据这种原本的模型而成型。

弗洛伊德在《梦的解析》里分析了很多梦中意象：比如有长

---

① 弗洛伊德：《梦的解析》，丹宁译，国际文化出版公司1998年版。

度的，小尺子、小刀，所有的凸出之物，他认为都是男性性器的象征；所有的盒子或者凹陷的意象，则都是女性性器的象征。这是典型的弗洛伊德式分析，这些东西被荣格进而阐发为了原始意象。

在《原型与集体无意识》[1]一书里，荣格认为原型这个词，就是柏拉图哲学中的"形式"（"理式"？），指的是集体无意识当中的一种先天倾向。与弗莱的人类学向度不同，荣格是把原型理论引向了无意识世界的研究，打开了一个更为幽深的世界，内心的复杂性对应着艺术世界和文本之中的复杂性。

这是由精神分析学派衍生出来的两个近似而又不同的研究路径。

弗莱还发明了一个概念叫作"种族记忆"。种族记忆也很奇怪，连动物都有，鸟类长达几千公里的迁徙依靠的是什么，就是超越个体的集体记忆。举个最靠近的例子，北京师范大学为什么黄昏时分会聚集了全北京的乌鸦？我的车子如果放到树下，第二天必须洗车，要不然就没办法开了，玻璃上糊满了鸟屎。乌鸦为什么会聚到这里？可不是因为想"求学"，而是因为它有种族记忆——这里过去叫"铁狮子坟"。在老北京的城市格局中，这一带可能比较荒凉，南边是"小西天"，北边是"太平庄"，从功

---

① 荣格:《原型与集体无意识》，徐德林译，国际文化出版公司 2011 年版。

能上它可能是老北京的丧葬文化区。加上这一带野坟比较多，于是乌鸦也就聚集来了，乌鸦喜欢比较荒僻的环境。现在我们这里如此繁华，人口密集程度这么高，为什么它们还不肯走呢？这就是种族记忆在起作用了，它们世世代代把这看作是它的家，所以怎么也轰不走。现在是人类侵占了乌鸦的家，而乌鸦跟我们和平共处，并没有发起进攻，只是生气地往我们的车上拉点屎而已。

连动物都有种族记忆，何况人类？所以弗洛伊德和荣格、弗莱们考虑的是有道理的，人类早期的那些无意识虽然在文明社会里被压抑了，但它仍然存在，并会通过梦境来呈现，进而通过梦境进入或潜伏到文学叙事里。

我们经常说文学作品是"梦一般"的，"梦幻般"的，梦幻的构造和文学作品的构造有相似之处。《红楼梦》写的就是一个梦，最核心的就是宝玉那个"春梦"，作为人的生命经验之核心的春梦，这个梦进而扩展为了贾宝玉的一生——大荒山无稽崖青埂峰下的石头变成了一块美玉，最后再度变回了石头，只是归来时"身上编述历历"，记载了它"一世一劫"的人生故事，遂成为《石头记》。这种幻形的"作法者"，乃是一僧一道，他们有时是"茫茫大士与渺渺真人"，有时又会幻化为"癞头和尚和跛足道人"，他们开始时将石头幻化为一块美玉，携至人间，经历了繁华富贵之后，重又将其"挟持而去"，引登彼岸，放归了大荒。它上面所记述的那些鲜活人生，现在都已经化成了文字，记

153

录在冰凉的石头上。

又不知过了几世几劫，这《石头记》的故事几经流传，变成了《情僧录》《风月宝鉴》，一直来到"悼红轩"里曹雪芹的手上，几经增删，才成为《红楼梦》。

而且宝玉那个特殊的梦——在秦可卿房间里所做的"春梦"，与他一生"由色入空"的经历是同构的，和贾史王薛四大家族的兴衰也是同构的，与中国人所理解的历史的"春秋大梦"，以及宇宙与存在的有限性本身，也形成了一种同构。

也就是说，《红楼梦》本身就是一个特别具有原型意味的文学叙事，我们可以把它叫作"梦叙事"。这是中国人叙事的一个原型，它可能来自宋玉的《高唐》与《神女》二赋，经由沈既济的《枕中记》、李公佐的《南柯太守传》，再到《金瓶梅》，到《红楼梦》，可以找很多同类的文学文本。

广义来看，也许所有的文学叙事本质上都是一个梦结构，这个梦结构和人类的无意识活动有很深刻的内在联系。所以梦中的景象，文学中的艺术形象，和人类的无意识世界的活动有着非常密切的关系。

中国人非常讲究写作的传统要素，在古代表现为诗歌中喜欢"用典"，后人的经验和前人的经验必须要发生关系，否则就是缺乏见识，无有来历。这就意味着向已有的经验致敬，或者说把古老的经验又投射到了当下。这样可以显示写作主体第一是有学问的，第二是有见识和理解力的。若不用典，用庄子的话讲，便完全是"卮言"，即空口白话。庄子曾将言分为三种：其一是"重言"，即长者之言、经典之言；其二是"寓言"，寓言就是讲故事，只有通过虚拟的故事，讲述才会形象生动；其三是白话，叫作"卮言"，卮言即日常生活的语言，脱口而出的口语。写作不能只用卮言，除非李白那样的天才。"床前明月光，疑是地上霜。举头望明月，低头思故乡。"这没办法，后人再写月亮，便要面对着这个范例，怎么处理都要面对它的覆盖和影响。只有李白有特权这样写，别人就很难了。

用典可以在当下经验和古老经验之间，建立一种交互关联的关系，可以使之互相投射，显现出一种历史的连续性。它意味着，我们所有活着的人，未来都会成为死人，那么早已经死过的人，也曾经活着，这就是"前不见古人，后不见来者，念天地之悠悠，独怆然而涕下"的含义。所有的"不在者"都曾经是"在者"，所有"在者"未来也终会成为"死者"，未来的人们，也还会来体验此刻我们曾经体验过的这些情感："人生代代无穷已，江月年年只相似。不知江月待何人，但见长江送流水……"这就是中国古代诗歌的核心理念。

用典之外，便是"移植"，我接下来要讲的一个小说《蒋兴哥重会珍珠衫》，其中有一节，蒋兴哥的老婆三巧儿和一个叫作陈商的花花公子偷情，这其中的过程，牙婆从中受贿撮合的过

155

程，与《水浒传》中西门庆与潘金莲偷情的过程，几乎完全一致；中间人薛婆，简直就是《水浒传》中王婆的另一版，两人的计策几乎完全一样。当我讲《蒋兴哥重会珍珠衫》中的偷情故事的时候，你立刻就会想到《水浒传》里的情景，与《金瓶梅》中几乎也一样。但是谁抄了谁，可说不准。我们可以稍考证一下，施耐庵的生卒年月是1296到1370年，是明初，而冯梦龙则迟至1574到1646年，已至晚明，施先生死了两百多年之后冯梦龙才出生。至于《金瓶梅》的作者兰陵笑笑生是什么时候，只有猜测了。如果"嘉靖间大名士"（见明人沈德符《万历野获编》）的说法是不谬的话，那么便是1522至1566年之间的人了，比冯梦龙略早了一点点。究竟谁抄谁，大概可以看出点踪迹，但依然很难确定原始的出处是在哪里。

中国古代的人们关于"抄袭"的概念，特别在小说领域里面，确乎不是很明晰，抄可以是公然地抄，只是谁抄谁，你还得细心地去考证。

移植的有趣方式还有"嫁接"。美国的解构主义理论家希利斯·米勒在讨论文学叙事的时候，认为有一种叙事叫作"寄生性文本"，我据此提出了一个相近的概念，叫作"次生性文本"。我们知道有"原始森林"、有"次生林"，原始森林是原始的生态，原始生态被毁之后会另外再长出的一些树林叫次生林。在文学写作中有大量的次生性文本，它们常常对原生文本施以模仿，甚至抄袭，其中有一些还主动对于原生文本进行某种颠覆处理，这类文本即是寄生性文本，即作为"寄生物"会葬送"寄主"的文本。你在海边看到一只螃蟹驮着一个贝壳在爬，如果把螃蟹揪出来，贝壳里便是空的，螃蟹寄生到了贝壳里，把贝壳原有的生命给杀死了，它寄生到了里面。虽然我们看见的是一个贝壳，但其实是一只螃蟹，贝类生命早已死亡。希利斯·米勒列举了很多寄生性写作，它们已经完全颠覆或破坏了原来的作品。

这种例子在中国古代就有了。比如《金瓶梅》就是从《水浒传》里面增生出来的，是一个典型的"赘物"式的寄生文本。假如说《水浒传》是一棵树，现在有人在这棵树的某个枝杈上切了一个伤口，把另外一个枝杈嫁接进来，也可以说在桃树上面嫁接了李子，这样就出现了一棵长在一起又完全不同的树。《金瓶梅》的作者将"武松斗杀西门庆"一节篡改了，认为武松当天是"误杀"了李皂隶，西门庆侥幸逃脱，然后才出来他和潘金莲这个很长的故事。当然最后作者又重新写了武松归来怒杀潘金莲和王婆的故事，等于把它又"顺回去"了，但是"在《水浒传》里'长出'了《金瓶梅》"这个小说，而《金瓶梅》几乎葬送了《水浒传》中关于武松杀嫂这一段的故事，却成为一个小说史上的佳话。

艾略特的《传统与个人才能》，可以说解答了西方文学有史以来不断自我展开和回溯的基本规律，任何一个写作者都是不断

157

与既有传统发生关系，以此来确立他们自己的。我们知道，西方文学有两大传统——希伯来（《圣经》）文化和希腊神话，这两个传统成为西方文学的两个基本母体，或者也可以说是两个根本"母题"，使得他们的文学成为对于古老故事的不断"重写"。比如《圣经》里有"失乐园"的故事，后来世世代代的文学中便永远有一个"失乐园的原型"在里面。从个体和无意识经验的角度看，每个人的生命经验也都历经了失乐园的过程，我们在叙述"成长"时，经常会把"童年"或"过去"写得无比美好，所有"创伤"都是后来的。很显然，人的"原始经验"都是在妈妈肚子里形成的，那其实就是"伊甸园"，在那里，所有外界环境都不会伤害到你；而你一旦从妈妈肚子里生下来，就是"失乐园"的经历了。母腹和童年，这两个原始经验之间有一种内在的、深刻的关联。童年的襁褓、母亲的呵护也近乎伊甸园，随着人的成长，到了青春期就会有创伤，而如果跟社会发生了比较强烈的摩擦关系，创伤就会变得强烈和典型，叙述这个过程就会变成一个失乐园的故事。包括《红楼梦》——它显然没有受到过西方文学的影响，但似乎也有"失乐园"式的经验。贾宝玉显然也与其父亲的观念，与贾府周遭的环境发生了矛盾，他试图拒绝这种社会要求的必要成长，于是便依恃贾母，终日流连闺中，不好好读书，最终成了一个"没出息"的家伙。

《圣经》中还有"该隐杀约伯"的故事，这变成了"兄弟相

158

残"的原型，在文学叙事当中兄弟相残的故事亦是屡见不鲜，因为这也是古老的无意识。

观察动物的生存竞争，就会发现兄弟相残是非常普遍的：一头母狮生下四头小狮子，它们在成长过程中并不总是团结友爱的，而是从小就会锻炼角力，互相撕咬，互相挤对，互相欺负，而且相邻种群的雄狮会试图把这个种群的小狮子吃掉。这在动物界是普遍存在的，把自己的基因传下去，把他者和异己的基因消灭掉，动物都有这样一种本能。所以研究动物学，会给研究人类学、研究神话与原型带来很多启示。

莎士比亚的戏剧有很多是重写的，重写了他那个时代很多原有的戏剧作品，像《哈姆雷特》也是有原型的，弗洛伊德从中诠释出了"弑父娶母"的原型故事，而且我们也可以将克劳狄斯杀害王兄、篡夺王位且骗娶嫂嫂，看作是"兄弟相残"原型的一个再现。像歌德的《浮士德》中也有大量的圣经式故事。

至于民间故事或童话故事中，像"灰姑娘故事""狼外婆故事""贪财肇祸故事"之类就太多了，继母的魔掌，巫婆的控制，爱慕王子而不能（类似安徒生的《海的女儿》）的故事，等等，这些都是特别常见的。

159

## 二 原型的类型有哪些

20世纪60年代，原型批评达到高潮，之后因为结构主义的崛起渐渐失去了热度。但是结构主义结合原型批评又派生了更多理论，法国结构主义人类学家列维－施特劳斯，在他丰富的著述中将原型理论运用到神话学研究当中，就成了所谓的结构主义神话学。

也许还有两个源头，一个是俄国"形式主义学派"的什克洛夫斯基，还有普洛普关于"民间故事形态学"的研究，这些都成为重要的理论动力。

根据如上的这些理论来源，我们可以把原型分为几种。

一种是"原型主题"，比如伊甸园的、"失乐园"的主题，还有"复乐园"的故事，英国诗人弥尔顿有《失乐园》，还有《复乐园》，哈代有《还乡》，都可看作是原型书写。前文还说到了"兄弟相残"，中国古典小说里面有大量的"江湖恩仇录"，在莎士比亚那里叫作"一报还一报"。在莎翁戏剧里有大量的主题都可以看作是原型式的，如罗密欧与朱丽叶的"失落的爱情"故事，《李尔王》中的"贪欲"主题，麦克白式的"妒忌"故事，等等。

有一些是属于"原型结构"，原型结构对应着荣格所说的集体无意识，它是一种古老的公共记忆或集体经验，有时候会潜伏到文学叙事里面。比如梦幻的构造，"历险记"的构造，"才子佳人"或"英雄美人"的结构，"物归原主"的结构，等等。我们接下来就要讲一个物归原主的故事，物归原主其实是关于社会伦理或者"物权正义"的一个主题。其实原型主题和原型结构之间，也没有什么必然的界限。

还有各种"原型人物"，即有着原型意味的人物形象，像堂吉诃德、哈姆雷特这种人物原型意味都非常浓厚，他们常常会成为一种古老的经典类型。北京大学的钱理群教授曾在20世纪90年代提出了"堂吉诃德与哈姆雷特现象的东移"的命题，在文艺复兴文学里出现的这两个重要人物，在后来18世纪、19世纪文学里面，逐渐从西欧向东方移动，在德国文学、东欧文学里先后出现了许多类似的人物。他把歌德的很多作品放进去了，在俄罗斯文学里面表现得特别突出，成为所谓"多余人"的系列。"多余人"是一些知识分子人物，一些心灵复杂、情感丰富、特别敏感，与现实的关系总处于错位或紧张状态的人，这些人物像是由堂吉诃德和哈姆雷特"繁殖"出来的，他们本身有一种非常相似的属性。

堂吉诃德是一个典型的疯子，一个"癫狂者"，哈姆雷特则是一个非典型的疯子，一个"佯疯者"。一个是真癫，一个是装疯。他们为什么会疯掉？这也是人类的一种古老的性格和精神向度。在古希腊的原型就是所谓"酒神"，通常说文学和艺术"产

161

生于劳动"，但其实在古希腊所有的文学和艺术都是产生于酒神节。在酒神节上，人们狂饮烂醉，演出各种形式的戏剧或是舞蹈，或者是扮演神祇说话，背诵诗歌，便产生了古老的艺术。可见酒神和疯狂、诗歌、艺术之间，确乎存在着隐秘的内在关系。

　　所以，某种意义上也可以说，是"酒神式的癫狂"产生了艺术。通常"真狂"可能已经走得太远，"欲狂而不能"才真正通向艺术。那么如何抵达这样一种状态呢？通过喝酒"致幻"来亲近酒神。为什么世界上所有民族几乎都发明了酒？酒有不同类型，但共同特点是都可以致幻。中国人发明了白酒、米酒，还有各种香型，浓香、酱香、清香等；西方是用水果和葡萄酿造了葡萄酒、白兰地；在英德等比较寒冷的地方，则用小麦或燕麦酿出了啤酒和威士忌；在俄罗斯是酿出了伏特加；在各个原住民民族那里也有酒。为什么所有民族，不管处在地球上什么位置，不论是热带、温带、寒带，都发明了不同类型的酒？人类究竟在哪出了问题，都要喝这种不健康的饮料？因为酒可以帮助人们在某种情况下，达到返回自然的状态，因为在日常生活里他们受到日神的控制，变成了完全理性和无趣的生物，只有在喝酒的时候，才会产生出那种天不怕地不怕的，自由而放诞的创造精神。李白那种"天子呼来不上船，自称臣是酒中仙"的大话，若是不喝酒，恐是说不出来的。

　　所以，我以为酒神是最古老的"原型意象"，酒神派生出了堂吉诃德、哈姆雷特，而他们又派生出了"多余人"，多余人来到中国以后，又变成新文学的第一篇作品，第一篇白话小说《狂人日记》。《狂人日记》中的"狂人"，还有稍后郁达夫笔下的"零余者"们，还有钱锺书笔下那些"围城"中厚颜的读书人，这是一类人物，他们都具有知识分子人物的属性，和世界存在着怀疑、错位的关系，癫狂和颠覆的关系。当然这么说也不一定准确，但至少可以通过这种思路，去打通与很多古老经验的联系。

原型人物还有很多，如古希腊神话当中的法厄同。法厄同是一个半神的少年，他渴慕亲近权力的核心，他看到天父驾着太阳神马车特别威风，便要上去试一下。小孩对于王者，对于父权，会有一种觊觎或者羡慕之情，天性要试图接近它，但当他坐上马车之后，马便开始狂奔，他控制不了，一头从天空栽到冥河之中。法厄同是一个试图"过于接近权威或真理"而遭到灭顶之灾的原型。历代无数诗人本身就是法厄同——奥地利著名作家茨威格在讨论三位德语悲剧诗人荷尔德林、克莱斯特和尼采的时候，即认为荷尔德林是法厄同式的诗人，诗人的精神气质、精神类型也是有原型的。这本书的名字叫《与魔鬼作斗争》。

鲁迅小说为什么有如此强大的生命力？他塑造的"狂人"和阿Q这样的人物，都可谓具有原型意味的人物。阿Q身上"积淀"着的中国人古老的集体无意识，就是"精神胜利法"。而且，精神胜利法既是中国人的，也是全人类共有的无意识，所以即使西方人看了以后也会觉得是讥讽他们的，所有人读到阿Q的时候都会发现，自己某一刻就是一个阿Q。至于狂人，当然是哲学性的寓意人物，如果探究其西方的来源，也是典范的原型式人物。

还有很多是"原型意象"，比如太阳是光明的意象，像黑夜、土地、花朵等等，也都可以看作是类似的事物。花朵是爱情的原始意象，也是性的原始意象。这个在诗歌中运用比较多些。海子为什么厉害，与他所写的都是原型主题或原始意象有关。

与原型相似的，还有"母题"这个概念，当代理论家汤普森著有《民间文学母题索引》一书，他广泛搜罗土著流传的神话传说故事和叙事诗，从中提取母题达两万多个，有23500个编号。这个看起来很牛，但也有点无效了——那么多还叫"母题"吗？那就变成"子题"了。但是他的研究毕竟是最专业的。按照23个部类编排，他对母题以及母题和类型之关系做过解释，说一个母题是一个故事中最小的，能够持续在传统中的成分。这个看怎么理解，他认为母题是故事当中最小的，但我们恰恰认为可能是最大的、最具有统摄或覆盖性的那些元素。

要成为真正有意义的母题，它就必须具有某种不寻常的或动人的力量，可以投射至我们每个人的经验世界之中，从而产生一种公共性——一种共鸣。比如大地母题、太阳母题、大海母题……浪漫主义诗人都是歌颂大海，大海成为一个自由的场域，一个隐喻。还有故乡母题、死亡母题、黑夜母题等等，这些都在诗歌当中特别明显。

还有一个叙事"隐含构造"的问题，普洛普认为故事有千百种，但讲故事的方式却总是有限的。他在《民间故事形态学》里面用了近乎"数学式"的、"微积分式"的公式，提炼出了若干种讲述方式，每种讲述方式当中都有近似又不同的"功能项"（元素），每个叙事元素当中的人物、情节、场景，在叙事当中都承担着近乎固定的各种功能。

综上所述，我们提出原型叙事的概念，具有原型意味的叙事构造，实际是想把所有的原型主题、原型结构、原型人物、原型故事、原型意象……统合为一个原型叙事。具有原型意味的叙事构造很多，像"降妖除魔故事"，《西游记》《聊斋志异》，中国古代大量的志怪传奇小说，从《搜神记》到《西游记》《聊斋志异》等，都具有这种原型意味。再就是"还乡叙事"，返回故乡，这种母题或许也可以归结为"复乐园叙事"。最古老的希腊史诗《奥德修纪》，中国的《灌园叟晚逢仙女》或许都是。当然，《奥德修纪》同时也是"历险记叙事"。还有所谓的"色戒"或者"色空叙事"，《金瓶梅》是典范，先讲色，再讲因色入空，西门庆纵欲暴亡不得善终，用这个来完成其合法化。"欲望叙事"是为了卖点，"惩戒叙事"是为了合法。

再有就是"春梦叙事"，像《红楼梦》便是。当然，它也是

165

"色空叙事"。

还有"物归原主叙事"等等。接下来，我们会列举分析这样的例子。

上述都不是从学理角度的严格定义，也不是全部，只是很少的一部分，我们只是采用了提示性和举例式的说法。


## 三　一个"物归原主的原型"

接下来我将细读分析《蒋兴哥重会珍珠衫》这篇小说。这个作品可以在两个古典小说文本里查到，一是《喻世明言》，一是《今古奇观》。其实《今古奇观》也是"三言二拍"的精选集。

开篇就是一首教化诗："仕至千锺非贵，年过七十常稀。"官做到很大不一定高贵，人过七十已是古来稀有。"浮名身后有谁知？万事空花游戏。"用"空"来消解人的欲望，抵消人世的富贵。"休逞少年狂荡，莫贪花酒便宜。"不要贪恋享乐和财富。"脱离烦恼是和非，随分安闲得意。"佛家讲因缘际会，一切都要安于命运的安排。

"这首词，名为《西江月》，是劝人安分守己，随缘作乐，莫为'酒'、'色'、'财'、'气'四字，损却精神，亏了行止。"开篇这番闲话，即是激扬劝诱。显然，传统小说所宣教的世界观并不高大，它不是标立上限，而是标立底线，完全是一派世俗的价值观。

　　求快乐时非快活，得便宜处失便宜。说起那四字中，总到不得那色字厉害。眼是情媒，心为欲种。起手时，牵肠挂肚；过后去，丧魄销魂。假如墙花路柳，偶然适兴，无损于事。若是生心设计，败俗伤风，只图自己一时欢乐，却不顾他人的百年恩义——假如你有娇妻爱妾，别人调戏上了，你心下如何？

　　可见其充满了"色戒"意味，但主题却归到了"该是谁的东西就是谁的"，不可以僭越物权正义的原则。你拿去可以得一时之欢，但是终归还要还回人家手里，你还要遭报应，要"赔了夫人又折兵"。这都是中国人典型的伦理观——或者说，是一种"中国式的市民意识形态"的典型体现。

　　"古人有四句道得好：人心或可昧，天道不差移。"人心有时会不那么正当，但上天不会。"我不淫人妇，人不淫我妻。"这在欧洲人看来大概不够高大上，甚至显得有点"庸俗"，福楼拜的名言不是认为"全部文学的主题就是通奸"吗，若照此说，那还有什么"爱情"可言？然须知，这只是"最低伦理"，因为"三言二拍"究其实，所表现的就是"小市民的哲学"。

167

接下来便开始讲故事了，"今日听我说《珍珠衫》这套词话，可见果报不爽，好教少年子弟做个榜样"。主人公乃是湖广襄阳府人氏，姓蒋，名德，小字兴哥，出身商人世家。这兴哥从小长得唇红齿白，眉清目秀，随父亲闯荡江湖，贩卖生意，是个经多见广的主儿。作者极言这少年的聪明伶俐，家道殷实，其实已暗含了危机——不期而至的变故。"何期到一十七岁上，父亲一病身亡。且喜刚在家中，还不做客途之鬼。兴哥哭了一场，免不得揩干泪眼，整理大事。殡殓之外，做些功德超度，自不必说。"叙述至为简洁和程式化，并未曾细说究竟，因为作者的重点，根本也不在这方面。

很快兴哥便娶亲了。大约因为这是南方，儒家思想与礼教观念相对薄弱，在众乡亲的撺掇下，兴哥父母在时所定下的亲家王公，便应允了女儿三巧儿与兴哥的婚事。却说这位王公有三个女儿，个个美若天仙，且因家财万贯陪嫁丰厚，所以人人称羡。这兴哥得了王家最宠的小女儿，自是郎才女貌，男欢女爱，十分美满。不经意间，这段故事也反映出明代中国社会的开化程度，在商业发达的南方城市，似乎已有相当丰富的生活情态，所谓礼教观念也很淡薄，虽不能说有了什么"资本主义萌芽"，但至少也不是我们通常所理解的传统社会。

光阴荏苒，这兴哥与三巧儿转眼已成亲三年，虽然恩爱有加，可忽想起当初父亲存于广东那边的生计，如今已耽搁多时了，有许多账目需要收取；家中坐吃山空，终不是个长法。于是就与妻子商议，要去一趟广东。初时三巧儿也同意了，但后来说到路途遥远，便不忍分离，两下凄惨一场，便又搁置，一晃又是两年，若再不去，那些生意便无法再接续了。这次兴哥决意要行，便暗自准备了行李，选好了上吉日期，临行时才说与妻子，信誓旦旦，言外出一年便回来团聚。三巧儿也自知留他不住，便流着泪答应了兴哥。

夫妻俩依依惜别，兴哥把一应家事都安排妥当，千叮咛万嘱咐，方才出了门。

显然，我须下大气力压缩这一繁复的过程，因为这小说的情节实在太过曲折了，搁现在，作家会将之写成一个"注水的长篇"。

这番难舍难分，极言男女恩爱，必然预示随后的变故。此时越是美满，后面必然愈加悲惨。单说兴哥一路无话，不一日来到了广东地界，一切顺利，续接上诸多人情事务、生意关节，但因累积劳顿，致使得上了疟疾，一直拖延到秋尽时方才痊愈，于是计划中的生意就耽搁延迟了。光阴似箭，不觉残年将尽，新春将至，这三巧儿期盼良人归来，相思心切，禁不住请了个卖卦先生，想问问归期如何。这算命先生也是刻意投合人心，便说道，郎君立春前后已动身了，月尽月初之时必然回家，"更兼十分财采"。给了一个十分的好卦，然而这下愈加触发了三巧儿的思念，难再平静。

"大凡人不做指望，倒也不在心上；一做指望，便痴心妄想，时刻难过。三巧儿只为信了卖卦先生之语，一心只想丈夫回来，从此时常走向前楼，在帘内东张西望。"如此，事情便来了，接下来的场景就如《水浒传》《金瓶梅》中完全一样，犹如潘金莲巧遇西门庆，这三巧儿在朝外张望之际，遇见了一个徽州客商，叫作陈商，年方二十四岁，生得一表人才。也像极了温庭筠《望江南》中的诗意，"梳洗罢，登上望江楼，过尽千帆皆不是……"这位陈商与她的丈夫有几分相像，她便盯着看，两个人都有些忘情。（这是否也像极了台湾诗人郑愁予《错误》一诗中的意境："我达达的马蹄是美丽的错误，我不是归人，是个过客。"）

这美丽的错误，自然让男主人公割舍不下，百般苦思，定要见上这稀世美女一面。接着便发生了类似"王婆贪贿说风情"一样的故事，只不过"王婆"在这里变成了"薛婆"。薛婆与王婆一样，贪的是钱财；陈商与西门庆无异，要的是口舌之功，两下怎不一拍即合。薛婆收下一百两银子、二十两黄金，便出计如此这般，闪烁其词地开始讲一个著名的"预叙事"——此是笔者所命名的一个说法，所谓"预叙事"，就是尚未发生，但某个人物已试图讲述的未来故事。所以这是"预设的虚拟叙述"，是假定未来的某种可能性。薛婆所叙述的步骤，跟《水浒传》和《金瓶梅》中是一模一样的。

忽想起，上海有个新生代作家叫张旻，在 20 世纪 90 年代曾很有影响。他有一篇小说叫《自己的故事》，讲的是师生间发生的男女关系。因为涉及敏感的师生伦理，故该小说使用了"预叙事"的策略。事实并没有发生，但主人公已在叙述故事的种种可能性了。男女主人公如何在互相推断的过程中分别出轨，但好在一切只是存在于他们的假定式叙述之中。

薛婆所涉及的"十分光"，与王婆大同小异，兹不赘述。素昧平生，如何让这深居闺中的三巧儿上圈套呢？两个人以"预叙事"设计了"连环套"程序，然后再付诸实施。先是故意"做局"，两个人作为珠宝买卖的双方发生纠纷，引得街坊邻居都来围观，自然三巧儿也在其中，如此引发其对薛婆的关注，两个人遂得以结识。然后薛婆伺机热络，以小恩小惠与其套近乎，稍后成为日常好友，便不存戒心。

却说这三巧儿因为思念夫婿，百无聊赖，寂寞中难得有个人聊天解闷，诉说衷肠，而这牙婆走南闯北，什么人没见过？那如簧巧舌，可以说动鬼神。于是两人便愈发近了，后来薛婆干脆留宿蒋家，夜间更是"凡街坊秽亵之谈，无所不至"。这婆子还时时"装醉诈疯起来，到说起自家少年时偷汉的许多情事"，只管去勾动那妇人的春心。总之就是通过低级的谈吐，把伦理尺度往下降，把本来良家妇女的心思给弄乱了。

转眼到了七月七日，牛郎织女鹊桥相会之时，也是三巧儿的

171

生日。这一夜，薛婆先设计让三巧儿和其丫鬟都喝了酒，让陈商乘机溜进来，伏于暗处。自己与女主人又是一番话语撩拨，并赤裸裸地说起自己的风流史，用了感官刺激的方式，让三巧儿完全解除了武装。随后她趁机让陈商与她换位，终于成其好事。

与前番惊人相似，这三巧儿与陈商之间也是男欢女爱，也同样难舍难分。看看半年的时间过去，陈商也渐渐有了焦虑，不只生意蹉跎多时，离乡太久也要回家探视，于是便商量分别。妇人意欲一同私奔，以成长久夫妻，但陈商认为不妥，因为没有充分准备，所以相约明年此时，一切准备停当之后，两人再一起出走。"这一夜倍加眷恋，两下说一会，哭一会，又狂荡一会，整整的一夜不曾合眼。"五更起身，妇人取出一件宝贝，叫作"珍珠衫"，递与陈商，并说，"这件衫儿，是蒋门祖传之物，暑天若穿了它，清凉透骨。此去天道渐热，正用得着。奴家把与你做个记念，穿了此衫，就如奴家贴体一般。"这番深情厚意，却与当初送别兴哥时无异，只是此郎非前郎，此情乃奸情而已。

随后巧合又至。却说陈商每日贴体穿着这珍珠衫，不两月，行到苏州府枫桥地面——请注意，他这个路程也许是有问题的，从湖北襄阳回徽州，还要拐到苏州去，岂非舍近求远？不过这没关系，写小说嘛，古人也没有如今这么准确的地理知识。无巧不成书，忽一日，赴个同乡人的酒席，席上遇着一个襄阳客人，生得风流标致。那人非是别人，正是蒋兴哥。原来兴哥在广东贩了些南方货物，先要来苏州发卖出去。做完这趟买卖方才回去。两个席间彼此敬慕，居然成了好友。

不久两人即须作别，因为五月天气炎热，便解衣饮酒，陈商身上的珍珠衫便露了出来。必须交代一下，之前两人虽然已是朋友，但江湖上行走，都是用的化名，故彼此真实身份都并不知晓。兴哥看到此衫面熟，便来试探相问，谁知一问，那位陈商即和盘托出。

兴哥一下知道了老婆在家里所干的事情，正所谓"无巧不成书"，巧是文学的生命，一如巴尔扎克所说，"偶然才是最伟大的小说家。"蒋兴哥正欲急切还家，这陈商居然又来托兴哥，要捎东西，其中与三巧儿的礼物是桃红绉纱汗巾一条和羊脂玉凤头簪一根。还有书信写道："微物二件，烦干娘转寄心爱娘子三巧儿亲收，聊表记念。相会之期，准在来春。珍重，珍重。"兴哥大怒，将书扯得粉碎，把那玉簪也一下摔作两段，叫声"我好糊涂！"但转念一想，这便也是证据，于是捡起收拾，急急回家。

兴哥是个有心机但又善良的人，他编了个谎话，说三巧儿父母病重，要一起回家探视，让三巧儿先行，自己随后收拾箱笼生意就来。回到家，三巧儿把兴哥给爷娘的书信打开，其父母所见是一封休书，内还包有桃红汗巾和那断为两截的玉簪。听闻丈夫把自己休了，三巧儿便哭哭啼啼。那王公不解，亲自来问因由，兴哥有礼有节，只说到要三巧儿拿出自家祖传的珍珠衫，此物

173

在，一切休提，此物不在，便可为证据了。老丈人一听在理，便回家问女儿，三巧儿自然不能应答。

接下来的事情自然是，兴哥据理休了三巧儿，审问了两个丫鬟，弄清了事情原委，带一伙人惩罚了薛婆，把丫鬟作价卖掉。但念及与三巧儿的恩爱一场，不免痛切，遂把共一十六个细软箱笼悉数封好，以免睹物思人。

人间巧合无处不在，这三巧儿刚刚被休还家，就遇到一桩巧事。南京有个吴杰进士，授了广东潮阳县的知县，正打襄阳经过，不曾带得家小，有心要择一美妾。路上看了多少女子，都不中意。闻得枣阳县王公之女美艳出众，遂出五十金财礼相聘。王公闻之自然愿意，出于礼数还通报了兴哥，兴哥并不阻拦，并将原先的财物当作赔嫁相送。众人议论纷纷，有人赞兴哥宅心仁厚，有人笑他志短呆傻。

三巧儿与吴进士体面而去。而陈商自与兴哥分别，回家后日夜思念着相好，对着那件珍珠衫长吁短叹，便被他的老婆平氏看透了心思，知他在外有人，遂悄悄将那珍珠衫给藏了。陈商找不见此物，与妻大吵，急怒之下从家里出走，直奔襄阳。不期，在将近枣阳时路遇强盗，被劫了财物。狼狈之中赶到襄阳，一打听，才知道原委，事情败露，三巧儿被休，另嫁他人远走，而那薛婆也落荒而逃。闻此言，似一桶冷水泼下来，这陈商就病了。既无钱医病，亦身无盘缠，看着陷于绝境。

无法，再给家人写信求助，妻子闻讯赶来，怎奈迁延时日，到时丈夫已死。平氏哭倒在地，良久方醒。随后少不得为丈夫处置后事。因为身处他乡无依无靠，更兼迁延日久，身上也没了盘缠。窘迫中啼哭，被隔壁的张七嫂听到，遂劝解其认真考虑嫁人，平氏先前绝不相从，最终才迫不得已卖身葬夫。可巧，这张七嫂所说之人正是因休妻而"空窗"的蒋兴哥。

　　平氏容貌姣好，且兴哥闻得其是下路人，愈加欢喜。这平氏亦分文财礼不要，只要买块好地殡葬丈夫要紧。张七嫂往来回复了几次，两相依允，婚后恩爱。一日，兴哥从外归来，见平氏正打叠衣箱，内有珍珠衫一件。兴哥认得此物，遂大惊而问，此衫从何而来，平氏说了原委，兴哥才知道是这么回事，感慨天理昭彰，真是一报还一报，"好怕人也"！平氏听了也感到毛骨悚然。从此二人知道人世聚散有缘，"恩情愈笃"。这便是"蒋兴哥重会珍珠衫"的正话了。

　　这作者到此，忍不住要出来表态，便有了此诗："天理昭昭不可欺，两妻交易孰便宜？分明欠债偿他利，百岁姻缘暂换时。"竟然是一个"换妻"游戏，只是将这一故事努力"道德化"了。

　　这故事和《十日谈》中的某些，似乎也是相近的，但这是中国人的故事套路，是世俗伦理和小说伦理的高度契合。按说到此小说可以算圆满结束了，但我们的小说家还不满足，还要再展示其叙事逻辑的力量。

175

接下来你可以认为是画蛇添足，或是狗尾续貂了。但仍然是戏剧性逻辑延续：兴哥有了管家娘子，一年后又往广东做买卖。一日到合浦县贩珠，有一个老者在买珠子时偷了他一粒最大的，兴哥不忿儿，要讲理搜身，不料撕扯之间，老者跌倒在地，可巧死了。于是其儿女亲邻，哭闹中将这兴哥押送到县衙来。可凑巧这县主恰好是前番娶了三巧儿的进士吴杰。晚间吴县主在翻看公文状词，又恰好被三巧儿无意中看见这一案件，想起兴哥旧日的恩情，不禁酸楚，遂借口此人是自己亲哥，虽随舅母家姓氏（名叫罗德），但实为亲人，求夫婿能够免其罪，并以死相要挟。

显然，对三巧儿来说，报恩的机会终于来了。兴哥虽然休了娘子，但并不曾绝情相待，所以才有三巧儿的感恩戴德。在这里，显然传统的社会伦理是昭彰明晰的，然而在"法理"上却是含糊的。这就是一个人情社会，徇私从来都是第一位的，高于法律，但却合乎伦理。当日，吴县主闻讯案情，照例开释了兴哥，说服了原告方，只让兴哥为之披麻戴孝，行孝子之礼，并支付一应殡葬费用。将案子变成了一个民事纠纷。

之后，少不得兄妹相见。吴杰见他们情不自禁，相拥着放声大哭，这番情浓意切，哪像是兄妹。遂觉得蹊跷，便一再追问原委。三巧儿只得坦白说："贱妾罪当万死，此人乃妾之前夫也。"兴哥也跪述了前史。吴知县见此，也感慨感动，泪流满面，说："你两人如此相恋，下官何忍拆开？幸然在此三年，不曾生育，即刻领去完聚。"随后又把原先陪嫁的细软箱笼再相送。两人千恩万谢，辞别吴县令，往襄阳老家回还。

自然那吴县令也善有善报，升任到吏部之后，另娶了娇妻，连生了三子，科第不绝，人都说阴德之报，此乃后话。而兴哥带三巧儿回家，见了平氏，两人又相让一番，"论起初婚，王氏在前，只因休了一番，这平氏倒是明媒正娶，又且平氏年长一岁，让平氏为正房，王氏反做偏房。两个姐妹相称。从此一夫二妇，团圆到老。"

该小说真是一波三折。讲述者是要将逻辑进行到底，兴哥因宅心仁厚，遂得善报，最后连先前的老婆也破镜重圆，那件珍珠衫也失而复得；而陈商花那么多钱偷人家老婆，最终连自己的性命和老婆也都赔上了。这就是市民意识形态的胜利——伦理逻辑最终变成了戏剧逻辑、叙事逻辑。从这个意义上，小说的逻辑不是现实，而是超现实，虽然现实生活当中也有巧事，但如此这般的巧却只能是一个逻辑。它告诉我们，在小说中，没有巧合就没有戏剧，也不会有小说。


## 四 一个当代的复制:《一坛猪油》

有一个当代版的复制，便是迟子建的短篇小说《一坛猪

177

油》。我不敢确定迟子建是否熟读过珍珠衫的故事，但她的小说确乎是接近于一个类似的戏仿。她写了一枚祖母绿戒指失而复得的故事。得到的人是不义之财的占有者，该得到的人却无意中丢失了宝物；贪心者因此而带来了厄运，而丢失的人却得以冥冥中获得保佑；最后戒指终于物归原主。这也是一个颇有传奇意味的故事，现实生活当中几乎不可能有。但是读完之后，却觉得它非常真实。

关于中国古代小说的原型和母题，有很多著述可以参考。有位叫作吴光正的学者，对中国古代小说的原型和母题做了这样一些归纳。第一种叫作"高僧与美女"，如《西游记》中唐僧不断受到美女的诱惑；第二种叫"因果报应"，就像刚才的珍珠衫故事；第三种是"下凡历劫"，仙女或神仙下凡在人间经受劫难，例子是《灌园叟晚逢仙女》，还有《韩湘子》《红楼梦》当中的下凡历劫；第四种是"悟道成仙"，如黄粱一梦的故事；第五种叫"成仙考验"——这个略显勉强，从悟道成仙里面硬分出来一个，唐传奇和《吕祖全传》中的类似故事；第六种是"济世降妖"，专讲降妖除魔的故事，如《西游记》里几乎全是，《阅微草堂笔记》和《聊斋志异》当中也很多；第七类是"承陶即产"，就是继承应有的产业，相当于"物归原主"的另一种归纳；第八种叫作"人妖之恋"，志怪小说、唐传奇、《聊斋志异》中的人妖之恋有很多。这源于中国人把美女看作是妖魅或是不正当的女性的看法，是男权主义无意识在文学中的体现；第九种叫"人鬼之恋"，《聊斋志异》当中非常多，《太平广记》和"三言二拍"当中都有；第十种叫作"猿猴抢婚"……恐怕有点硬凑数的意思了。[①]

这些归纳有的准确，有的稍显勉强。但总体上都帮我们打开了一个思路，即所有的故事都是有原始轮廓或原始印记的，不管是作者意识到的，还是为读者意识到的，都是普遍存在的。这些原型都会派生出一种强大的叙述逻辑，就像珍珠衫的故事一样。

我意识到必须大力缩减接下来的篇幅，因为这个《一坛猪油》的故事显然与珍珠衫的故事一样，极尽曲折，显得漫长。小说讲的是 1950 年代的故事。1956 年，主人公是一个三十来岁的女性，已是三个孩子的妈妈。丈夫在林场工作，她则在河源老家务农。忽然组织上给了一笔安家费，告诉她可以像"随军"那样随迁了。于是就打点老家的一点可带的"细软"，准备前往林场与丈夫团聚。这是故事的缘起，主人公即将远行他乡，是一个典型的"离家"故事，一个空间位移的开头，就像历险记故事一样。从历史角度看，这也是"短缺年代"的特定故事。

丈夫老潘自小没爹没娘，只有一个弟弟也在河源。家里没什么值钱东西，主人公就把粗重家具给了他，猪贱卖做了路费。还

---

① 吴光正：《中国古代小说的原型与母题》，社会科学文献出版社 2002 年版。

有两间泥屋很难出手，正着急，村头的屠户霍大眼用了一坛猪油做交换，要用作屠宰场。这笔生意看上去是霍屠户占了便宜，有点趁火打劫的意思。毕竟人家是两间屋，用一坛猪油来换，看上去不太厚道。但实际上真正的厚道正藏在其中。这霍大眼一向暗中喜欢女主人公，自己有一个感情不好的女人，所以在猪油坛子中藏了一枚祖传的祖母绿戒指，是希望给女主人公"我"的一个相配的礼物。

更何况，坛子也是个好东西，只是那时人们并不懂行情。他还嘱咐"我"不能把猪油送给别人吃，一定要自己留着。不要"糟践了他的心意"，坛子漂亮，猪油足有二十斤，质量上乘，隐隐约约地，人家还表达了某种特殊心意，女主人公不再觉得吃亏，而是很爽快地答应了。请注意，作者在这里最想凸显的是什么呢？那就是乡村社会的基本社会关系属性——古老的契约精神。大家凭着信任，一个古老的伦理，由宗法关系形成的契约精神，即不能随便占人家的便宜。若占便宜，一定有个人情在里面。这就算埋下伏笔了。

接下来是主人公带着三个孩子上路，怀中抱着猪油坛子。娘儿几个大包小包，先是坐了两个钟头的马车，天傍黑又坐上开往嫩江的烧煤小火车。再坐大板敞篷汽车，中间还要住店等车，要照看三个孩子，特别是还要小心着这个坛子，一路艰辛，就像逃难一般。

苫布下的人挤靠在一起，才叫热闹呢。这个女人嫌她背后的男人顶着了她的屁股，那个女人又嫌挨着她的老头口臭，抱怨声没消停过。不光是女人多嘴多舌，家禽也这样。有个人带了一笼鸡，还有个人用麻袋装着两只猪羔。鸡在窄小的笼子中缩着脖子咕咕叫，猪把麻袋拱得团团转。老大看猪羔把麻袋快拱到猪油坛子旁边了，就伸脚踹了一下。猪羔的主人生气了，他骂老大：它是猪，不懂事，你也是猪啊？

这是极言路途的艰险和劳碌。接下来还有个店主相中了那坛子，非要用骡马来换，大概是看出了这是个古物，一个好东西，结果惹得他的老婆一头撞到拴马柱子上，血顿时涌出来，夫妻两个眼看要出人命，好在最后关头女人又替男人来求——这些都埋下了伏笔，愈是凸显其好，其价值愈是增长，接下来其前景就愈是危险。

板车停在了潮安河，一家人又从黑河改乘船到漠河。在一个叫作开库康的地方下了船，离男人老潘所在的小岔河经营所还有五十多里，只能步行了。下了船，有个瘦高个叫崔大林的小伙来接，一副担子两个箩筐，把孩子和东西分装两下，然后开始了漫长的跋涉。毕竟已羁旅劳顿，走着走着就累了，幸好遇上了林中打猎的鄂伦春人，鄂伦春人慷慨大度，一看这一家老小，便把马让了出来。女主人公坐上马，自然舒坦了许多，怀里还牢牢抱着那个坛子。

一切好像都很顺利，就要到家了。忽然道路崎岖，马失前蹄，女人从马上摔了下来，一路千辛万苦的坛子，险象环生的坛子，劫后余生的坛子，眼看就要完物归来的坛子，忽然碎了。

注意，问题就发生在这儿。崔大林和坛子的女主人，一见坛子碎了，首先是心疼那些白花花的猪油，因为这是物质匮乏的年代，大家并没有想到那只坛子的价值。搁现在，没准那坛子要价值万金，一坛猪油算得了什么。大家急忙从地上、从草丛里捡出撒掉的油，一只暗藏的宝物就从那猪油里闪出来了，崔大林看到这东西，一时贪财，就昧了起来。

随后就来到了林场的家，安顿下来不久，"我"就怀上了。吃了那猪油，胎儿长得特别大，就遇上了难产。人命关天，情急中老潘赶了爬犁，从黑龙江的冰面上来到了苏联。那时中苏友好，两下人民来往比较便利，虽属擅越国境，但也并非不可原谅。回来后，老潘主动辞了所长职务。新生的儿子取名苏生，小名叫作蚂蚁。

四年后，崔大林结了婚，新媳妇是一个漂亮的女教师，叫程英，扬州人。之所以下嫁给崔，据说是因为看上了他家的一枚绿宝石戒指。新婚前夜，按照当地婚俗，还让蚂蚁给压了床，只是蚂蚁压床时一直肚子疼。很奇怪，崔大林与程英结婚后好几年，一直没有怀上孩子，外人也不知是谁的问题，只是闻到他们家不时飘出的汤药味。

后来中苏关系忽然恶化，老潘在苏联接生蚂蚁的事情总被人咬住不放，崔大林也受到牵连，因为帮老潘拉媳妇去苏联，也被发配到几十里远的开库康。后来老潘把责任都一人扛了，崔随即被释放回家，但不久程英却死了。死的原因是她在江边洗衣服时，不慎把那枚戒指丢了，怎么也没有找到。愧悔之下，如丢了魂似的，不久人就死在了黑龙江里。

再后来崔大林也变成了一个小老头，因为觉得他受牵连，"我"就令慢慢长大的蚂蚁经常去关心他一下。这意味着潘家对于崔家的好是一贯的。一天，蚂蚁参与放排，将大片伐下来的木材从河上往下放的时候，不期漂到了对岸，居然和一个苏联姑娘好上了。回来后，就每天去一次江边，名义是捕鱼，实则是想看看自己心爱的姑娘。有一天，蚂蚁捕到了一条大鱼，带回家给"我"，"我"挖开肚腹一看，"一缕绿光射了出来，那里面竟然包裹着一只戒指！取出后一看，竟然是程英丢失的那一只，我简直不能相信自己的眼睛！我怕是自己眼花了"。

可"我"并没有贪财，立刻决定让蚂蚁把戒指还回去，因为那家人因此都搭上了一条人命。这意味着，这家人遵循了古老的契约精神，首先想到的就是要物归原主。可是崔大林看到以后就跪了，哭着坚决不要戒指。此时"我"并不知道崔心中的秘密，

183

只当他"没了旧人，怕见旧物"，就答应了将戒指留给捡到它的蚂蚁。

之后蚂蚁留下三封信，偷越国境跑了。一封告诉组织，说自己不能连累父亲；一封给哥哥姐姐，希望他们好好照看父母；第三封是感谢父母养育之恩。他是带着戒指跑了，大概是去苏联找他爱着的那位姑娘去了。总之此后再无音讯。

蚂蚁走后，老潘和"我"经过了一段更艰难的日子，后来终于熬到改革开放，老潘的"苏修特务"帽子也摘了，但终归都老了，1989年老潘于七十岁上死了。在葬礼上，崔大林终于说了实话，那个戒指是他从碎了的猪油坛子里发现的，开始时他以为是"我"藏在里面的。后来多次试探，发现"我"确不知晓，才敢拿出来。可是没有想到这玩意给他带来了一生的厄运。

这篇小说看完以后，不能不说百感交集，良久唏嘘。我以为它是一个专门尝试"俗故事"的写作，看一个旧套路能不能写成一篇新小说。其中有人生的百般滋味，也有历史的沧桑巨变，从1950年代一直写到1980年代，写了三十多年中一个家庭的命运，还有好几个人的生离死别。迟子建是否有对珍珠衫故事的戏仿，我不能肯定，但这个小说的实验性以及其意外的成功，还有它的戏剧性和道德训诫意味都是非常明显的，看了以后就会联想起中国人的古老逻辑——该是谁的就是谁的，不该是你的千万不能要，要了以后你会倒霉。

《一坛猪油》是一个有意思的特例，当代小说中这样像古人的实验还是不多。这篇作品生动地显示了这样一个规律：当代的写作既可以是新的，也可以是非常"旧"的；既可以是非常现代性的，也可以十分老套和更像传奇。这完全不是问题，因为再旧的路子，也包含了常新的可能。

V
如何向一个古老的叙事致意

# VI

虚构写作

十讲·之六

# 戏剧性和抒情性问题：
# 小说叙述的两个向度

## 一　小引

虚构性写作，或更狭义地说——"小说"这种艺术形式，在现代以来，存在着两个明显的向度，即"戏剧性"与"抒情性"。在古典时代，小说只注重故事，所以中外都有"传奇""历险记""纪传"等小说类型，这些小说都重在写故事；中古以后的小说更注重了"寓意"，如带有教化或训诫意味的各种故事，在西方的有《十日谈》《坎特伯雷故事集》，阿拉伯世界有《一千零一夜》；中国则有"三言二拍"和大量笔记小说行世，主题不外"警世""醒世""喻世""惊奇"，这些大概都属于古典小说形态。

近代以后，小说的认识论功能大大加强，尤其 19 世纪以后，

189

小说作为记录社会生活的一种艺术形式的观念，被广泛接受，作家不再只是"讲故事的人"，而成为职业或人文意义上的"知识分子"；左拉、雨果、巴尔扎克、托尔斯泰等都是例子。这种主体的身份感大大影响了小说文体本身，使之变成了社会生活的介入者、预言（寓言）家和推动者。但是，小说的故事性依然很强，只是因为专业化和高度技艺化，它的戏剧性特质越来越得到了凸显。

另一种情况是现代主义的崛起。现代主义本身对小说影响巨大，使得其古代和近代意义上的认知与娱乐功能显著下降，而其作为个人"艺术冒险"的特质得以空前强化。这样，小说的表意与抒情气质也越来越浓厚了，小说变成了几乎与故事和大众无关的，甚至是故意为敌的艺术。《追忆似水年华》《尤利西斯》都是极端典型的例子。请注意，这里所说的"抒情性"是广义的，包括了观念性的表达和文化精英意识的流露这层含义。

简言之，小说的两种功能的凸显，是其在现代发展变化的结果。

这样说，也是基于当代中国文学的实际状况做出的判断。因为在当代小说中，有明显不同的两类作家，其分野相当明显。以莫言、余华、刘震云等作家为代表的戏剧性写作，和以王安忆、迟子建、张炜、张承志、毕飞宇等为代表的抒情性写作，可谓泾渭分明。还有一些作家如贾平凹、苏童、格非等，属于比较暧昧的一类，他们兼有戏剧性和抒情性。

当然，这样说并非绝对，而仅仅是为了说明问题。其实就上述两类作家来说，也是互有兼容的，比如莫言也有很强的抒情性，他的长篇小说中几乎都有一个影子叙事者"我"，或一个真真假假的"莫言"，都会有一个活跃的发言者、议论和抒情者的角色。从《红高粱家族》开始，他就有这样的一个显著特点；而王安忆通常情况下多议论和抒情，但有时也非常戏剧化，比如《长恨歌》就有很强的戏剧性，要想改编为一幕戏剧，是很容易的事。毕飞宇也是如此，他的叙事中似乎永远有一个万能的"毕飞宇"在说话——每个人物都是"戴着面具的作者"，但他的大部分作品中，也产生了很强的戏剧性力量。而且他的戏剧性不是靠故事，而是靠人物语言与心理情境的戏剧化。还有贾平凹，多数时候他是一个散文化的作家，作品中的故事结构似乎比较自由而散漫，但他也有《废都》这样高度戏剧性的小说，几乎达到了"拟古典叙事"的程度。

问题显然非常复杂，我们的讨论必须谨慎，且落脚于写作中的问题意识，而不是跳进一个自设的学理陷阱。况且关于此二者的古今变化，中西差异也都很巨大，无法脱开具体语境和具体问题来谈。所以当我们讨论到这些作家的时候，主要不在于刻意去界分他们是哪一类的作家，而要提醒我们自己注意，在写作中应该如何来凸显或平衡戏剧性与抒情性的因素，什么样的小说是好

191

的小说，它们和戏剧性与抒情性问题到底有什么样的关系。

## 二 何为小说的戏剧性与抒情性

戏剧和诗，都是最古老的文体。在古希腊，最早产生的文学类型就是悲剧和史诗，它们衍生出了更多，如喜剧、讽刺诗、演说、寓言，还有历史叙述等文体。这说明，在"文学"的基本概念与经验中，戏剧和诗，戏剧性和诗性，是最靠近核心的元素。在中国古代也是如此，最早出现的文体是诗歌，《诗经》成了最早的文学典籍。当然,《诗经》中也有类似"史诗"的篇章，只是体量太小，不被重视而已。戏剧在中国古代比之在希腊的出现，要晚了一两千年，到了元代才比较成熟。这没有办法，是我们的小农社会形态所决定的，因为一直缺少希腊式的城邦文化，戏剧这种大型的舞台艺术，尤其需要城市消费人群，还有公共性社会需求的支持。直到中古以后，中国的城市社会才慢慢发育起来，先有了说唱文学（宋代出现了"说话"，其"表演"属性，可以认为是戏剧的雏形），戏剧艺术的发育才成为可能。

但毫无疑问，小说是在戏剧繁荣之后才兴盛起来的。在古希腊是这样，在中国也是如此，为什么明代出现了小说的繁盛？一个很重要的原因，就是元代戏剧艺术的发育。

192

为什么会如此说？小说本质上是一种"杂语"的艺术，用巴赫金的话说，是一个"杂语世界"。诗歌显然不是杂语（史诗或诗剧除外），因为它是代表作者在讲话，而小说与戏剧则不同，它们是要摹仿现实世界中的不同角色，所以本质上它们是一样的。区别仅仅在于，戏剧是必须在"规定的时间与空间里"——欧洲古典主义戏剧有严格的"三一律"，在一个狭小的舞台上，通过演员的表演来实现其杂语的对话与共生，并完成一个高度集中的矛盾冲突的戏剧故事；而小说则不需要这些复杂的条件支持，它只消在纸上慢慢实现即可。

　　古希腊的文学理论很发达，从柏拉图到亚里士多德，都有一个核心的关键词，叫作"摹仿"。摹仿是古希腊人关于艺术的一个最基本的理解，艺术是对人的行为的摹仿。那么诗是摹仿单个人的生命与内心，戏剧则是摹仿公共性的社会与现实。而现实包含了场景、人物关系、众生的杂语。所以戏剧一定是多个人的不同角色的声音，它需要摹仿人际关系，摹仿一个复杂的故事情节、一个集中的矛盾冲突。

　　这种"多个人的声音与意志"，在巴赫金的理论中，被命名为"复调"。何为复调？其概念来源于欧洲音乐中的"多声部"和"对位法"，这我讲不清楚，所以就不展开。简单地说，在巴赫金那里，复调小说是区别于"独白型小说"的一类，从陀思妥耶夫斯基开始，小说中的"人物有自己的声音和逻辑"，人物不

193

会遵从作者或叙事人的声音和意志。他的原话是："众多独立而互不融合的声音和意识纷呈，由许多各有充分价值的声音（声部）组成真正的复调——这确实是陀思妥耶夫斯基长篇小说的一个基本特点。"[1]

很显然，在戏剧里面，每个人物都有自己的身份、性格和意志，都不会遵从别人的逻辑行事，所以若说"复调"，戏剧才是百分之百的，戏剧就是复调的艺术，有多少个人物，就有多少种声音和逻辑。而小说就不一样了，其中最强大的角色就是叙述人，叙述的话语决定了几乎所有人物，所以最早的"故事"几乎不可能是复调的，作者直接代替所有人物思维和说话，非常主观和轻易地就决定了一切。而在近代以后的小说里，描写社会的复杂性越来越成为一种需求，所以人物的意志和话语个性就需要凸显，所以复调也就在所难免。

所以，某种意义上，小说是"低成本化了的戏剧"，无须演出条件的戏剧，也是在纸上模拟的戏剧。

欧洲一直有人在讨论莎士比亚戏剧的演出与否的问题，认为他的文本可以只"用来阅读"而不必非要上演。我本人在读莎士比亚的时候，也深为认同这一点。

---

[1]　巴赫金：《陀思妥耶夫斯基的复调小说和评论著作对它的解释》（《陀思妥耶夫斯基诗学问题》第一章），见《巴赫金文论选》，佟景韩译，中国社会科学出版社1996年版，第3页。

从巴赫金的理论中，我们至少可以概括和引申出这样几个观点：第一，在小说叙事中，所谓复调即相当于戏剧性，但戏剧性要比复调的概念大，复调一定跟戏剧性有关；第二，复调也是强调"人物的性格逻辑"，好的人物一定是有性格逻辑的，而性格逻辑可能不会完全遵从作者的叙述口吻和意志，而具有独立的性质；第三，我们通常说的小说要有戏剧性，即"故事的戏剧逻辑"，戏剧逻辑不同于现实逻辑，许多人写作的问题就在于只知道有现实逻辑，而不知道有戏剧逻辑，只知道自己作为作者"想怎么样就怎么样"，而不知道尊重人物的性格逻辑；第四，这个"戏"，包括了"无巧不成书"的巧合元素，但更重要的，是上述各种逻辑所混合而成的"叙述的逻辑"，这个叙述逻辑看似是作者赋予的，而实则是客观"生成"的，不是随意性的。就像《一坛猪油》中的那枚祖母绿戒指，它在故事中一方面产生了种种巧合，但更重要的是，它变成了一种戏剧性的力量——它可能给人带来好运，也可能给人带来厄运，而这一切都来自一个古老的法则，一种古老的意志，就是人的基本伦理与契约精神。在现代，我们可以称之为"物权正义"，用最简单的话语就是，"该是谁的就是谁的"。

这就出现了另一个重要的概念，就是"故事的戏剧逻辑"。

多少人写了一辈子，可能还弄不清楚，小说的叙述不是任意和随性的，必须遵从一个"故事的逻辑"，这个逻辑展开来，就是人物的"性格逻辑"或"命运逻辑",也是故事的"戏剧逻辑",是叙事者的"叙述逻辑",也是作品的"艺术逻辑"。

这个逻辑当然是由作者"创造"出来的,但它似乎又是"天然固有"的,高于或者先于作者的设定,作者只是"找到了"它。它非常固执,不会完全听命于作者。所以从这个意义上说,一部好的作品不是由作者创造的,而是由它的戏剧性的逻辑绵延衍生出来的。

有一个现成的例子,就是余华的《许三观卖血记》[①],在这部作品的"自序"里,余华就讲到,他作为叙事者的角色基本被闲置了:

> 在这里,作者有时候会无所事事。因为他从一开始就发现虚构的人物同样有自己的声音,他认为应该尊重这些声音,让它们自己去风中寻找答案。于是,作者不再是一位叙述上的侵略者,而是一位聆听者,一位耐心、仔细、善解人意和感同身受的聆听者。他努力这样去做,在叙述的时候,他试图取消自己作者的身份,他觉得自己应该是一位读者。事实也是如此,当这本书完成之后,他发现自己知道的并不比别人多。

---

① 余华:《许三观卖血记》,南海出版公司 1998 年版。

书中的人物经常自己开口说话，有时候会让作者吓一跳，当那些恰如其分又十分美妙的话在虚构的嘴里脱口而出时，作者会突然自卑起来，心里暗想："我可说不出这样的话。"然而，当他成为一位真正的读者，当他阅读别人的作品时，他又时常暗自得意："我也说过这样的话。"

仿佛是巴赫金说法的翻版，但他们应该是不谋而合的。虽然余华说"自己知道的并不比别人多"，但实际他还是"什么都知道"的，只不过他是通过尊重和认真探究人物的性格逻辑，而不是凭自己的主观意志来完成叙述的。

还有《活着》的例子，这部作品迄今在海内外的发行量，据说已经超过了两千万，创造了新文学诞生以来单部作品的发行纪录。它是如此受欢迎，许多读者说，他们在读这个小说的时候，抑制不住地流下了眼泪。但我想，这些人只要不是"脑残"，他只要追问：这个故事里面所有的巧合元素能不能站住脚？很显然不能。假如我们从世俗逻辑，从日常生活的逻辑去看，哪怕全世界的厄运集于某人一身，也不会有福贵那么多的苦难与不幸。但是，余华在写福贵这个人物的时候，连他自己也没有想到，从小说的起笔处就不知不觉地落入了一个陷阱，一个悲剧性的叙述逻辑，这个"赌徒的故事"，这个"与命运赌博的人"，在他的命运里出现了这样一个轨迹，余华不过是遵从了这个逻辑，听凭

197

了冥冥中一种意志的支配，一直写到他失去了所有亲人，只剩下了一头相依为命的老牛。

为什么会是这样？我认为其中存在着一个哲学问题：每一个人都是赌徒，都是与命运赌博的赌徒，而每一个人都会输，在命运面前没有一个人会赢。这也是一个逻辑问题，因为哲人早说过，"每个人都是必死的"（海德格尔），这就是命运本身。所以每一个与命运赌博的人，都必将输掉一切。只是这个过程会有千差万别。正是因为这样的预设，人们才会自觉不自觉地，意识到或无意识地预感到，自己或将是一个另一版本的"福贵"，也会想了解自己"到底输得会有多惨"。这就是《活着》之所以备受欢迎的一个内在原因。

我曾跟余华本人讨论过，我问他：你在写《活着》的时候，是不是一开始就设定了福贵最后的结局？他回答说并没有，一开始好像并没有意识到福贵会那么惨，只是写着写着，不由自主地就出现这样一个结果。

由此我想到，余华是这样的作家：他是遵从叙述逻辑、人物的命运逻辑的作家。他笔下的人物都是"本能性的叙述者"，这意味着，他本人几乎不会出现在他的叙事中，至少他个人的身份从不显露。无论是《活着》《许三观卖血记》还是《兄弟》中，都没有"作为叙述者的余华"，而都是一个个小人物本身，他们按照独自的意志在说话、在行动，他们的智商都不高，多数只相当于孩童或者智障者。这里面没有思想者，没有知识分子，只有普通人。所以余华的叙述话语也都是平民的，没有复杂和高深的话语元素，这大约可以算是他的"戏剧性写法"的一个结果，或产物了。

但如果换成另外的一些作家，其中就会有"知识类型的人物"在说话，他们会做出判断和抒发议论，表达情志，语言也会带上作者的风格，会出现诗性的和抒情的意味。以王安忆、张炜、张承志、毕飞宇等作家为例，会很能说明问题。他们小说中的主人公一般都有很高的情志，说出的话语都接近于作者的声音，当我们阅读时，会感到人物的说话仿佛是"隐身的作者"在侃侃而谈，或干脆是作者戴上了人物的面具在说话。我们常常会觉得，在叙事的背后有一个悲天悯人的智者和抒情者，比如在《九月寓言》中，这个角色虽隐而不显，但始终存在，在《古船》中，他有可能变成隋抱朴，在《刺猬歌》中他会变成廖麦，他们本身也起着"替代性的叙事人角色"的作用。

在毕飞宇的笔下，几乎每个人物都是叙事人，但作者一下子就"钻入"了每个人物的内心，然后开始替他们说话，他无所不知，并将每一个人变成了作者的蒙面人，或者是将作者幻身为不同人物的戴面具者。总而言之，他的叙事人是作者和人物的统一体，因为作者的潜入，他笔下的人物都有了鲜明的"分析性"，人物的性格逻辑十分清晰，但却有一个强大的叙事人笼罩一切。

199

这便是我理解的抒情性的小说了。

让我们先来看一看戏剧性的写法，仍以《许三观卖血记》为例。在这部作品中，我们几乎听不到作者的声音，只有许三观和许玉兰这样的小人物，叙述完全遵从了他们的说话方式，他们自己的行为逻辑。所以会有许玉兰把自己与何小勇的关系，反复说与大街上的人，（这一段显然受到《祝福》中祥林嫂的启示，阿毛死后，祥林嫂每天对着大街上的人说，"我真傻，真的……"她将悲剧叙说成了喜剧——这是鲁迅式的反讽。）而许三观也会在"家庭批斗会"上，不恰当地与孩子们说起这一话题，而他为许玉兰所做的辩解也很滑稽。人物的话语方式与行为逻辑，同他们"近乎弱智"的性格之间是完全匹配的。

小说中有一点很重要，也很有意思。许三观只有十二次卖血，照理一个人一生如果卖十二次血，可能不是什么太大的事情，但处理在叙事之中，就会觉得足够多，就会造成一个"卖了一辈子血"的感觉。为什么呢？因为作者是通过一个"节奏"的处理，生成了一个生命与死亡的节律。头三次，卖血的原因非常偶然，间隔时间非常长，是几年。这有似于人在年轻时代的经验，旺盛的生命，懵懂的阅历，不会有悲情或绝望的感受；而接下来，中间的七八次卖血则变得非常稠密，让人感觉生命中厄运与劫数的现身，感到时间的迅速消逝和几近丧命的危机，这有似于中年危机中的经验；最后一次卖血，是一个虚拟化和未实现的仪式，是漫长的生命回声，是人生经历中苦难的余绪，是死亡到来之前的喘息。

有一个问题是，既然许三观的一生也非常艰难，小说的主题也非常严酷，但为什么没有安排许三观死去，他的卖血生涯为什么没有像根龙——他卖血生涯的引路人那样，以死来终结？答案也很简单，如果那样的话，小说的叙事风格与叙述逻辑是讲不通的。因为《许三观卖血记》讲的是小人物的故事，而小人物的故事通常是喜剧的或带有喜剧意味的，许三观和许玉兰都明显是有性格缺陷的人物，如果安排他们在结尾处死去，叙事的风格就会变为悲剧，那样一来作品的味道就全变了，前面的好故事也就前功尽弃了。

这也是出于叙事逻辑的支配。很显然，《活着》是悲剧的，《许三观卖血记》则是准喜剧的，虽然福贵也同样没有死去，但是他的活着要难于死，要比死还残酷。所以，在表现福贵作为小人物的弱点时，小说仅限于他的年轻时代，写了他很多年轻时代的不靠谱，但在他变成一个穷人之后，便再也没有关于他的戏谑性的描写。而《许三观卖血记》则不同，直到最后时刻，作者还坚持了喜剧的笔法。

关于许三观最后一次的卖血经历，也是值得讨论的。这一次，他并非出于生活的危困去卖血，而是突然回忆起过去的艰难岁月，十分感慨，想再度回味一下那种滋味，也自豪一把。但这

201

一次人家却根本不要他的血，医院的"血头"早已换了人，人家非但不买账，还把他羞辱了一顿，说你这么大年纪，谁会要你的血？你的血像猪血一样，只配去刷墙。许三观非常生气，从医院出来以后，他忽然哭了起来。

接下来的一段非常关键，许三观一辈子没有哭过，没有哭不是因为他的命运不够惨，而是因为他的性格足够"二"，按照他的那种小人物的性格逻辑，他是属于没心没肺的人，怎么忽然会哭起来，这似乎不符合小说的喜剧氛围。但偏偏余华在这里来了一段华彩式的描写。他写到许三观哭过了自己的家门，哭过了大街——

　　许三观……敞开胸口的衣服走过去，让风呼呼地吹在他的脸上，吹在他的胸口；让混浊的眼泪涌出眼眶，沿着两侧的脸颊刷刷地流，流到了脖子里，流到了胸口上。他抬起手去擦了擦，眼泪又流到了他的手上，在他的手掌上流，也在他的手背上流。他的脚在往前走，他的眼泪在往下流。他的头抬着，他的胸也挺着，他的腿迈出去时坚强有力，他的胳膊甩动时也是毫不迟疑，可是他脸上充满了悲伤。他的泪水在他脸上纵横交错地流，就像雨水打在窗玻璃上，就像裂缝爬上快要破碎的碗，就像蓬勃生长出去的树枝，就像渠水流进了田地，就像街道布满了城镇，泪水在他脸上织成了一张网。

他无声地哭着向前走，走过城里的小学，走过了电影院，走过了百货店，走过了许玉兰炸油条的小吃店，他都走到家门口了，可是他走过去了。他向前走，走过一条街，走过了另一条街，他走到了胜利饭店。他还是向前走，走过了服装店，走过了天宁寺，走过了肉店，走过了钟表店，走过了五星桥，他走到了医院门口，他仍然向前走，走过了小学，走过了电影院……他在城里的街道上走了一圈，又走了一圈，街上的人都站住了脚，看着他无声地哭着走过去……

显然，在整个《许三观卖血记》中，这是唯一的一段抒情笔墨，即使是许三观在林浦、百里等地接二连三地卖血，差一点丧命的时候，作者也是极尽克制自己的情绪和笔墨的，并没有跳出来写出煽情的只言片语。然而此时，他却如此放纵地挥洒着这一抒情的段落，不免令人暗暗担心，看余华如何收场。因为这段华彩式的笔墨，几乎像脱轨的星球一样，把整部作品的叙述风格都改了，原先的喜剧意味，小人物的诙谐，低智商的逻辑，如何延续到最后，真的成了一个悬念。

所以，最后许三观必须是"破涕为笑"，虽然没有卖成血，但还是与许玉兰一起来到了当年的胜利饭店，要了黄酒和炒猪肝，美美地回忆和感慨了一番。并且在许玉兰的一番发泄——将那个新"血头"，有的没的进行了一番语言的贬斥之后，许三观以一句粗俗的俚语，结束了小说的全篇。

> "他的血才是猪血，他的血连油漆匠都不会要，他的血只有阴沟、只有下水道才会要。他算什么东西？我认识他，就是那个沈傻子的儿子，他爹是个傻子，连一元钱和五元钱都分不清楚，他妈我也认识，他妈是个破鞋，都不知道他是谁的野种。他的年纪比三乐都小，他还敢这么说你，我们生三乐的时候，这世上还没他呢，他现在倒是神气了……"

> 许三观对许玉兰说："这就叫屌毛出得比眉毛晚，长得倒比眉毛长。"

全篇以这句收束，可谓一个破涕为笑、化愠怒为喜感的定调式的结尾，重新回到了小说的叙事逻辑，人物的性格逻辑，故事的戏剧逻辑，作品的美学逻辑。这样说，应该不是溢美之词，我也相信，余华在该书的"中文版自序"中说，"这本书其实是一首有始无终的民歌"，也绝不是虚夸。

如果用一个例证来说明，这就是小说叙事中的戏剧性，当然其中也包含了抒情性。尽管我坚持认为余华是"纯粹戏剧化的作家"，但也承认了他小说中出色的抒情段落与华彩篇章。

## 三 叙事中的戏剧性：对话与复调

近代经典的短篇小说大家，其代表作品常常是高度戏剧性的，比如法国的梅里美，其《嘉尔曼》，就因为其高度的戏剧性，而被改编为著名的歌剧《卡门》；莫泊桑的《羊脂球》和《项链》等名作，也都因为具有强烈的戏剧性而被改编为电影。"戏剧性的结尾"，是这些作品广为读者熟知的特征；另外，俄国的契诃夫，他最为中国读者熟知的《小公务员之死》《套中人》《变色龙》等，其人物可说都是具有鲜明戏剧性格的，对于鲁迅和中国现代作家的影响也非常之大；还有美国的欧·亨利，其《麦琪的礼物》《警察与赞美诗》《决斗》，无一不是戏剧性的反转故事。之所以会有这样一种普遍性，主要的原因，是古典短篇小说中的"传奇"诉求，在近代以后被作家更多地转换为了一种"讽喻"——社会政治或道德文化的指涉所致。作家普遍希望，能够以文学和小说干预现实人心，同时又不希望自己失去读者，因为过于高雅而不被广泛关注，于是就通过强化戏剧性的叙事，戏剧性格的人物以及戏剧性的结局，来实现上述兼顾，吸引读者的注意。

这种内在原因在当代文学中也同样存在。当然，这样说并不意味着只有戏剧性的属性才会吸引读者，因为现代主义文学潮流的影响，抒情性、议论性、不同形式的主体性彰显，都会成为吸引读者的因素。1980年代，中国作家甚至还因为对于现代主义的崇敬，而一度将意识流的手法放置到文学宝塔的顶端，像残雪的小说，就很难说有戏剧性的因素，它几乎都是依存于梦境的无逻辑的讲述，以一种"无意识场景"来呈现内心景观，但在1980年代后期她也成为最引人瞩目的作家。在早期的先锋派小说中，也大量充溢着类似的情形。

戏剧性的叙事有不同的范型和形态。在我看，有余华式的，他通过人物的"去作者化"，将人物与叙事人自我之间实现"切割"，使人物的智力和情商与作者自身完全不匹配，使小说中完全没有作者的影子，这样，可以完全使人物成为单个的主体，按他们自己的意志去展开行为逻辑。

其实鲁迅的小说基本也是如此的，祥林嫂、阿Q、孔乙己，这些人物都很难见到作者自己的影子，祥林嫂就是祥林嫂，孔乙己就是孔乙己，他们都不是"鲁迅"；当然，阿Q是谁，难道没有作者的一点影子吗？这个可以讨论，从无意识的角度，肯定会有，因为每个人都在其中，每个人都是阿Q。此外，"狂人"当然也会有作者的痕迹，因为他是知识分子，是先知先觉者，是说出了"吃人"事实的人，这个人物无论是在理性还是无意识层面上，都有着作者的深刻痕迹。但总体上讲，鲁迅小说中的人物，大都有不肯听命于作者的行为逻辑，有独立的意志。所以，无论是《故乡》《伤逝》《祝福》还是《阿Q正传》，都非常合适也很容易改成戏剧和电影。唯有《狂人日记》这样高度心灵化的作品比较难于改编——尽管也有类似改编的尝试。

当代典范的例子也还有莫言式的，他在早期的《红高粱家族》中，已经展示了其高度戏剧性和"复调叙事"的才华。为了达到其效果，他在小说中设置了两个叙事人，另外还有一个"影子叙事人"。两个叙事人中，一个是"我"，作为孙子辈，所听到的一切，都是"父亲"的转述。"父亲"是亲历者和目击者，而"我"只是一个"历史的隔岸观火者"，对于历史的严峻和残酷性完全没有认知，反而会感到奇异和好玩。而"父亲"作为直接的当事人和叙事者，虽历经凶险和丧母之痛，但毕竟是以童年之身去经验的，所以叙述和感受也难免有夸诞变形之处，因为童年的思维具有非理性的特点，是感性的，超验的，有时是无逻辑的，所以叙事往往更具有主观的抒情性和风格上的传奇性。"父亲"的叙事是直接的，但却是相对弱小的，所以还得有赖于间接而强大的"我"，来掌控叙事的节奏。唯有"我"的存在，才使得"野合"、奶奶之死、高粱地里的伏击、"人狗大战"等故事具有了"多幕剧"的意味。

《红高粱家族》是当代的长篇小说中最早采用"复调"叙事的作品，正是因为有潜在的多个叙事人：历史的在场者和主体——"爷爷、奶奶"，历史的迟到者和旁观者——作为儿童的"父亲"，还有历史的隔岸观火与道听途说者——"我"，他们各

207

自有不同的处境与经验差异，才使得《红高粱家族》的叙事呈现了"多种声音的奇怪混合"（福柯语）的状态，历史本身的多元性和不确定感，以及历史"真相"的最终湮灭与晦暗不明的性质，才得以彰显。

有个细节可以形象地说明什么是"复调"——《红高粱家族》中，奶奶死的时候，日本军车的机枪扫过来的子弹把奶奶打倒，父亲扑上去，看到奶奶倒在血泊中。这本是一个令人悲伤和绝望的时刻，但叙述却出现了"不和谐的游离"。父亲看到奶奶被击中的胸部，子弹打在她的乳房上，皮开肉绽，他本应该是吓坏了，但是他却注意到奶奶乳房里面"暴露出了淡红色的蜂窝状组织"。这就是典型的"不同声音"，父亲是一个小孩，那时候怎么可能会注意到观察母亲伤口的形态，而且是以纯"医学"和"生物学"的眼光看到的景象。这显然是另一个叙述者"我"，也就是"莫言"在起作用，因为他是一个军人，且受过战地救护方面的训练，上课的时候教官会告诉他，在战场负伤之后怎么处理伤口，如何自我和互相救护，救护的基本知识会涉及伤口会呈现什么样的状态，必须用什么方法处置，他一定学过那些。所以他写到童年的父亲扑到奶奶身上痛哭时，也顺便把这些经验塞了进去。读到这儿的时候，不免会有一种伴随着"经验他移的阅读中断"。

极致的例子是《檀香刑》，莫言的戏剧冲动不只表现在小说

208

丰富的戏剧含量上，还表现在直接的"双重文本"，《檀香刑》是"用戏剧写成的小说"，《蛙》则是在写出了小说之后感到尚不过瘾，而又同时并置了一个戏剧文本。

《檀香刑》的三部分构造中，"凤头"和"豹尾"部分，是戏剧体的叙事，是以人物"独白"的口吻完成的叙事，"眉娘浪语""赵甲狂言""小甲傻话""钱丁恨声"，都是类似戏剧道白的部分；而中间的"猪肚"部分，才是叙事人或作者的讲述。当然，即使是猪肚部分也有很强的戏剧性，其中植入了"茂腔戏"的很多元素，而真正具有挑战性和难度的，是人物的语言，如同戏剧中的道白，如何将不断推进的故事、人物的处境、剧情的冲突、内心的活动熔于一炉，并生动地呈现和透示出来，这是最难的。从这个意义上说，《檀香刑》是真正"正面挑战"难度的写作，是小说史上的创举。虽然这种叙述不一定"讨巧"，许多读者未必会习惯和喜欢，会感到它太"饱和"了，但它确实是小说史上的一个奇观。它的戏剧性的含量，在当代小说中一定是最大的。

再说对话与复调。某种意义上说，这两者有内在的联系和一致性，对话性强的小说，一定是复调的，反之亦然（当然，"对话性"不一定是单指叙述中人物的直接"对话"，而是指叙述本身的"多义与纠缠"）。为什么这样说呢，因为对话性必然要求人物有自己的意志和语言，必然要求人物按照独自的意志去行

209

动，这是导致复调性的关键因素。

余华曾说要"用对话写一部小说"，结果就写出了《许三观卖血记》。

这部作品的大部分情结和语言都是在对话中产生的，这样就大大压缩了叙述话语，而叙述话语在先锋小说中曾是十分通用且占比很高的，在包括余华的中短篇在内的大部分早期作品里，甚至根本就没有人物的对话形式，叙事人越俎代庖，已完成了所有工作，这样的作品一般就不会再有复调的可能。而《许三观卖血记》中则自始至终坚持了以人物的对话形式推进叙事的原则，人物的高度独立性，也反过来强化了小说的复调性特征。

比如，关于许玉兰是不是处女，一乐到底是谁的"种"，是何小勇的还是许三观的，并没有一个确定的说法。在前后几个人的几种不同的叙述中，答案愈发显得含混其词。

我还曾跟余华讨论过，尽管《活着》和《许三观卖血记》都是悲剧性很强的小说，但是读起来，《活着》基本是悲剧性的，而《许三观卖血记》却有"喜感"，这是为什么？如果说是因为"摹仿了小人物"，那么《活着》也同样是，为什么就没有喜感？这恰恰是因为《许三观卖血记》的复调性——本来是一个悲剧，却因为主人公的语言直接出现在叙事中，严重影响了它的美学属性，变成了一个喜剧。也正因为如此，作者没有办法将他"写死"，而只能让他成功地活到了老年。

再说《活着》，它的悲剧性更强，但是作者也没有让福贵死，是因为福贵也是一个小人物，他身上也有太多"不靠谱"的弱点，尤其是年轻时的种种荒唐，这也影响着最终结尾的方式。因为他毕生都在赎罪，用苦难来赎他年轻时代的那些罪孽，所以他也不能死，这些都是戏剧性的结果。这就像《阿Q正传》，最后鲁迅安排阿Q死，但是阿Q死的时候必须用喜剧办法来处理，如果没有最后那个非常荒诞的"画圆"细节来作结尾的话，恐怕他会面临非常大的困境。

苏童的小说中也有一类戏剧性比较强的作品，《妻妾成群》和《红粉》就是例子，因为戏剧性强，它们被敏锐的导演改编成了电影。在《妻妾成群》中，我注意到作者尽管主要是以主人公颂莲为叙事视角来进行讲述的，但他偶尔也会将自己嵌入进去，会出现一个不同于颂莲视角的"作者的叙述"。我在想，如果那时苏童足够成熟，不再是一个年轻作家，那么他也许会写出一个类似《金瓶梅》的小说，写出一个更有现场感的，"一个男人和他的四个（五个）老婆之间的恩怨情仇"故事。《红粉》也是，讲的是"一个嫖客和两个妓女的悲欢离合"，故事本身生发出来的戏剧性，给作者提供了一个极大的便利，也就是说，不是作者在写作，而是人物在自动写作。

所以，好的小说构思会生发出特别强劲的对话性，它本身会通过戏剧逻辑来驱动小说的写作。

211

## 四　典型的复调小说:《花腔》及其他

李洱的《花腔》是一部意蕴非常复杂的小说，如果要给一个最简单的概括，它写的便是关于"个人之死"的故事，一个从新文化运动以来中国现代历史的根本性内在逻辑中所生成的故事。

这个逻辑很难解释清楚，借用李泽厚先生的话说，就是"启蒙与救亡的双重变奏""救亡压倒了启蒙"。展开来说便是，新文化最初倡扬的是启蒙主义范畴中的个人价值，标举的是"个性解放"，而许多人最初是抱着这样的信念投身革命的。但在这个过程中发现，个性和个人主义非但不是革命的同道，而且会逐渐变成革命的对象。很显然，第一批革命者中的许多人如陈独秀、瞿秋白，后来都被甩出了权力的中心，甚至一度变成了革命的对象，直至晚近才被平反。其原因，部分地也在于新文化的逻辑与革命文化逻辑之间的不一致。

社会政治层面的话题，这里不拟展开。"个人之死"所昭示的，归根结底是"新文化的溃败"，这个问题要留待历史来解答。但"新文化的失败"并非文学叙事中的个别现象，钱锺书的《围城》也是。方鸿渐的著名演讲，"海通几百年来，只有两件西洋东西在整个中国社会里长存不灭。一件是鸦片，一件是梅毒"，说的便是同一话题。西方的好东西如"德先生"和"赛先生"尚未扎根，鸦片梅毒倒是先长留了，这也是一个文化的宿命。这说明，西方文化中的某些东西来中国还是水土不服的，包括"个人"价值本位的观念。

还有一点是哲学上的，就是小说的主人公作为一个精神现象学的问题。从性格上看，他是一个"哈姆雷特式"的人物。作为"知识分子"的"葛任"，其性格蕴含着一个逻辑上的致命弱点。哈姆雷特的弱点是什么？就是很容易与现实格格不入，而一旦与现实发生冲突，他立刻就会变得很孤独无助，会变成一个"局外人"，变成一个逻辑混乱的人，他一定会失败。仿佛是命，是来源于某种力量的诅咒。这种"精神的遗传"确乎流毒很广，在文艺复兴之后西方文学中的知识分子人物，或是在精神上有寄寓和追求者——从歌德笔下的少年维特，到俄罗斯文学中的"多余人"，到现代中国文学中的"狂人"和"零余者"们，骨子里都有这么一个特点，在觉醒或革命的过程当中，很容易会遭受挫折，被逐出中心，最终变成一个"他者"。

格非的"江南三部曲"所讲的，庶几是这样的故事。《人面桃花》《山河入梦》《春尽江南》分别叙述了三个不同代际的革命者的连环故事，他们是血缘意义上的三代人，也隐喻着某种历史的连续性，他们都有着希望改造社会、推动进步和"人类大同"的理想精神，但也都遗传了祖先耽于幻想的"桃花源性格"，都是类似哈姆雷特或贾宝玉式的人物，都和时代的主流政治格格不入，因而也都各自遭遇了其人生的悲剧。格非通过这三部小

213

说，处理了中国现代历史，特别是处理了中国现代知识分子的精神史。他的悲剧主人公们，都与现代中国的革命有着密切的关联——起于革命，败于革命。而他们的失败，归根结底，也与他们骨子里的个人（主义）禀赋与气质有关。

李洱的《花腔》也是如此。他要处理这个难度极大的主题，需要穿越许多历史的雷区和精神的迷津，所以没有办法不使用一个"花腔"式的叙事，来完成一个"个人本位"价值在现代中国覆灭的故事。这是对于五四新文化的一个凭吊，也是关于一个复杂的人性命题的哲学探讨。

主人公"葛任"，用河南话、陕西话发音都接近于"个人"，故事是从陕北开始的。所以这个小说另外一个名可以叫"个人之死"。新文化最初的核心理念是立人，鲁迅在《摩罗诗力说》和《文化偏至论》等早期作品中，都明确提出了以个性和个人价值为本位的社会改造观，提到过"个性之尊，所当张大""惟发挥个性，为至高之道德"的说法，主张通过张扬个性、个人自由来实现文化的变革。而且有别于众人的启蒙主义人学观，鲁迅是以尼采的观点为标杆，信仰完全意义上的"个人本位"的人学观。然而葛任的身世和命运，都显示了个人价值在救亡与暴力革命中的尴尬处境。

显然，革命是为了解放人的，但是解放具体的个人，同解放民族和阶级之间是什么关系呢？恐怕很难说清，既无限具体，又无比抽象。因此，"某些个人"反而会被牺牲。而且在战争年代的语境中，个人话语闯入集体话语当中，就会显得十分渺小和唐突。中国现代历史当中这种悲剧很多，王实味之死就是例子。

李洱的《花腔》，处理的就是新文化运动以后，从新文化逻辑到革命逻辑的演化过程中，个人价值与知识分子在参与过程中的遭际。

葛任还有一个小名叫"阿双"，据说瞿秋白的小名也叫阿双[1]，所以推测作者的意图，葛任在一定程度上可以说有历史人物的影子。关于瞿秋白的问题，党内的评价经历了一个历史的变化，早先认为他是"左倾机会主义者"，后来又承认他作为早期革命领导者的重要地位，但具体评价中还是有很多并不清晰之处。总之有这一人物的影子，确乎增加了小说主人公的寓意深度，使得"葛任"这一人物具有了更为广泛的指涉。

再说故事的讲法，《花腔》是通过三个讲述者叙述同一件事情，但讲述的背景与态度完全不一样，角色感也大相径庭，所以关于同一段历史的真相，便更显扑朔迷离了。这应和了1990年代到世纪之交这段时间，小说界风行的"新历史主义叙事"的特点，即对于历史讲述方式的敏感与不确定感的彰显。谁的历史，谁在讲述，如何讲述？这些问题影响着人们对历史的理解和

---

① 卫华、化夷：《瞿秋白传》，湖南人民出版社 2014 年版。

215

判断。

第一个出场讲述的是医生白圣韬，他是一个革命的叛变者。他向上级汇报他寻找葛任踪迹的过程，葛任已然成了一个谜案。他到底死了没有？讲述者闪烁其词，显示他已经死了，但谁杀死了他，显然没有任何一方愿意承认。因为我方认为他投敌了，而国民党认为他是我党安插进来的，所以都想除掉葛任，但是究竟是谁除掉的则不得而知，没有人承认，最后双方都认为他是被日本人打死的，死于"二里岗战斗"。这样刚好合适，既保全了葛任的名节，使他成为"民族英雄"，也免除了双方的责任，因为谁也不愿意承担杀死他的罪名。

第二个讲述葛任故事的人叫赵耀庆，他曾是潜入军统的地下工作者，但他的身份亦很可疑，他是否叛变过也有不同说法。他讲述的时候已经是在"文革"时期，作为劳改农场的服刑人员，他在被红卫兵小将揪斗过程中，讲述尘封已久的往事。但是很显然，他的思维已经出现了问题，因为他担心的不是历史的真相能否讲清楚，而是担心自己讲得符不符合革命小将们的要求。他是用的河南话，满嘴跑火车，动辄就用喊革命口号的方式来应对审问，令人哭笑不得。

白圣韬用的是陕北话，赵耀庆用的是河南话。这两个讲述人的口音、口吻和效果，已经构成了"复调的纠缠与互否"，两个人的话语之间，形成了互相抵消的关系。而第三位还要接着出场，最终才能使这叙述变成真正的糊涂账。这位讲述者叫范继槐，曾是国民党中统的中将，后来起义投诚，现今是共和国的政协委员，已到了晚年。他讲述了葛任的故事，他本人曾与葛任一起留学日本，在最后葛任之死的事件中，也起了直接作用，但他的讲述同样是颠覆性的，不断受到政治正确的限制。只是因为他有好色的毛病，在一位叫作白凌（白胜韬的孙女）的美少女的不断诱导激发下，他才断断续续，一点点地透露了一些真相。

他用的应该是普通话。

三个讲述者身份，几乎集合了现代中国历史中不同时期的各种政治元素，单是他们的身份就把现代中国历史压扁了。身份与立场的含混，历史处境的复杂，话语方式的暧昧多重，使同一个故事讲出了完全不同的效果，这是典型和极致的"复调"小说了。它所对应的是历史本身的不确定性。

而且，实际上还有"第四个"讲述者——作者本人，他负责提供的是某些所谓的"历史档案"，是用 @ 和 & 这样的符号来连缀，用楷体字加以区分的部分。真真假假，与前几位的讲述构成了佐证或抵消关系。

借用作家魏微的一段话，或许更为生动些。她说，这是"一部变相的历史，也是煞有介事的野史，证据链一环扣一环，经过考证，甄别，去芜存精，末了还是一笔糊涂账，而这，正是历史的本相。它的背后，是影影绰绰的民国史、抗战史、国共关系史、

217

中苏外交史、人文史、生活史、地方风俗、花边八卦、医学——李洱诌了个'粪便学'……我选择相信，至少小说里他引章据典，跟真的似的。为了一本《花腔》，他把百年中国都装兜里了，必要的时候，他就摸出一张小卡片给你露一下。"

> ……他借"葛任之死"编织了一张巨大的网：革命者，传教士，土匪，文青，戏子，妓女，红二代，出家人，造假币的，搞传销的，史大林（今译斯大林），鲁迅……甚至葛任的先祖葛洪他都写到了（可真能扯啊），因此关于炼丹他也带了两段……真是虚虚实实，人头攒动，可是小说主干却丝毫未受影响，只是丰富了，宏阔了，好比一棵枝繁叶茂的大树。[①]

如果不喜欢枯燥之辞，就可以用魏微的说法。

除了这种典型的复调叙述，还有一种接近于"纯粹对话性"的小说，也就是，故事本身不重要，就像钱锺书的《围城》里面，几乎没有什么像样的故事。如果从结构上来讲，《围城》或许还有些问题，但这并不妨碍它是一部杰出的小说，杰出在哪里？就是它的对话。它的对话不只是"人物的具体的话语"，而

---

① 魏微：《李洱与〈花腔〉》，载《上海文化》2018 年第 3 期。

且还体现在了"人物的对话关系"上，它们已经上升到了一种"文化对话"的情境。比如方鸿渐和赵辛楣，他们两人的作用通常是"作者自己的角色分身"，他们常常对时事和周边各种现象进行嘲讽，形成各种机锋与妙语。在《围城》所虚构的各种知识界人物中，方鸿渐和赵辛楣也是被揶揄的角色，但他们俩又是有底线的，且常常"折射"了作者的态度。方鸿渐买的是假文凭，"克莱登大学的博士"，但他对此是讳莫如深，从不敢提及的，而韩学愈也是同样的假文凭，却敢于到处炫耀，寡廉鲜耻。《围城》的最精彩处，便是在"苏小姐的客厅""三闾大学的办公室"里展开的对话，形成了那个时代的"知识话语的狂欢"，营造了如同曹元朗的《拼盘姘伴》一样的"话语混装"的喜剧情境，描画了知识界各色人物的性格与嘴脸，并隐喻了"新文化的溃败"。

对话性写作的当代范例是王朔。王朔的小说中几乎没有故事，只有对话，设置一个关键的对话情境，设定具有错位感的人物关系，然后展开令人捧腹的对话。其实，王朔也曾尝试写过故事，但那时他是一个三流作家，他早期的《空中小姐》写了一场空难，《一半是火焰，一半是海水》开始尝试写"坏人的故事"，但那时他的才华还基本没有流露出来。直到写《顽主》《一点正经没有》，王朔才蜕变为一个一流作家。

王朔的过人之处，在于他对当代文化构造的高度敏感。在

219

1980年代中期知识话语被视为神话的时候，他敢于用"小痞子戏仿尼采或弗洛伊德"的方式，来颠覆这种神话；在旧式的意识形态话语尚未解体之前，他也用"小混混的口吻滥用干部腔调"的方式，来矮化和消解旧式话语的权威力量。后来他觉得不过瘾，就在许多小说中干脆弄一个三种话语的游戏场景，小市民话语，知识话语，"干部腔"三者，进行猫捉老鼠、狗也来插一杠子的游戏。这种话语游戏看似油腔滑调，但暗含了非常关键的文化逻辑，对于缓解当代中国固有的话语紧张关系，黏合三种文化之间根本的游离关系，具有不可或缺的作用。只是王朔的风格过于喜剧化了，没有太多人重视而已。

## 五  抒情性、"意象小说"及其他

最后再来说说抒情性的小说。

关于抒情性的小说，我想可能包含两种情况：一种是个体性特别强，情感意志特别突出的小说，有可能会是抒情性的作品；还有一种，就是"非复调性的小说"，也就是只用"作者声音"来讲述的小说。

前一类的作家，比如张承志、张炜是比较明显的，抒情性很强，诗性色彩浓厚。年轻时我读日本小说，比如读川端康成，也很强烈地感受到这一点。读张炜的《九月寓言》，像读诗一样，里面有一个强大的叙述者，这个叙述者在讲述的过程中，把他自己的观点、立场、胸襟、气度统统在字里行间注入进去；张承志的《黑骏马》《北方的河》，还有《心灵史》等长篇小说，也有类似的特点。显然，作者过于强大，或者主体性过于彰显，就会导致这种情况。

　　还有一种是"非复调性的叙述"，也可以叫作单一调性的叙述。这种单一调性叙述的例子，毕飞宇非常典型。我曾经说过，毕飞宇是一个"无法用语言复述的作家"，看完他的作品以后，合上书本，就会出现他的声音，在滔滔不绝，喋喋不休；但要让你复述一下他的故事，你却难以做到。很多作家的小说是可以复述的，但是毕飞宇几乎不能，所以我认为他是"语言本体论的小说家"。他的全部魅力都在语言的绽放和闪烁当中，闪转腾挪的叙述腔调、诗意绽放的叙述语言，离开这些东西，故事本身就没影了。比如你可以尝试讲一下《玉米》写了什么故事，是否能够讲得出来？似乎只能有一个大概。这篇小说的故事写得如花似玉，人物活脱脱跃然纸上，而且也还是明显从两个人物——支书王连方，还有他的女儿玉米两个不同的视角来叙述的，但是却有一个一以贯之的腔调统摄了全篇。连已经出场的玉秀玉秧也被整合到了这一个叙述的声音之中，仿佛是她们自己的声音，但细听却还是作者的声音。

221

"钻进人物内心"，是毕飞宇式叙述的典型特征。人物与作者达成了一致，一体化了，就会出现这样的情况。虽然人物与故事同样有很强的戏剧性，但是叙述的腔调却只有一个。让我举出《玉米》的例子，其中写到村支书王连方的"翻车"，因为到处拈花惹草，他终于颠覆了自己的权威，因为"破坏军婚"而被解职。解职后，他在盘算如何生存，既要保全面子，又要设法糊口：

　　妥当的办法是赶紧学一门手艺。王连方做过很周密的思考，他时常一手执烟，一手叉腰，站到《世界地图》和《中华人民共和国地图》的面前，把箍桶匠、杀猪匠、鞋匠、篾匠、铁匠、铜匠、锡匠、木匠、瓦匠放在一起，进行综合、比较、分析、研究，经过去粗取精、去伪存真、由里而外、由现象到本质，再联系上自己的身体、年纪、精力、威望等实际，决定做漆匠。漆匠有这样几个好处：一、不太费力气，自己还吃得消；二、技术上不算太难，只要大红大绿地涂抹上去，别露出木头，终究难不到哪里；三、成本低，就一把刷子，不像木匠，锯、刨、斧、凿、锤，一套一套的，办齐全了有几十件；四、学会了手艺，整天在外面讨生活，不用呆在王家庄，眼不见为净，心情上好对付一些；五、漆匠总归还算体面，像他这样的身份，做杀猪那样的脏事，老百姓看了也会寒心，漆匠到底不同，一刷子红，一刷子绿，远远地看上去很像从事宣传工作。主意定下来，王连方觉得自己的方针还是比较接近唯物主义的。

其实这段话中也似乎有两个声部，一个是落魄者的农民王连方，还有一个就是固守"干部"身份的王连方，但毕飞宇将两个王连方有效地捏合在一起，并且刻意放大了他的"干部话语"，以此生成一种戏剧性和讽刺效果。

然而如果我们再对照一下关于他的女儿玉米的叙述，就会发现，作品实际上还是接近于一个统一的腔调：

> 玉米走到大镜子前，吓了自己一大跳。自己什么时候这样洋气、这样漂亮过？乡下的女孩子大多挑过重担，压得久了，背部会有点弯，含着胸，盆骨那儿却又特别地侉。玉米不同，她的身体很直，又饱满，好衣服一上身自然会格外地挺拔，身体和面料相互依偎，一副体贴谦让又相互帮衬的样子。怎么说人靠衣裳马靠鞍呢。最惊心动魄的还在胸脯的那一把，凸是凸，凹是凹，比不穿衣服还显得起伏，挺在那儿，像是给全村的社员喂奶。柳粉香当年肯定正是那样，挺拔四方，漂亮得不像样子。玉米无法驱散对柳粉香当年的设想，可是，设想到最后，玉米却设想到自己的头上去了。这

223

个念头极其危险了。玉米相当伤感地把衣服脱了下来，正正反反又看了几回。想扔，舍不得。玉米都有点恨自己了，什么事她都狠得下心，为什么在一件衣裳面前她反而软了？

显然，有一个覆盖了王连方和玉米，以及其他人物的强大的叙述者，他无所不晓，无所不能，潜入了每一个人物的心里，这个叙述者就是作者。毕飞宇用作者的叙述语言一统江湖，达成了他的叙事规则与秩序。

王安忆也是这种"有叙述腔调的作家"，她小说里的人物，也多是被叙述人控制的自我分析者，在这种受控的分析中推进小说的叙事，因此所有的叙述语言都是作家的语言。南方作家，特别是江浙一带的作家，有很多是这种类型的，原因可能在于他们的话语腔调太迷人了，也反过来控制了作家本人。

有的作家会在小说中适时插入"抒情笔墨"，这方面例子很多，前面说到的张炜、张承志等作家都很典型，这里稍说一下格非。他的长篇小说"江南三部曲"中，会经常插入这种诗意的和抒情的段落，如《山河入梦》中的谭功达与姚佩佩的爱情，他们在女主人公逃亡中的书信往还，就显得极具有抒情色彩，像是"刻意嵌入"的一段华彩篇章。严格说来，这几乎是离开了小说的固有逻辑，因为人物性格的"突然升华"是需要坚实基础的，而无论是谭功达和姚佩佩，还是《春尽江南》中的谭端午与庞家玉，他们本来的关系中都缺少一种纯然的精神性的恋爱基础。姚佩佩本来是一个魅性中带着憨气的女孩，忽然间便有了圣女般的灵性与思想；庞家玉在小说开头出差北京时，还有过一段稍显苟且的婚外恋情，之后与谭端午之间也一直有相当尖锐的冲突，如何又忽然成为一样高尚的圣女，与谭端午爱得死去活来？但是，格非就是有这样的能力，他将这样的抒情之笔作为全书的高潮，可以非常准确地嵌合到叙事之中，并做到天衣无缝。

但这完全属于特例。要知道，格非是一个高级音乐发烧友，他在音乐方面的修养和理解力帮助了他，可以做到这一点。但对于一般人来说，这种情况是比较危险的。

还有一种是"意象小说"。意象小说现在似乎已经不多了，但在 20 世纪 90 年代曾经很多。比如苏童的小说，王干最早写苏童的评论叫作《苏童意象》[1]，有很多小说近乎意象派的诗歌，或是印象派的绘画。比如苏童写过一篇小说叫作《稻草人》，故事也很难复述，它就像是一首散文诗，讲的是几个孩子之间的暴力游戏。有一个孩子叫荣，他赶着一只羊，在夏季的中午来到田野，看见一个稻草人竖在棉花地里，他把这个稻草人给搬倒了，出于孩子的恶作剧，他还把它拆了——这相当于他"杀了一个

---

[1]　参见王干：《苏童意象》，载《花城》1992 年第 6 期；王干、费振中：《苏童：在意象的河流里沉浮》，载《上海文学》1988 年第 1 期。

人"。当他把稻草人上面的一个齿轮拆下来当作玩具在河边磨洗的时候，河的下游正有两个游泳的男孩，一个叫作轩，一个叫作土。这两个兄弟看到了上游漂过来的一根木棍，这木棍就是稻草人身上的主干。他们俩把这木棍捞起来以后，开始聊天，其中一个说，你知道吗，前不久在棉花地里发生一起谋杀案，有一个人用木棍敲击另外一个人，把他打死了，这个木棍是不是那凶器？你看这上面好像还有血迹。然后两个人拿着木棍往上游走，刚好看到在河边磨洗齿轮的荣，便去跟荣争夺，土和轩当中的一个用木棍敲击了荣的后脑勺，好像把他打死了。但小说的最后，又闪烁其词地说夏日的中午，田野里静悄悄的，仿佛什么也没有发生，过了不久，田野里又竖起了一个稻草人。

它完全像是一个梦境，是孩童的想象逻辑。孩童的逻辑会把不同时空里发生的事情叠合在一起，建立一种充满错乱感的因果联系。

这也像我们做梦。我曾长时间研究梦境，我认为大脑做梦的时候，在大脑皮层的多个部位同时在做梦。因为我们做梦的时候，不再是原来那个"自我"的主体，而是不受自我管制的"本我"，即无意识在活动，且是分散在大脑深处多个部位的活动，说直接点，就是我们可能同时在做多个互不相关的梦。当我们醒来时，所回忆的梦境，实际上是把"共时态发生"的梦进行了"时间化的链接"。也就是说，把明晰的时间先后的场景，变成了有先后和因果关系的场景，这就是我们醒来感到梦境会不易记住，且会很快消失的一个缘由。而且，还会有"梦中梦"，有时还在梦里对这个梦产生怀疑或试图辨析的努力。

童年时期，人的记忆框架还没有完全建立，"自我"意识也处在含混的境地，所以会把很多记忆中的事情随意连缀起来，就像我们叙述梦境，不断虚构出某些因果关系，并因此而产生出恍惚闪烁的错位与混乱感。所以，我认为苏童的《稻草人》就是用意象的方式，呈现了童年记忆和思维的荒诞性、假想性、跳跃性和非逻辑性，总而言之就是梦幻的属性。

苏童类似的小说还有《狂奔》《你好，养蜂人》等，包括《妻妾成群》等代表作也有很密集的意象描写。这是他小说的一大特色。

格非早期的中短篇小说中，也有大量的是属于意象型的，比如《褐色鸟群》《青黄》《风琴》《呼哨》《锦瑟》等。

意象小说当然是抒情性的，其戏剧意味被意象的诗意绵延与发散遮盖，显得没有那么重要了。但这里说的"诗意"不单纯是美感意义上的，而是指广义的抒情性，残雪的小说也属于这个范畴，她的作品都是表现"非历史的场景"，无意识世界中的景象，也没有那么"美"，倒是显得很残酷和灰暗，但这也属于广义的"现代性诗意"吧。

227

# VII

虚构写作

十讲·之七

# 如何使作品的结构获得形式感

英国人克莱夫·贝尔曾有句名言，叫作"艺术是有意味的形式"[①]。这话对于一个写作者的重要性，不啻一个人对于世界的基本认知。造物主创造万物时，一定也是秉持了"形式主义"的癖好，同时注重了形式的效用与美感。这也是自然之所以美丽、生命世界之所以生气勃勃的根本缘由。日月经天，江河行地，天地有大美，桃李之不言，都给我们以感动或者震撼，这本身首先便由形式之美所引发。

一道闪电也有它的形式，虽然没有一道闪电是重复的，但它那耀眼的、曲折的和撕裂黑暗云层的线条，本身都有着似乎万古不变的一致，这就是它的形式；一朵小花的绽放也有它所必然遵从的形式，虽然没有任何一朵花、一片叶子，会重复另一个，但

---

[①]　参见克莱夫·贝尔:《艺术·序言》，薛华译，江苏教育出版社 2005 年版。

231

它们却又有着接近的图案和构造，有着永恒不变的样子，这就是形式本身。

还有一道无中生有的彩虹。在雨后的天空，会突然出现一道迷人的七色彩虹桥，而且每次出现，它都会有着赤橙黄绿青蓝紫七种颜色，会有一个标准的半圆弧形。虽然每次出现的大小和角度，什么时候出现，会有出其不意的变化，但其形状却近乎永恒不变。这也是形式本身。某种意义上也可以说，就像一首有格律的诗，彩虹本身的形式就是内容。

地球是圆的，月亮也是圆的，所有太空的星体都是圆的。为什么？这是万有引力的结果，是星体旋转运行的需要。宇宙是不是圆的呢？如果它确有一个形体，我们猜想它一定是圆的，或是椭圆的。如果"大爆炸理论"是正确的，那么宇宙一定是一个圆形。最小的物质微粒是圆的，原子核是圆的，围绕其旋转的电子也是圆的，它的运行轨迹本身也是圆的。造物本身就秉持了这样的原则，用黑格尔主义的观点看，这就是"规律"。所以，行走的车轮必须是圆的，车轮轴承里的结构——包括里面的钢珠，也都必须是圆的。

所以中国人所相信的世界和时间，也都是圆的，是轮回的。基于此，《红楼梦》的结构便是一个标准的圆，或者也可以理解为无数个重复的圆。

金字塔的形式则是另一种形状，它必须是一座锥棱体，底座为正方形，四面为同等大小的三角形，如果没有这样的形制，它就不会如此坚固，已经矗立于酷热的沙漠之中四千余年，甚至更长。

形式是内容的承载之物，也是内容本身。这就像人，没有这具生命的躯壳，这个生命以及我们的灵魂，也就失去了依存之所，没有了肉身也就没有了生命；这也像语言本身，没有了字与音，意义也便没有了凭借和居所，所以海德格尔说，"语言是存在之家"；老子也说，"有名，万物之母"。某种意义上是字和音赋形了言和意，是语言"诞生"了物质，形式赋形了内容。

女娲造人的时候，有一个完美的形式蓝图。两只手和两条腿本身，是完美的配合；两只眼睛少了一个，必然无法看见立体的影像；每只手五个手指，如果多出一个就成了"胼指"。一个直立行走的人类奔跑在原野上，其姿势之美，便决定了他会是万物的灵长。犹如哈姆雷特——当然也是老莎士比亚——所感叹的："人类是一件多么了不起的杰作！多么高贵的理性！多么伟大的力量……在行为上多么像一个天使！在智慧上多么像一个天神！宇宙的精华！万物的灵长！"

好的作品也定然有一个相契合和相匹配的形式，这个形式无法与内容本身分开。那种认为内容和形式可以拆开对待的看法是荒唐的，因为一个活体的生命，是无法将生命和肉身的载体分开的，而艺术作品本身，也是一个内容与形式完全嵌合在一起的生

233

命体。当然，文学作品本身的形式也是复杂和难以说清的，它不像其他的造型艺术那样有清晰规整、肉眼可见的固定不变的形式。海德格尔说，一座矗立在大地上的希腊神殿，"使大地成为大地"，因为它有着完美的、庄严肃穆和充满神性的形式。大到神殿，小到一座房子，也都是有相对固定的形式的，这是其功用所需要的，必须要坚固——拥有三点或四点支撑，或者圆形支撑，必须要有三维的空间，有合理的屋顶覆盖，这样它就构成了一座与天地相符相容的，可以使人类得以容身其间的房子。某种意义上，一座房子的形状就是我们对于世界和宇宙的理解的形状。

与上述例子相比，艺术作品的形式是更为多变的，充满了认知上的复杂性。而这，正是我们要加以讨论的原因和必要性。

## 一　什么是作品的形式和形式感

现在让我们来讨论一下作品的形式，以及"形式感"的问题。什么是作品的形式，笔者以为，有多个不同的层次。比如诗歌是有形式的，有韵律，有节奏，有词牌，有字数和行数的规制。"天地有正气，杂然赋流形"，冥冥中有某种规律驱遣和支配着，使情感和语言无中生有，化为种种变化的艺术形式，也化为千变万化的作品本身。这话如果让黑格尔来翻译，便是万物都遵循着普遍的规律，并且因此而获得各种合理的、合目的的存在形式。"下则为河岳，上则为日星。于人曰浩然，沛乎塞苍冥。皇路当清夷，含和吐明庭。时穷节乃见，一一垂丹青……"这是文天祥《正气歌》中的句子，说的既是天地法则，是人格与德行意义上的"浩然正气"，同时也符合自曹丕以来中国文学传统中对"气"的文学理解。所谓"文以气为主"，其所说的"气"，既是内容又是形式，既是外在的章句，又是内在的节律。

对于其他文类来说，也同样有形式的要求，比如小说之短篇、中篇、长篇，就有不同字数的规制，超过某个字数界限的，就会被认为是不同的文体类型。

但上述所说，还只是外在的形式，从内部的构造而言，形式还有更多复杂的要素。比如巴赫金就曾经讨论过小说的"时间形式"与"时空体形式"[1]，这是根据时间与空间变化的因素而加以区分的不同叙事类型。简言之，小说的叙事是遵从时间的构造、时间的节奏与特性进行的，对时间和空间的不同处理方式，决定了小说的基本形构。其中他发明了所谓"传奇时间"的概念，什么是传奇时间呢？简言之，就是在古希腊的一类小说中，男女主人公是在年轻貌美的时候一见钟情的，中间经过了无数的磨难，

---

[1]　巴赫金:《小说的时间形式和时空体形式》，见《小说理论》1998 年版。

235

在时间上却没有计算，所以等到作品结尾，他们终成眷属的时候，他们依然年轻貌美。显然，在传奇性的小说叙事中，作者会很自然地遵从一种以空间变化为主，时间被压扁和忽略的规则。《奥德修纪》中，奥德修斯参与了十年的特洛伊战争，然后又在返程途中遭到海神和风神的捉弄，在海上漂泊了十年，结果他回到故乡的时候，家里面居然住满了无数求婚者，因为他的妻子依然年轻漂亮。显然，主人公虽经历了千难万险千回百转的空间延宕，但在时间上却依然是一个零。

中国的《西游记》与《奥德修纪》一样，是典型的"历险记叙事"，历险记叙事明显是一种"空间体叙事"，或者叫作"非物理时间的叙事"，即时间变化不会被计算。小说在最后，并没有写到唐僧与孙悟空他们师徒从西域回到大唐时，已然步履蹒跚白发苍苍，令人感慨万千。而是各表其功，功德圆满，"都成了佛"，各有封赏与归所。中间所经历的无数磨难，在时间上也都被尽行忽略了。

再深一层说，中国古代的小说都有其固有的结构形式，就是"圆形构造"。因为我们的时间观和世界观是"非线性"的，是一个"轮回"的结构，这是典型的"中国叙事"才有的构造。西方的现代性时间观念是一个"线性的进步论模型"，而我们中国人原发的时间观却是一个圆，无论是道家的"无——有——无"模式，还是佛家的"空——色——空"模式，都是轮回的圆形构

236

造。老子说，"天下之物生于有，有生于无"，他在本体论上的虚无观，又表明一切还将归于无。而佛家所说的"因空见色""由色入空"，也是一个循环，这些都决定性地影响了中国式小说的叙事结构，那就是"由聚而散""由分到合，或由合到分""由魔而佛""由色而空"，以及集大成者的"由盛而衰"。

还有更多的，"物归原主""因果轮回""一报还一报"等等。

这些都是由生命观与世界观决定的基本构造，是同一种生命经验的不同展开形式。

以《水浒传》为例，这部作品所讲的是"聚与散"的故事。它首先是一个"从聚到散"的悲剧，但因为采用了一个循环的处理方式，又使得这一悲剧得以中和并释解了。小说开篇第一回写到，因为一个朝廷昏官洪太尉的轻狂之举，江西龙虎山上镇守数百年的洞穴被打开了，洞中的一百零八个妖魔，在一声响亮中随一道金光散去，散落到神州各地。然后冥冥之中，他们按照前世的因缘，依次会聚梁山，上应天象，下合人心，汇成了替天行道的梁山好汉。在齐聚之后，他们遵照上天的意志排定了座次，随后在宋江等人的主张下成功得以招安，成为合法的"体制内武装"。随后他们为朝廷分忧，先后北破大辽、南征方腊，皆得完胜。但在征方腊的过程中，梁山原伙人马折损整整三分之二。请注意，小说在讲到这里的时候，速度明显加快，是用了极简省的笔墨，来交代所剩人马的后事，除少数人是善终或无疾而终，多数是遭贪官或小人加害，一一死于非命。但这并没有结束，最后，梁山好汉的一百零八个魂魄，又"齐聚"至梁山旧地的"蓼儿洼"，开始了又一度的聚散轮回。这一结果预示着，未来的某个时刻，这伙妖魔英雄，还会兴风作乱。

显然，《水浒传》在叙事上生成了一个首尾相接的圆，"聚（散）——散（聚）——聚（散）……"构成了"前缘""今生""来世"的永续循环，这就是典范的中国式故事的模型。

再看《三国演义》，它所讲的故事是"分（合）——合（分）——分（合）……"的故事，开篇作者即说，"话说天下大势，分久必合，合久必分"，这里没有线性的进步论历史观，有的只是一个分分合合的不断循环。不要小看这样一个循环，它实际上也决定了这部作品的美学属性，就是"是非成败转头空""不以成败论英雄"的一种悲剧历史观。历史的风云变迁，人世的沧桑巨变，都是个体生命无法改变的天道，对此运行幻化，人只有悉心体察，悉数接纳，可以感慨系之，却不能存心违抗。显然，《三国演义》的循环论的构造，也是中国人对历史的基本想象的构造。

什么是"中国故事"？这就是典型的"中国故事"，典型的"中国讲法的故事"。从"一枕黄粱"，到《红楼梦》，都是这种圆形的、循环的、充满幻化感的"梦经验"。

"圆形构造"的形式感最强的，是两部世情小说的代表《金瓶梅》和《红楼梦》。前者的处理方式，是佛家的"因果轮回"，西门庆一生恣意妄为贪欢纵欲，最后孽缘终了的方式，是在他死的同一天里，投胎"托生"为自己的儿子孝哥，成为吴月娘和西门家族唯一的骨血；而小说结束时，却是永福寺里的普静和尚，以前缘令其皈依沙门，挟其幻化而去。以来世的苦修苦行，来救赎其前世的孽业，善恶方才相克相抵。小说始于道（玉皇庙），终于佛（永福寺），起始"西门庆热结十兄弟"是在玉皇庙中，而结束时"普静师幻度孝哥儿"，则是在永福寺里。但无论是佛是道，所遵循的都是循环论的世界观，且此二者都在同一座山上。

《金瓶梅》的圆形结构，完成了一个小说主旨的呈现，善恶皆有果报，孽业必有轮回。主人公在空间上，则完成了一个圆形的旅行。

《红楼梦》在形式感的构建方面，比之《金瓶梅》更为清晰和自觉，它以一块石头的往还之旅，作为叙事的结构主线，在"几世几劫"的轮回中，叙述"大荒"或"雪地"作为前缘和身后之景的显形，也完成了主人公的尘世之行——一段悲欢离合的际遇与情缘。《红楼梦》可谓无数个圆的轮回与重合。

上述是东方的故事，在西方则是另一种思维。

按照精神分析学的理论，任何形式都有古老的"原型"。在弗洛伊德那里，他就把所有凸起之物和凹陷（圆形）之物，都看作是男女性器的象征，手枪、笔、小刀等，这些东西是男性器

239

官的象征；圆形的物体、抽屉、盒子等，都是女性之物的象征。所以梦境的分析，也变成了"以性想象为隐喻的原型意象"的分析。这些说法在荣格笔下，被更为清晰地解释为各种不同的"原型"，某些形象在神话、宗教、梦境、幻想、文学中不断重复出现，在人的认识和潜意识中，便形成了一种"先入为主"的母本式的形象，它对于文学写作有一种潜在的支配作用。原型理论在荣格之后，又有广泛的演变与发展，其过分专注于对性意识的理解，对我们来说也许并不足取，但作为一种借镜，还是会很有启示。

形式感可以是有形的，如有的作品呈现了某种非常具体的形式，比如对称式的结构，放射式的结构，串珠式的结构，折扇式的结构，套娃式的结构，等等，不管是哪一种，都显然隐含着一个"物化的形态"，一种造物之存在的方式。

当然也可以是无形的，如"才子佳人的故事""英雄美人的故事""失而复得（或物归原主）的故事""恩怨轮回的故事"，甚至"一个男人与多个女人的悲欢离合的故事"等，还有"失乐园的故事""复乐园（或还乡）的故事""灰姑娘的故事"，这些是基于原型主题或者原型结构的故事，它们是通过故事的逻辑，来干预和限定讲故事的形式。

当代小说中那些重要的作品，也大都有明显的形式感。比如很多家族叙事，就自觉不自觉地受到《红楼梦》或《金瓶梅》的影响。以格非的"江南三部曲"为例，其《人面桃花》《山河入梦》与《春尽江南》中，都采用了首尾相接的叙事构造，虽然三代人的故事各不相同，但线条与逻辑却大概相似，是一种轮回与重复。这样就出现了一种"用《红楼梦》的方式处理中国现代历史"的新模型，不是线性的进步论历史，而是中国式的轮回观与因果论的历史。从故事的角度看，它们才真正"本土化"和"东方化"了，具有了宿命的意味；而从内容的角度看，它们也对"现代性"的历史逻辑做出了反思。

如果说格非是典型的"中国式的讲述形式"，那么有的作家则使用了纯粹西方式的故事构造。比如刘震云的《一句顶一万句》，便是采用了《圣经》故事中的"出埃及记"，以及希腊史诗当中的奥德修斯的"还乡记"式的两种结构形式。其上半部分讲述的是主人公杨百顺（后改名吴摩西）的出走故事。他在故乡延津的无趣人生，使他和所有的人都没有共同语言，说不到一处。在妻子与人私奔之后，他在寻妻的过程中又丢失了心爱的养女，为了寻找养女巧玲，他走出了故乡，这生命中的伤心与失败之地。到了下部，故事变成了吴摩西的养女巧玲的儿子牛爱国，他在偶然得知了自己的故乡来历之后，同样为了寻找与人私奔的老婆，历经千回百转，终于返回了故乡延津。一出一归，完成了一个历史的戏剧性闭合，即中国人进退维谷、离归两难的生存悖论与文化命运。

241

显然，这部作品的丰富寓意，不是我试图要全面分析的，我只是要说，两个"对称的"古老结构，为这部作品增了色，使它有了鲜明的形式感与对称性，也因之有了相当强烈的戏剧性。

　　有时候，一种叙事的形式还能够挽救一部作品。比如钱锺书的《围城》，这部作品的持久魅力，显然不在于其结构的完整与讲究上，要论这些，其实是有很大的问题和缺陷的。但是它语言的魅力，还有其中所包含的文化反思，对知识界的精神状况的讥刺，弥补和掩盖了上述问题。这一点，大概没有太多分歧。但从另一个角度说，该作品"折扇式"的结构形式，是否也是一个重要的支持因素——帮助挽回了形式上的过于随意和松散的问题呢？因为折扇式的叙事构造，为松散型的叙事留下了更多空间的冗余，也掩盖了其不能将人物与故事一以贯之的问题。

　　同样情况的还有巴金的"激流三部曲"。其中，作者试图表现历史的进步，但小说对于历史进步的载体——觉民和觉慧等"新人"的描写，却好像并不算成功，所以其作为"新文学"的不足，便是很显然的。何况小说在语言和细节方面，也有粗糙和简陋之处。但是，小说无意间所暗含的一个"旧家族的衰败故事"，却暗合了中国传统的经典故事形式，而正是这一旧形式，恰恰为《家》等作品注入了不可或缺的"传统神韵"，并且弥补和掩盖了叙事上的其他弱点。

## 二 鲁迅小说中的细节"重复"与形式感

孔乙己一到店，所有喝酒的人**便都看着他笑**，有的**叫道**，"孔乙己，你**脸上又添上新伤疤**了！"他不回答，对柜里说，"**温两碗酒，要一碟茴香豆**。"便**排出九文大钱**。他们又故意的高声嚷道，"你一定**又偷了人家的东西**了！"**孔乙己睁大眼睛**说，"你怎么这样凭空污人清白……"

孔乙己喝过半碗酒，**涨红的脸色**渐渐复了原，旁人**便又问道**，"孔乙己，你当真认识字么？"孔乙己看着问他的人，显出不屑置辩的神气。他们便接着说道，"你怎的连半个秀才也捞不到呢？"**孔乙己立刻显出颓唐不安模样**，脸上笼上了一层灰色，嘴里说些话；

邻居孩子**听得笑声**，也赶热闹，围住了孔乙己。他便给他们茴香豆吃，一人一颗。孩子**吃完豆**，仍然不散，眼睛都望着碟子。孔乙己**着了慌**，伸开五指将碟子罩住，弯腰下去说道，"不多了，我已经不多了。"直起身又看一看豆，自己摇头说，"**不多不多！多乎哉？不多也**。"

掌柜仍然同平常一样，**笑着对他说**，"孔乙己，你**又偷**

243

了东西了！"但他这回却不十分分辩，单说了一句"**不要取笑**！"……他的眼色，很像恳求掌柜，不要再提。此时已经聚集了几个人，便和掌柜**都笑了**。我**温了酒**，端出去，放在门槛上。他从破衣袋里**摸出四文大钱**，放在我手里，见他满手是泥，原来他便用这手走来的。不一会，他喝完酒，便又在旁人的**说笑声**中，坐着用这手慢慢走去了。

以上是我随便从鲁迅的短篇名作《孔乙己》里选出来的，四个小节之间，有非常明显的重复。关于"取笑""偷东西""温酒""茴香豆""脸色""钱"，以及表情、对话与动作等等，明里暗里，直接间接，都有大量的重复性内容。它们之间形成了明显的对应关系：戏剧性的呼应，叙述中的黏结，细节的强调，风格的戏谑，等等。并且因为这些有意味的反复，而变得更加简单和透明，仿佛几幅形象近似的白描画。

这大概就是叙述在细节方面的形式感了。

上述还只是我为了节省篇幅而摘录的，文中其实还有很多处可以征引。

当我这样判断时，还是有些不踏实，感觉缺少理论依据。然而，一翻开希利斯·米勒的《小说与重复》一书，立刻找到了证据。

米勒在研究英国小说的时候，发现了其中大量的重复现象。

他还归纳出了规律：其中有两种重复的形式，第一种，是以某个循环游戏之外的一种原型事物为基础，如在《德伯家的苔丝》中频繁出现的"红"颜色，这种重复会造成上下文之间密切的关联关系，以及某种戏剧性的张力；第二种是没有这种原型物，但是前后在时间的顺序中，会发生一些有对应性的变化。这些变化也会呈现出某种照应的关联性。"在第一种重复中，差异由相似产生；在第二种重复中，相似则由差异产生。"①

他举出了《德伯家的苔丝》的例子："当红颜色在小说中第一次出现时，它在人们眼里不是显得平淡无奇，便是被看作单纯的描写"，"苔丝姑娘在头发上系一条红丝带完全合乎情理。当读者第三次、第四次、第五次接触到红色物体后，红色开始作为一个醒目的主题突现在人们面前，它连续不断地重复出现。"接着，米勒分析了这部小说中有关苔丝命运与遭遇描写中的大量重复性的细节，还有与其他叙事中的某些关联性。"一个人物可能在重复他的前辈，或重复历史和神话传说中的人物"。

从这些说法中不难看出，米勒还是援引了结构与解构主义的视点，他着眼于叙事中元素的相似性，以及相似性中的区别，由此带来的种种复杂多样的表意功能与效果。之后他总结说：

①　希利斯·米勒：《小说与重复》（"中译本序言"），王宏图译，天津人民出版社2008年版，第2页。

245

任何一部小说都是重复现象的复合组织，都是重复中的重复，或者是与其他重复形成链形联系的重复的复合组织。在各种情形下，都有这样一些重复，它们组成了作品的内在结构……①

显然，米勒的说法，也完全符合《孔乙己》中的情况，不只使我们感到细节之间的重复关系，而且还有了整体性的理解。这些重复，也是小说的"时间结构"本身，是小说的形式得以生成的关键要素。

而且，米勒的说法完全打开了我们的思路。如果这样看，中国古典小说中也同样充满了重复。即便不是出于"普遍的互文"与"原型的重复"这样的观念，在同一个文本里面，我们也会看到这种"重复性组织"的重要作用，比如，最典型的就是《西游记》。其中大部分章节里的故事与描写，都是高度相似和重复的：每一回都不外乎是，妖魔鬼怪化身为不同人形，要吃唐僧肉，或是设置了取经道路上的障碍；善良又糊涂的唐僧，每每会被幻化的妖魔所迷惑；危险局面下，猪八戒必然因其贪婪和自私而添乱，沙和尚亦必是没什么主张的和事佬，在一边瞎附和；然后

--------

① 希利斯·米勒：《小说与重复》，王宏图译，天津人民出版社2008年版，第1—3页。

矛盾即产生了，猴子要么受了委屈，很不开心，要么一气之下回了花果山；最后又必然是佛祖训诫劝喻，师徒修好如初，最后悟空施展法力，除掉了妖怪。然后又高高兴兴踏上新征程，"斗罢艰险又出发"。

《水浒传》中同样充满类似的重复。但要素置换为，大多数好汉都是被"逼上梁山"的，都有一个冤屈的经历，要么是为奸臣或贪官所害，要么是缘于女人作梗，或是出于仗义执言而犯案，或是因除暴安良而得罪权贵。而且小说中所描写的家庭生活，亦非常近似，常是女人不淑，不守妇道。像宋江、卢俊义、杨雄三人都是因为自己的女人出轨而起杀机，或坏了大事。武松是因为嫂嫂不贤，不得不杀"奸夫淫妇"，后又遭张都监陷害，设计让使女玉兰诱骗，遂不得不"血溅鸳鸯楼"而逼上梁山。还有清风寨的花荣，是因为同僚刘知寨与其失信无义的老婆的告发，而不得不揭旗造反。总之这种情形非常之多，这一方面是彰显了传统男权主义的无处不在，应了夫子的"唯女子与小人难养"的说法，另一方面是在叙事上形成了一种奇怪的合法逻辑，即造反的各种缘由中，必少不了女人的作乱。

这与《三国演义》中的"貂蝉戏"，实在是如出一辙。

除此，古典小说中的厮杀场面，饮宴场景，男欢女爱或男盗女娼之事的描写，都是何其相似，甚至非常程式化。这大约因为其"话本"成分所导致，讲书人必须要不断通过重复式的讲述，

247

来强化上下文的关联，吊起听书人的胃口，以利其在坊间流行。

西方文学中，因为有希腊与希伯来两大文化与文学传统贯穿，所以，他们历来文学主题或故事的重复，都是有原型基础的，重写或者不断回应之前的写作，是一个常态。所以不同文本之间的重复关系可能是普遍的。拜伦的《唐璜》是对之前的重写，歌德的《浮士德》是对之前的重写，甚至乔伊斯的《尤利西斯》也是对之前的重写。但这样一来，问题又演化到"互文"问题上去了，我们现在所谈的，是希利斯·米勒所说的，在同一个文本中上下文之间的重复。

新文学中的情况，不像古典小说中那样多固定格式的重复，但对于有些作家来说，重复则是一个写作的法则性要素。如果从纯粹"叙事诗学"的角度看，几乎有了类似"元写作"的意义。

鲁迅依然是最好的例子。

前面举出的《孔乙己》，显然相对简单些，它类似一个"缩微版的三幕剧"，大概三个典型的场景，当然，如果有"第二幕"的话，其中是稍显驳杂的，大约是多次的集合——因为细品小说的情节，显然不止三次。但给人的感觉，大概就是三次，在中国人的经验里，"三"即是"多"，形成的效果就是"无数次的重复"。

在《阿Q正传》中，开篇关于"先前阔"，"我们先前比你们阔多了"之类，就颇多重复；继之就是关于打人和挨打的场景，一直贯穿一二两节。阿Q先是被乡人欺侮暴打，后是挑衅同是天涯沦落人的王胡而被打，接着是被假洋鬼子的文明棍所打，之后是恼羞成怒转而猥亵小尼姑，以出晦气和怨气。而且，后面在阿Q的嘴里，一直还有一句不断重复的戏文："我手执钢鞭将你打……"到了第三节，猥亵小尼姑的成功，演变成了阿Q对女人的性幻想，并转移至吴妈身上，这些幻想在与吴妈的对话中，又变成了无意识的重复：

　　吴妈，是赵太爷家里唯一的女仆，洗完了碗碟，也就在长凳上坐下了，而且和阿Q谈闲天：

　　"太太两天没有吃饭哩，因为老爷要买一个小的……"

　　"女人……吴妈……这小孤孀……"阿Q想。

　　"我们的少奶奶是八月里要生孩子了……"

　　"女人……"阿Q想。

　　阿Q放下烟管，站了起来。

　　"我们的少奶奶……"吴妈还唠叨说。

　　"我和你困觉，我和你困觉！"阿Q忽然抢上去，对伊跪下了。

　　一刹时中很寂然。

这段对话中，阿Q的话语是在重复中梯次简省的，"阿

249

Q想"，这个想的过程中，更多的信息都筛除了，只剩下"太太""小的""女人""吴妈""小孤孀""少奶奶"的重叠出现，目的只剩一个，就是"困觉"。他意识中显然只剩下了这些符号，所以回答也已不受理性支配，心思全不在对话的逻辑中。"女人……""女人……"的重复，表明他确乎心慌意乱，只专注于对吴妈的身体想象了。

另一篇《祝福》，也是一个教科书式的短篇，形式意味强烈。祥林嫂两次出现在鲁四老爷的家里，由近及远，场景可谓有着鲜明的"相似中的不同"。这刚好符合米勒为他的《小说与重复》一书所写的中译本序言中的说法："在第一种重复中，差异由相似产生"，两次出现的相貌，几近完全不同，但显然是处在一个渐变关系之中。而两次中的第一次——也是最近一次的见面，作者还安排了诸多拉近式的"特写镜头"，因为"人死后是否有灵魂"的追问，与之有近距离的交流。这些都极大地增加了叙事的戏剧性及与上下文的黏合力。

祥林嫂两次出现的境遇，充满了相似中的不同：第一次是死了男人，受不了婆家的欺压，偷跑出来做工，目的是求安生和清净，所以拼命干活，也得到了雇主家的肯定，但不久就被婆家的人抓走了。婆家将她卖给了山里人家，她拼死反抗也无效，只好甘心为人妇，后来还生了孩子，日子好像过得还可以。但第二次，她又出现在鲁四老爷家时，再次丧了男人，这一次是丈夫得

250

伤寒而死，不只如此，连儿子阿毛，也被狼叼了去。所以她在鲁镇的日子，便不再好过了，她身上的不幸被众人解释成了不祥，所以不但岁末"祝福"时的那些工作都不让她做了，连平时也几乎被所有人歧视。她渐渐地失去了精神，丧失了活力，在周围人的冷漠与鄙视中离开了人世。

　　有一年的冬初，四叔家里要换女工，做中人的卫老婆子带她进来了，头上扎着白头绳，乌裙，蓝夹袄，月白背心，年纪大约二十六七，脸色青黄，但两颊却还是红的。卫老婆子叫她祥林嫂，说是自己母家的邻舍，死了当家人，所以出来做工了。

　　……日子很快的过去了，她的做工却毫没有懈，食物不论，力气是不惜的。人们都说鲁四老爷家里雇着了女工，实在比勤快的男人还勤快。到年底，扫尘，洗地，杀鸡，宰鹅，彻夜的煮福礼，全是一人担当，竟没有添短工。然而她反满足，口角边渐渐的有了笑影，脸上也白胖了。

　　有一年的秋季，大约是得到祥林嫂好运的消息之后的又过了两个新年，她竟又站在四叔家的堂前了。桌上放着一个荸荠式的圆篮，檐下一个小铺盖。她仍然头上扎着白头绳，乌裙，蓝夹袄，月白背心，脸色青黄，只是两颊上已经消失

251

了血色，顺着眼，眼角上带些泪痕，眼光也没有先前那样精神了。而且仍然是卫老婆子领着，显出慈悲模样……

　　五年前的花白的头发，即今已经全白，全不像四十上下的人；脸上瘦削不堪，黄中带黑，而且消尽了先前悲哀的神色，仿佛是木刻似的；只有那眼珠间或一轮，还可以表示她是一个活物。她一手提着竹篮。内中一个破碗，空的；一手拄着一支比她更长的竹竿，下端开了裂：她分明已经纯乎是一个乞丐了。

　　我刻意调换了祥林嫂三次出现在鲁镇的顺序。原作是倒叙的，而我回复了时间的正向此序。从中可以看出"重复中的不同"，或"不同中的重复"，米勒所说的两种情况几乎是同时出现的。

　　还是最后祥林嫂的讲述，"我真傻，真的。我单知道……"这一段是最典型的重复修辞。开始是她向别人哭诉，听者还有些许的同情；继之再讲，便被别人当作了耳旁风；后来干脆，还没等她开口，别人便已经开始"替"她讲述了，"是的，你是单知道……"直接将她堵了回去。

　　表面是喜剧的效果，但实则蕴含了强烈的悲剧情味。是人类"关于他人创伤的冷漠与无感"，逼迫祥林嫂变成了这样一种看起来"真傻"的人。她靠着不断重复讲述自己的创伤，而进行自虐，其实博得他人同情已不重要，重要的是，这样可以让她持续完成自我的戕害，揭开自己鲜血淋漓的皮肉，让这伤口永不愈合。

这是外力强制生成的"罪与罚"的一种情结，她本无罪，但世人的残酷逐渐让她觉得自己有了罪，她须用余生的苦难，来为自己赎这莫须有的罪。

重复在这篇小说中起到了关键的作用，它成为小说的结构要素，甚至也构成了它的外部形式。

## 三 先锋派小说例子：形式主义要素

鲁迅小说中的细节重复，确乎是教科书式的，但毕竟是近百年前的写法了，这些手法到今天是否还适用呢？

答案是肯定的。在 1980 年代后期兴起的先锋小说，曾被认为是一场具有形式实验意味的文学运动，确乎如此。先锋小说中的许多作品都是十分或"过分"讲究形式的，重复手法在小说中比比皆是。比如《许三观卖血记》中，每次卖血的程序都是相似的，先买西瓜贿赂血头，然后一路上要用碗在河里喝水，喝到饱胀难挨，然后憋尿，然后与李血头拉关系，所谓的"检验"，然

253

后抽血。拿到钱后，就来到胜利饭店，要二两黄酒，一盘炒猪肝，黄酒还要温一温，然后喝得心满意足，再聊一阵子卖血人的"底层经济学"……当然，每次都有接近中的微妙不同。如同希利斯·米勒所指出的，因相似中生出的差异，或是因差异中被强化的相似。

还有许玉兰对着大街上的人，一遍遍说起她与何小勇的事情，"我前世造了什么孽啊？今生让何小勇占了便宜……"就像祥林嫂的讲述一样，她将自己的创伤一遍遍揭开给人看，结果引起的不是同情，而是嘲笑和不堪。这直接导致了"文革"期间，关于她的传言被演化成了"妓女接客"的罪证，被强行充当批斗对象。当然，限于作品的风格，关于许玉兰的讲述也喜剧化了，但至少在这一点上，余华有意无意地摹仿或是戏仿了鲁迅的笔法。

显然，从手法上讲，《许三观卖血记》是新文学以来最具有形式意味和"极简主义"风格的长篇小说了，与这些重复的策略可谓有直接的关系。

还有李洱的《花腔》，是用了三个时期的三个不同角色，来讲述同一件事情——葛任之死的故事。第一位讲述者是延安时期的一位医生，叫白胜韬，外号"毛驴斯基"，他作为寻找葛任的当事人之一用陕北土话来讲述，口头禅是"有甚说甚"；第二位讲述者是曾供职于军统的赵耀庆，小名"阿庆"，曾是葛任幼时玩伴，当年曾受军统指派参与搜捕葛任的任务，属于另一方的知情者，但如今他是作为犯人，在"文革"期间接受红卫兵小将们的审问，口头禅是"向毛主席保证"和"这样说行吗"；第三位，是作为全国政协委员的范继槐，范老历史复杂，当年曾与葛任一起留学日本，也参与处置葛任的事件。过去他关于这些一直是讳莫如深的，但如今是改革开放的年代，人们不断到他这里来探问历史真相，他也就有限度和有条件地说出一些。他的口头禅是"OK""去见马克思"之类。

三人的讲述，对于葛任之死的历史"真相"而言，还是一个互相纠缠重合，又互相覆盖否定的关系。这种重复讲述，响彻了历史在不同时期的回音，但历史本身依然隐而不明。这也似米勒所说的，相似中的不同，或是不同中的相似。小说叙述中强烈的形式意味也由此彰显。

不过，本节中要讨论的话题，更集中在先锋小说写作者的"形式探索"的趣味上，所以需要举出更多比较极端的例子。因为在一些作品中我们可以看出，作者是存心赋予了其故事构造以某种"原型形式"，并且使这种形式同时支持了小说的主题与结构。

首先以苏童的短篇《罂粟之家》为例。在小说开始讲述刘老太爷的地主之家的黑暗故事之时，他声称，"我曾经依据这段历史画了一张人物图表，我惊异于图表与女性生殖器的神似之

255

处"。所谓"罂粟之家"的家族世系构造，也是小说的主要故事结构，其实是这样的一个形状：

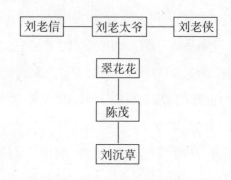

也许这个设计过于形式化了，但却点明了小说的寓意所在。苏童是想说，这个旧家庭的生活，其腐朽堕落与藏污纳垢，其具备的暴力、仇杀、自私、残忍、偷情、通奸、乱伦、弑父、兄弟相残等一系列原生罪恶的性质，实在是难以尽述，如果要找一个隐喻、一个根源，恐怕就是由性器官所代表的欲望，以及由欲望所引发的一切不幸。

这里似乎出现了一个"男权主义"的陷阱。有人会问，为什么是一个女性器官，难道它不也像是一个男性器物吗？确乎也是，但这里男权主义的无意识起了作用，似乎有点性别歧视的嫌疑。但这算求全责备了，只是无意识层面的问题，我们无须对作家进行道德审判。

更追求确定形式感的是余华。他的短篇中常常会有一种建筑学或数学意义上的对称设计，有某种装置感。以《现实一种》为例，这个小说讲述了在一个家庭内部，因为人性之恶而引发的连环谋杀案。一家七口人，以母亲为长，两个儿子山岗和山峰，他们各有妻子和一个儿子，形成了一个工整的对称关系，其形好似一座房屋：

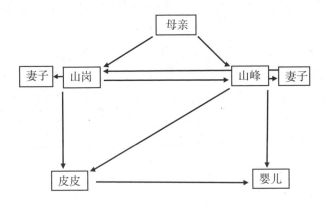

然而就是在这座房子里，发生了连环惨案。先是山岗的儿子皮皮出于小儿的无意识之恶，刺激和虐待叔叔家的婴儿——他自己的堂弟，刺激之余，还将之抱起到院子里玩耍，结果失手摔死了弟弟。儿子的惨死激起了山峰夫妇的弥天仇恨，山峰在妻子

257

的怂恿与唆使下，丧失理智，一脚将侄儿皮皮踢到空中，致其死于非命。然后山岗又使出了"兵不血刃"之计，将山峰骗至院子里的小树下，将其绑在树上，坐于地面，将煮熟的排骨肉汤涂抹在山峰的脚心，然后放出一只小狗舔食，结果让山峰难以忍受奇痒，大笑不止，最后笑得气尽力绝而死。但事情并未结束，一个月后，山岗因谋杀罪被判处死刑。山峰的妻子竟又冒充山岗的妻子，将山岗的尸体"捐献"了出去。结果山岗的身体被大卸八块，先后被摘走了心脏、肝脏、肾脏、肺和胃、眼球、睾丸、下颌骨、全身的皮肤，剩下的则捐给了医院和研究机构，做解剖、展览和研究之用。

在山峰死后的第六天，本来就身体孱弱、病入膏肓，如残灯将尽的母亲，也因为绝望和凶讯的刺激，而离开了人世。

但这还没有算完，小说最后，还"恶作剧式"地交代了山岗的器官移植后的情况，心脏、肾脏、角膜，以及皮肤的移植各有成败，最具戏剧性的是山岗的睾丸，在被植入了一个因车祸丧失生育能力的青年身上之后，其妻子竟然为之生下了一个男孩。"山岗后继有人了"。

小说中极致化的存在主义主题，显然是不言而喻的。但我在这里要强调的，是它的故事结构所生成的一个"有意味的形式"，即一座工整对称的房屋。正是这个房屋形结构，构成了这部小说中的一个强烈的反讽：本是同根生，相煎何太急。自古以来，兄弟相残的悲剧及其根深蒂固的无意识，与掩盖于其表面的温情伦理，构成了哲学意义上的另一个"残酷的对称"。

另一个例子，是余华的一个奇怪的短篇《两个人的历史》。这篇只有两千字左右的极短之作，讲述了一个漫长的故事，几乎是"两个人的一生"，相当于一个长篇小说的结构——当然只是一个"提纲"。故事也很模式化，地主家少爷爱上了佣人家的女儿，这种模型在巴金的《家》中也曾有过，觉慧爱上了鸣凤，他们的爱情看似美好，但是脆弱不堪，很容易就被"旧势力"拆散。

从小"青梅竹马"的谭博和兰花，在童年有着完全"两小无猜"的记忆。他们每日共同的话题，是关于"尿床之梦"的困扰。随后在长大的过程中渐行渐远，一个融入了现代中国的大历史，并随历史的沉浮经历了坎坷的人生命运；而另一个，则因为终身持守着底层普通人的生活，而度过了平静的一生。

小说共有五个小节，每一节只选取一个时间点上的故事，故而是一个"极简主义"的设计。最初是 1930 年，上海一座大宅院门前的台阶上，两个孩子在做着关于尿床的经验交流；然后是十七岁的谭博在 1939 年开始接触进步思想，投入进步历史的洪流中，而兰花却"沉淀"到了历史的边缘，变成了寻常人家的新娘。从此，有人和历史一起在波峰浪谷中跌宕前行，而有人则生儿育女，变成了芸芸众生中的一员，继而兰花看到了谭博几次回

259

家的场景：1950 年的英气勃勃的解放军文工团团长谭博，1972年垂头丧气的反革命分子谭博，1985 年离休回家养老的白发苍苍的谭博。中间几十年的分道扬镳可谓天壤之别，现在重又被时间和历史汇合于一处，他们变成了彼此近距离观赏的两个老人。唯一的不同是谭博已老迈不堪，生活在疾病与噩梦中，而兰花却身体强健，还在为儿孙的生活而操持。

就像是用了几张褪色的旧照片，余华就完成了一段漫长历史的叙述。

这个过程，好似一副数学的曲线：

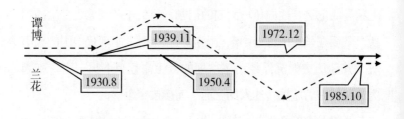

中间的实线是永恒前行的时间轴，而穿行于上下的虚线则是中国现代的大历史，是这个历史本身的起伏波动，实线和虚线之间的变化关系，就是民间历史与现代主流历史之间的关系，也是兰花与谭博之间的关系。一个是恒常不变的，一个是变动不居的，但所有的变化，又都必然归结于不变，结束于两者的合流。

260

上述图形，应该是近似于一个标准的"正弦曲线"图形，小说因之获得了强烈的形式意味，显示了余华的小说思维与叙事逻辑的清晰。

余华的《活着》也是一个典型的例子。最初，当福贵是一个地主家的恶少的时候，他的物质生活是处在天堂，而灵魂和道德状况则处于地狱；后来他赌博输光了家产，变得一文不名，可怜兮兮的时候，他的道德似乎也渐渐恢复到了"零"；而再后来，当他失去了所有亲人，自己也变得垂垂老矣，只剩下一头名也叫"福贵"的老牛相依为命的时候，我们会觉得他的灵魂也渐渐升入了天堂，他变成了一个受人尊敬的老人。

为何会有这样一个变化呢？这是缘于"罪与罚"的逻辑，福贵当初无疑是有罪的，但后来他用一生的贫寒与受苦受难，赎清了他的罪过，每多承受一份人世的磨难，也就意味着他向着灵魂的天国飞升了一步。佛教中是这样主张的，基督教中也同样如此。如同《金瓶梅》的结尾，普静和尚将西门庆的儿子孝哥——他投胎转世的肉身，度去做了和尚。他为了说服吴月娘，用禅杖作法，让孝哥显身为带着重枷和锁链的西门庆，让妻妾明白孝哥这一生，就是为他的前世来赎罪的。

《活着》中福贵的人生，可以用这幅对称的图形来概括：

261

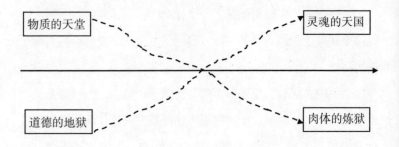

庶几可以看作是一幅互为反向延伸的函数图形。

还可以举出更年轻一代作家的例子，1990年代中期邱华栋的一个短篇小说《生活之恶》中，也显示了强烈的形式意味。其中三对恋人，或婚姻，或恋爱，或姘居，但三对男女的彼此"出圈"和"内卷"，构成了一个循环的链条，并且产生了戏剧性的传递关系：

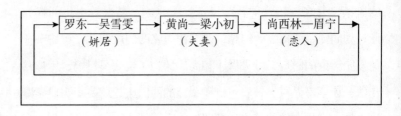

他们之间所发生的一切，被小说家用"洗牌"一样的方式切碎又拼接起来，使每个人都成为"婚姻锁链上的小丑"。

在这个图形中，外面的方框好比是"围城"，而三对男女中分别有一个出轨的传递，最终完成了重新的组合，即看似走出了现有的围城，但同时又面对一个新的围城，最终仍然永远有一个无法突破的围城。

## 四　长篇小说中的形式与"中国故事"的讲法

新文学以来，好的长篇小说都应该有较明显的形式感。比如老舍的《骆驼祥子》，就有一个"三起三落"的曲线，因此这部作品的叙事节奏便特别明显，线索也格外清晰，遂成为长篇小说中的经典。另外，前面也提到了，虽然属新文学，但也有旧形式的因素在起作用的巴金的"激流三部曲"，就隐含了《红楼梦》式的"原型"结构在其中，豪门落败与红颜离愁的盛衰故事，以及人世幻形与因果轮回的"圆形结构"，都在很大程度上支持了作品的艺术品质，也中和了小说的"进步论"主题所容易导致的简单化。还有《围城》这样的作品，虽在故事构造上稍嫌松散粗疏了些，但与传统小说中常见的"折扇式"结构之间的高度相似，也算彰显和"定义"了其形式感。

真正在形式的自觉方面有鲜明诉求的，还要数当代作家。尤其在长篇小说领域，过去的写作者通常是按照大历史的构造，或

263

地方史的"长河"模式，或故事的自然线索来规划的；在1950到1970年代，主要是按照"党史模型"来规划的，比如梁斌的《红旗谱》、柳青的《创业史》，都是典型例子。以前者为例，三代农民的反抗与革命故事，是按照既定的叙事模型来规划的。第一代是自发反抗，当然不可能胜利；第二代是过渡性的，开始也是自发，虽比一代更有智慧和见识，但也无法找到正确的途径。唯有遇到党之后，才开始走上正确道路；第三代，则是直接在党的领导下，在南方是参加北伐，在北方则是开展党领导下的学生运动。只是这些斗争暂时还难以取得胜利，但这没关系，前途是光明的，最后的结果，是朱老忠接回了学潮中失败的学生领袖张嘉庆，并按照毛主席的思想，在农村继续开展党领导的武装斗争。

《创业史》也是典型的进步论加"类史诗"的结构形式，两代农民的创业史，前一代是小农个体自发的创业，自然失败了，后一代是在党的领导下走集体富裕之路，必然是成功的。但成功不是一帆风顺，每一步都要付出巨大努力，不但要战胜自然灾害，战胜不断捣乱和破坏的阶级敌人，还要战胜自身旧观念的负累。

这样一来，故事的结构框架和主题思想，都同时获得了一个进步论的支持形式，变得十分清晰。同时，作者将重要的阶段和节点，都化作了富有诗意或隐含象征意义的宏大场景，使之获得了"史诗性"的意味。

不过，这些安排从艺术上讲，还是相对概念化了些。在进入20世纪80年代之后，文学视野的开放与艺术自觉，致使长篇小说的文体有了显著的变革与进步，作家在写作的过程中，更加注重对确定而多变的形式的追求，注意到为每一部作品塑造出形式上独立而清晰的个性。

当然，要谈清楚这个问题依然不易，需要依附于某些话题来谈。

首先是对于中国传统小说形式的回归。从延安时期，写作者就一直被要求讲究"中国作风和中国气派"，近年又多讲所谓"中国故事"。但究竟什么是中国故事、中国气派，对说话者和写作者来说并不清晰。如果狭义地看，不是所有"关于中国的故事"都是"中国故事"，而"用中国人的讲法"来讲述的故事，才算是真正意义上的中国故事。《红楼梦》当然是中国故事，其结构形式与讲故事的方式，是中国人古老的"圆形构造"，在世界观上是受佛道两家影响的，在时间形式上是轮回；而新文学的"线性叙事"与进步论逻辑则是从西方来的。如何找回中国传统的叙事形式呢？这就是问题所在。

前文中已经讲到，在贾平凹的《废都》、王安忆的《长恨歌》、格非的"江南三部曲"中，我们已隐约看到了类似《红楼梦》《金瓶梅》，或是白居易的《长恨歌》那样的叙事形式，这

265

些大概都可以看作是"中国故事的复活"。因为它们是使用了非线性的结构形式，彰显了中国传统的时间观、世界观、生命观与历史观。或者至少，它们是在一定程度上中和了线性叙事容易带来的问题。这一点，我就不再重复了。

还有一些，是呼应或者与过去的讲法的对话。比如莫言的《红高粱家族》，之前的研究者们，只是强调了这部小说与1980年代之前的文学的差别，但没有太重视它们之间的联系与对话关系。事实上，"红高粱家族"也是另一种"红旗谱"。其中的第一代，"爷爷奶奶"是古典式英雄；第二代，"父亲母亲"身上的英雄气衰败了，但也算是有经历的一代；到第三代——也是作者本人的"影子"——便是一个复杂的混合体了，一方面是祖先的"不肖子孙"，身体与精神都变得猥琐孱弱，另一方面虽然"长大后努力学习马列主义"，有了更多看历史与想问题的冲动，但就真正骨子里的胸襟气度而言，却是有了明显的退化。就像田野里那些矮小的杂交高粱，之于苗壮伟岸的原生的红高粱一样，显现了衰败的趋向。

这里显然有20世纪80年代浓郁的"文化寻根"加"思想启蒙"意识的注入。但小说的故事形构，采取的却是"非进步论"的模式，对线性叙述的形式采取了反思的态度。故事是"降幂排列"的，人物性格与人格气质是"降幂排列"的，文明与生存方式也是"降幂排列"的。这不禁使我们对新文学以来的讲故事的方式，特别是由鲁迅等一代五四作家所开创的"故乡颓败"故事，产生了新的理解。

如何处理现代与当代的历史？这是一个有意思的问题。在格非笔下，现代以来的历史，居然也可以用圆形的结构，即轮回与颓败的方式来处理，这是当代作家的一个创举，而且不止于格非，在莫言笔下也同样可以。在《生死疲劳》中，他用了一个"六道轮回"的叙述之"壳"，讲述了当代乡村社会不断被改造和翻覆的历史，地主西门闹被枪毙后，先后托生为驴、牛、猪、狗、猴，最后又投胎为新千年的大头婴儿。这样一个故事，就完全把当代历史寓意化和戏剧化了，使得历史本身不断跌宕"翻转"的轮廓，变得无比形象和清晰，小说也因此而获得了强大的形式支撑，变成了六个连环的"圆"。

"圆形构造"在莫言的小说里还有更多的例子。《丰乳肥臀》同样是，这部小说与《百年孤独》的相似性不言而喻，但是它所采用的叙事形式，在我看来则是属于他独创的，一个巨大的"星空式"构造。这使得它在并不太过巨大的篇幅中，容下了令人难以置信的复杂内容与信息。这一星空结构，极大地伸展了小说中有限的时空，将一个世纪的波澜壮阔与风雨变幻，将中国社会的各个阶层与方方面面，都连接了起来。其中，母亲上官鲁氏是整个星空结构的核心，她是恒星，而她所生育的众多儿女，包括来弟、招弟、领弟、想弟、盼弟、念弟、求弟，前七胎七个女儿，

267

还有第八胎，与瑞典籍的神父马洛亚牧师所生的混血双胞胎，上官金童与上官玉女，共九个孩子，则围绕她形成了行星。他们与20世纪中国社会的各种政治力量之间，又形成了千丝万缕的联系，这些政治力量包括了帝国主义、美国人、国民党、江湖势力、乡绅土豪，甚至是现代科学，所有这些力量所形成的合力，最终将这一个庞大的家族悉数毁灭。这意味着，这些行星也伸展出了无数的触角，它们共同构成了这个星空结构的复杂的外围景观。

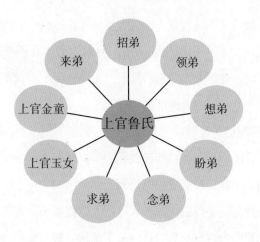

其中，母亲上官鲁氏不只是一个空间的核心，而且还是时间纵轴的化身，她生于1900年，卒于1995年——也就是该小说出版的年份，相当于整整贯穿了一个世纪。这样，这个星空也就等

于构成了"20世纪中国的民间社会"，这个灾难深重又生气勃勃的家族，就是在各种社会力量的压迫与摧残之下发展的。九个儿女的出生中，充满了上官鲁氏的爱恨悲苦与血泪情仇，有夫权压迫下的被迫通奸，有被强暴，有郊野媾和，有自我作践，还有心甘情愿的相亲相爱。这意味着，即使有如此多的苦难，中国原生的民间社会也依然可以繁衍存续着，而这样一个社会，却在20世纪的血与火的动荡与延迁中被最终毁灭。

显然，《丰乳肥臀》的形式感，是与作品的主题生长扭结在一起的，所以也是富有创造性和支持力的。

而且，小说在叙事上共分七章，另外还有"七补"，这也是富有匠心的。尤其最后一章，才反过来讲述上官鲁氏的童年，本来这应是第一章，但作者故意将其置于末尾，是希望造成一个整体的"时间与历史的闭合感"，让母亲的死与生首尾相接，形成一个令人百感交集的"圆"。

莫言的长篇小说是文体创造的典范，几乎每一部都有一个独创的形式。《丰乳肥臀》的形式是"中西合璧"式的，中国传统的"圆"与来自西方的"七"之间，有一个隐秘的汇合，高密东北乡风雨如晦的故事中，嵌入了一个持灯独立的瑞典籍牧师马洛亚，可谓这个汇合的一个呼应与证明。

《檀香刑》是另一种完全本土化了的形式，三个部分中，头部和尾部是戏剧体的，属于人物的"独白"，称之为"凤头"和

269

"豹尾"。这种叙述完全限制了"作者"的旁观角色与全能视角，使叙述必须进入人物的身体与内心，完全变成人物的视角和口吻，因此是极大的挑战。莫言吸收了中国传统戏曲的道白方式，以戏谑戏剧化的方式，来绕过或补足叙述上的各种限制，达到了既表现内心同时又推进故事的双重效能。

当然，中间部分是"猪肚"，是作者的讲述，是两幕戏剧之间的"夹心"部分，塞入了故事的背景与要素，也使这部小说的重心，"锚定"在叙述语态之上。

最后，我还可以讲一下余华的《兄弟》，这部小说迄今是余华篇幅最大的一个长篇，且在出版时分为上下卷——虽然篇幅不对称，上卷薄，下卷厚，主要体现"厚今薄古"，过去历史的简化与当下历史的细化。但是"相似中的反转"，作为余华一贯的趣味和手段，在这个作品中又有了彰显。上卷中，李光头的父亲刘山峰偷窥女人如厕，掉入下面的粪坑当场淹死；下卷中"子承父业"，儿子李光头又偷窥女人如厕，结果被当场抓获游街，造成了与父亲相似的轰动，这是一番对称关系。还有另一组对称关系，上卷中李光头作为一个流氓，追求刘镇第一美女林红，遭到拒绝和嘲笑，林红最终嫁给了李光头的异父异母的哥哥——刘镇的"道德模范"宋刚；而到下卷中，李光头发迹成为刘镇首富，可以用钱买下一切，而善良的宋刚坠入了社会底层，不得不靠出卖体力来谋生，而这时，原本看不起李光头的林红，经不起他的再三纠缠，终于与他搞到了一起。

　　这个"道德与金钱的反转游戏"，成为作品中一个重要的对称形式，它不无夸张但却又极其准确地概括了两个天翻地覆的时代，人性的一贯与历史的幻变之间的戏剧性的关系。

　　余华显然也是形式探索与设置的高手。

271

# VIII

虚构写作
十讲·之八

# 如何构建叙述的历史
# 与无意识两种深度

后现代主义的一些理论家，曾声称要"拆除深度设置"，但实际上无论怎么说，他们也是希望建立一种写作的"深度"。深度和意义肯定是联系在一起的，没有哪个有自尊心的作家、写作者会愿意承认自己没深度。有时候是"故意没深度"罢了，这种故意实际是为了显现一种态度——对于深度的一种不一样的理解。所以深度很重要。

在笔者的理解中，深度主要分为两种：一是所谓的现实或历史深度，另外一个就是人性深度，或叫精神深度。在现代以来，这样的一种人性的、心理的或精神的深度，实际上更多地表现为一种"无意识的深度"。无意识深度才真正表明了一种写作的当代性。浪漫主义和现实主义，包括更早的文艺复兴，它们在历史与人性深度方面，已标立了各种风范，已有无数经典，我们

275

都很难超越。但是现代和当代的写作，确乎更多的是诉诸人的无意识，而人的无意识世界是经由精神分析学来打开的。弗洛伊德告诉我们，人的意识构造里面，占绝大部分的实际上是无意识。我们"意识到"的这个部分，就像大海上的冰山一样，在水面上只露出来一丁点儿，下面则是上面的体积的六七倍。

为什么要讲这样一个题目呢？因为作为专业的研究者或写作者，我们总是会追问，什么样的小说才是好小说，什么样的文学才是好的文学？回答当然是——"有深度的文学"。很显然，只是写出了故事或者堆积出了"现实"的小说，不是好的文学。现在大部分小说都是堆出来的，我们每天都会碰到这样的作品，它们让我们感到疲惫，败坏了我们的胃口。

显然，这会涉及所谓"完成度"的问题。什么叫完成度？打个比方，就是把矿石冶炼完毕，最终出来了我们想要的东西——比如黄金、钢铁、金属或玻璃，我们想要的各种各样的成品。必须要把原有的东西都予以"融毁"之后，才能造出新的东西。你只是把矿石挖出来，用矿石"堆"起来一个建筑或装置，这不是完成后的作品，而只是材料。很多写作者都是直接把矿石，把"现实"堆到那里，并没有把材料处理掉。一旦把现实材料处理掉之后，真正伟大的作家和作品才会出现。

## 一 小引：通向历史或现实深度的道路

自从"现实主义文学"或者巴尔扎克以来，历史深度成为一个测量文学水准的标准尺度。这个当然有革命意识形态影响的因素，比如恩格斯就盛赞巴尔扎克，认为他为我们提供了 1830 年代法国的历史，且比从全部的历史学家、政治经济学家和统计学家那里获得的总和还要多。这就是典型的强调"历史尺度"的观点。

再来看看米兰·昆德拉的说法。此人可能不是最伟大的作家，但他是作家之中对小说艺术理解特别深的一位，我喜欢他的《小说的艺术》[①]这本书，经常拿出来翻翻，里面有太多可能成为格言的东西。

他说，在过去四个世纪欧洲的历史中，人们以小说特有的逻辑，发现了关于存在的不同方面，"在塞万提斯时代小说探讨什么是冒险"——骑士小说的主题都是冒险，冒险是人的一种原始冲动，这从希腊史诗、悲剧里面都能看出来，史诗里的英雄其实都是冒险家。骑士小说把西方文学中的冒险主题扩张到了极致，然后出了种种笑话，而塞万提斯就是以笑话方式终结了这冒险主题。

---

[①]　米兰·昆德拉:《小说的艺术》，董强译，上海译文出版社 2004 年版。

277

后来，"在塞缪尔查理森那里，小说开始审视发生于内心的东西"。展示情感的隐秘生活，从外部世界进入人的内心世界，这也是一个重大的变化，也可以说是现代文学的起源。

"在巴尔扎克那里，小说发现人如何扎根于历史之中。"人的身份、经历、命运总是和历史发生密切关系。当然，这个"历史观念"是黑格尔主义所赋予19世纪的小说家们的想象。根据黑格尔的历史哲学思想，人们习惯于想象历史有一种"总体性"。巴尔扎克在《人间喜剧》前言中就说："伟大作家应该把他的所有作品变成一个系列，每一个作品表现一个时期，加起来就是表现一个时代，表现一部历史。"他其实也是这么做了，把《人间喜剧》谱系化了。所以马克思、恩格斯都特别推崇巴尔扎克，认为要研究1830年代法国的社会历史和政治经济，看巴尔扎克的小说就好了。

最近格非研究《金瓶梅》的著作《雪隐鹭鸶——〈金瓶梅〉的声色与虚无》①，就是通过《金瓶梅》里面所表现的日常生活，饮食起居、人际交往、生活习惯等等——当然他也是结合《明史》和很多文献，证明《金瓶梅》是中国明代社会生活的百科全书。这也就等于证明了它的历史深度。当然，兰陵笑笑生是"无意识地"这样做了，而巴尔扎克则是有意识地做到的，他在表现人物

---

① 格非：《雪隐鹭鸶——〈金瓶梅〉的声色与虚无》，译林出版社2014年版。

的时候，和历史的发展建立了必然的联系。

巴赫金在讨论作为"教育小说"之一的"成长小说"的时候，也说过类似的话，人的成长和历史的进步之间发生了内在的联系，人的成长在一定程度上揭示了历史本身的进步。

"在福楼拜那里，小说直接探索直至当时还不为人知的日常生活的土壤。"在昆德拉看来，福楼拜比巴尔扎克还要深邃些，他更细致地讨论这一类日常生活是从哪来的，在《包法利夫人》中，他对艾玛这个人物的种种性格表现，包括她对婚姻和爱情的态度的描写，意在深入揭示其性格和命运的生成原因。这是他最厉害的地方。

昆德拉接着说："在托尔斯泰那里，小说探寻在人做出的决定和人的行为中非理性如何起作用。"这一点他概括得很深刻，但是有点偏颇。这个说法放到《安娜卡列尼娜》中可能是合适的，放到《复活》里面也可，可是托尔斯泰却不能概括为一个以表现非理性为主要宗旨的作家，他主要还是讨论道德和历史的关系。

到了现代，昆德拉说，"小说在探索时间，普鲁斯特探索无法抓住的过去的瞬间。"如《追忆似水年华》里面那种琐细的记忆描写，"乔伊斯探索无法抓住的现在的瞬间"，他的《尤利西斯》是描写主人公当下的无意识流动的范例。"从现代初期开始，小说就一直忠实地陪伴着人类，它也受到认识激情的驱使，去探

279

索人的生活。"所谓的"认识激情"，其实就是"认识论冲动"。在过去的文学中，这或许只是作为本能；但在现代，人们似乎在这一点上变得非常疯狂。当我们讨论一部作品的价值时，总是喜欢说它"反映了……""忠实地记录了……"之类。这当然与唐人孟棨在《本事诗》中所记"当时号为诗史"的杜甫，还有鲁迅称赞《史记》乃"史家之绝唱，无韵之离骚"一样，都是对于作品所载社会历史信息之丰富的一种肯定。但与古人相比，我们或许将这一问题扩大到了俗化的程度。

还可以追溯至夫子讲的"兴观群怨"，其中的"观"，就是通过诗来观照一个时期的世态人情、社会变化、人世沧桑。很简单，我们要了解明代社会生活，看《明史》可能不如看《金瓶梅》和《水浒传》里面的某些章节，因为后者能给我们以更为感性和精细的认识。史书中材料再翔实，也不可能提供一个"活体的样本"，而文学是专门提供活的样本的。我们通过武大郎这样一个城市小手工作坊主的日常生活，就可以体察到明代城市社会生活的方方面面，因为这两部作品看似写的是前朝故事，但是实际所承载的社会信息，却无疑是明代的。

我们可以看到，那时早已有了特征明显的城市社会，已发育出一个成熟的市民阶层，这个阶层的生活相当不错，财富水平也很高。武大郎一个卖炊饼的，尚在清河县里住着一间二层小楼，虽在一条不太繁华的街道上，但也有里有外，对面开着王婆的茶馆，他还娶了一个漂亮媳妇，媳妇住在楼上，还有条件描眉画眼，生活质量并不很低，动辄弄点散碎银子出去买酒，买鸡鸭鱼肉、各种果蔬。而且吃酒的时候，女人是可以陪坐的，这很不简单。即便是在当代社会，很多农村还不允许妇女上席呢。在我老家山东农村吃饭，妇女就不能上桌，只能在灶间里吃点残汤剩饭，这是我小时候的记忆。历史有些方面是进步了，但某些方面却并不明显。

而且我们可以看到，明代的社会风气是相当开放的，男女间的偷情广泛存在。宋江没有娶老婆，但他后来被迫养了一个外室，这个外室阎婆惜又有了相好，而且偷情者就是宋江的本县同事——也是"押司"的张文远。显然，在家庭伦理与婚姻形态方面，明代是一个相对开放的社会。在《水浒传》《金瓶梅》里，充满了形形色色的男女关系，我们原来所理解的那些概念化的"封建礼教"，在这里反而显得很薄弱。

上述理解方式，便是一种"认识论冲动"，是指通过文学来探索人的生活，让小说永恒地照亮生活世界中的各种秘密。从这个意义上，昆德拉的这句话非常精到和精彩。他说：

> 发现小说才能发现的东西，乃是小说唯一存在的理由。

完全可以作为格言了。文学不只是"反映论"的产物，它同

281

时也是"照亮和发现",且发现只有文学能够发现的秘密,只有文学能够洞烛的人性幽微。这里当然也包含了宽容——如果变成一个"文学伦理"的命题,那么便可以改为:"宽容唯有文学能够宽容的一切,乃是文学唯一存在的理由。"①

那么,文学到底要发现什么?什么才是唯有小说可以发现的东西?巴尔扎克说"小说是一个民族的秘史"。秘史自然不是正史,正史不需要小说家。近来我因为要写一个涉及文学传统的文章,重读了《红楼梦》《聊斋志异》和《阅微草堂笔记》等作品,又有很多新的感受。这些东西显然不是一个民族正经八百的历史,而完全是一些犄角旮旯里的东西。

昆德拉说要发现内心的东西,情感的隐秘生活,这不就是人的无意识世界的秘密吗?昆德拉强调小说家不要将时间问题局限在"普鲁斯特式的个人回忆"上,要"把它扩展为一种集体时间之谜",这个集体时间,其实也就是指历史本身,是一种公共的历史记忆。

以写二战为例——我想举出的例子是《朗读者》,原作是德国作家本哈德·施林克(Bernhard Schlink)的《生死朗读》,改编为电影后译为《朗读者》。在我看来,这部作品的意义就在于

---

① 以上所引昆德拉观点,均出于《小说的艺术》一书,董强译,上海译文出版社2004年版。

282

它所传达的，恰好是政治学家、历史学家们所无法表现的。一个普通的不识字的德国妇女，喜欢通过一个年轻人给她朗诵文学作品来获得精神慰藉。而她过去曾经做过纳粹政权的集中营的看守，这当然不是个重要的角色，但是却跟纳粹有关。在政治正确的意义上，所有与纳粹政权有关的人都应该受到审判，她因此而成了历史的替罪羊，她的一生因此而被埋葬。尽管她可能是一个并未作恶的人，但却必须要背负历史所赋予的罪孽与创伤。这个小说表达了那些被捆绑于国家战车，被陷于历史泥淖当中的人们，作为历史牺牲品的"沉默的大多数"的内心痛苦、绝望与情感的秘密。

电影本身也令人感动。那位女主人公似乎是由《泰坦尼克号》的女一号凯特·温丝莱特扮演的。当年她演《泰坦尼克号》的时候，正值青春年少，气质高贵，性感美丽；演《朗读者》时，她已历经岁月，有点美人迟暮之感，但还是有一种难以言喻的冷傲和高贵。为什么导演会让这个演员去演一个普通妇女，显然也有暗藏的意图在里面——他是同情这个人的，所以赋予了她高贵的气质。这就是文学和艺术对历史的处置方式，同"政治正确"的历史观之间，存在着微妙的差异。

283

## 二 代际经验书写与可能的历史深度

关于历史深度的建立，有多种通道，其中一个是关于"代际经验"。

代际经验本身也是一种公共经验，它的公共性可能会有局限，但很重要。以"50后作家"为例，他们的公共经验非常显在，因为这一代人共同经历过"文革"，又经历过波澜壮阔的思想解放和改革开放，大历史在他们的经验构成中处于绝对主导的地位。这与"60后"也一样，只是有微妙的差异。"60后"接受教育是在1980年代，其成长经历是启蒙主义思想特别活跃的时期。所以"60后"和"50后"有共同的东西，但相比之下，"60后"一代更注重个人价值，更接近于存在主义的世界观。

那么"70后"呢？大家对这代作家有很多研究，但是又觉得有很多不满足，为什么有一定知名度的"70后"作家是如此之多，但到现在为止，其经典化的程度还没有达到应有的程度？"50后"和"60后"这批人早在20世纪80年代后期、90年代初期就成名成家了，现在三十多年过去，他们依然活跃在文坛。余华、苏童、格非在1987年成名的时候，分别才二十七岁、二十四岁、二十三岁，余华写出《活着》的时候也才三十二岁，写出《许三观卖血记》时才三十五岁。莫言写出《红高粱家族》的时候才三十岁，写出《丰乳肥臀》的时候才四十岁。那时他们都已大名鼎鼎，他们的作品已高居在时代的云端。但是"70后"至今还没有成为文学研究中"公认的知识"，为什么？因为"70后"对于公共经验的揭示，完全被前两代作家给遮蔽了，他们几乎没有属于自己的主题、故事和话语空间。

所以"70后"作家们不得不书写更为琐屑和渺小的个人经验，他们通向集体记忆的路径部分地被前人遮蔽或踏平了，因此才过于"迷恋"个体的方式与风格本身。这是值得我们深思的。我有时候会和同龄人或更年轻的评论家们去讨论，问题出在哪里，大家都有不同的看法，但有一个很趋同的看法是，"70后"是继承了精英写作或者纯文学写作的一代作家，但他们是迄今为止最不幸运的一批作家。

"80后"这帮就不一样了，他们基本上没有历史的包袱，成长过程完全进入了商品年代。像韩寒、郭敬明、张悦然等，刚出道就已完全被书商包了，有的小小年纪就已经成为富豪，他们对主流文坛、对于文学传统较少或根本不认同。韩寒说"文坛是个屁"，那帮在文坛上混的人在他看来什么都不是，那帮人没有钱，只穷酸而已。

显然，代际的差异是非常微妙的一个问题。但不管怎么说，每一代作家都应该去寻找属于自己的公共记忆。

需要某些特殊的符号：比如我个人记忆当中的一些事，可能是下一代的人永远无法理解的。我大概在1974年或者更早，突

285

然看到了一部朝鲜进口的电影，叫《卖花姑娘》。我们今天觉得朝鲜很穷，可是我的童年第一次看到的"彩色宽银幕电影"，竟然来自朝鲜，那时我们既和美国斗又和苏联斗，世界上所有先进技术都对我们禁运，所以我们在20世纪70年代初还在看黑白片，看正方形银幕的老电影。突然有一天在县里的露天剧场，上映了朝鲜进口的彩色宽银幕故事片，你们知道那个视听震撼，那个轰动达到了什么程度！我记得那天是看的晚场，我的1950年出生的叔叔，比我大十三岁，他带着我去县城看《卖花姑娘》。那里人多得，挤到水泄不通的程度。我坐在叔叔的脖子上，从黑压压的人群里探出半个头，看到了差不多全场电影，但是我叔叔一晚上却什么也没有看见。

那天晚上剧场还发生了骚乱，踩死了七个人，放到现在可是重大事故。但是第二天，所有人都是以极其兴奋的口气说，你知道吗，昨天晚上的电影真是太开眼了，"踩死了七个人"！用"踩死人"作为一种表达惊奇和兴奋的方式。这就是我这代人特有的历史记忆。

还有1976年经历的事情。还没开春，刚过元旦就听见了哀乐，那是我第一次听到这样一种音乐，之前从来没听过，都是革命歌曲。突然觉得这个乐曲很陌生且很抓人，然后广播里说沉痛宣告，周恩来总理逝世。那时作为一个小孩子，我并不知道这到底对中国意味着什么，但是所有成年人都很悲伤，所以我懵懂间也觉得这是一件大事。

　　然后到了清明节，北京发生了重大事件，广播里突然传来了令人震惊的消息，要开声讨大会，要打倒邓小平。我们就跟着喊口号，写大批判文章。

　　不久到了夏季，发生了唐山大地震，我的故乡山东也有剧烈震感。之后有一个月，上级不让在屋子里睡觉，所有人必须在院子里的树上扎吊铺睡觉，晚上下雨没有办法必须在屋里待着，雨停就出去。下雨的时候在屋里就非常焦虑，担心这时候地震会来了。在院子里睡了整整一个夏天。那个夏天里，我常常睡不着，因为月光有时候很亮，有时候会有各种奇怪的动静，会看见很多小动物。我平生第一次看到一只在月光下行走的刺猬，我误以为那是一头小猪，走近一看，它就团起来不动了。夜里，我仰望星空，看到那么浩瀚的星河，流星如雨，让我浮想联翩。

　　到了初秋，一个令人震惊的大事件又发生了，毛主席突然逝世。所有人都恸哭流涕，并且有了强烈的幻灭感，以为天会变，因为我们每天所受的教育，就是"阶级敌人随时都会变天，会有千百万人头落地"。我的父母都是教师，也都是党员，所以我害怕"还乡团"会来，他们会被杀头，晚上我常常会做这样的噩梦。

　　我记得此前我还捡到了一个陌生的东西，是一张从台湾飘过来的彩色传单。那个传单也让我对世界充满了疑惑，内容是台湾

287

地区领导人蒋经国对老百姓讲的一段话，那些话我无法看懂，只是朦胧觉得很像我们常见的官话。我随即把传单上交了，但由此产生了一种严重的幻觉：每当我们村头走过陌生人，我都认为那就是"特务"，否则传单是哪里来的呢？虽然有人告诉我，那是台湾用气球飘过来的传单——冬季时我们朝那边放，夏季他们会往这边放，因为刮东南风。但这样的说法总是让人难以置信。据说有的小朋友在田野里还捡到了高档的桶装饼干，有人捡到了短波收音机……听到这些，更是觉得毛骨悚然。

毛主席逝世后，大概一个月左右，到了 10 月，广播喇叭里的语气又变得很奇怪，说有人要篡党夺权，背离毛主席的革命路线，我们要坚决斗争，誓死捍卫。就很害怕，担心会变天。可没想到过了几天，我们突然"胜利了"。接下来是放假三天，敲锣打鼓上街游行。我们于是高呼口号，一连三天游行庆祝，全公社的人们都互相串到了对方的村子……

这就是 1976 年。我一直希望我们这代人中，能有一个作家写一本书，能够把这些记忆都写出来，名字就叫《1976》，但是一直没有。

不过，由共同记忆写成的小说还是有很多。

苏童是一个例子。他的《城北地带》"香椿树街"系列，那些写童年记忆的作品，读来都让我觉得像是我自己的经历；读余华的《在细雨中呼喊》时，也恍惚觉得是在读我自己的童年。我想这批作家为什么那么早成名，不是偶然的，他们善于写一代人共同的成长经历。像苏童的一个短篇，叫作《什么是爱情》，就是一个特别富有"时代喜剧"意味的作品。他写的是1980年代的恋爱故事。那个年代的人谈恋爱是非常滑稽的，比如我当时就认为，如果我要请我的女同桌看一个电影的话，我就要为她的一生负责了。如果没有正当理由，我不可以跟她说话。女同学跟男同学主动说话是没问题的，但如果是男同学有事没事跟女同学搭讪，就会被周围的人看不起。那个年代的男女交往非常受限制，但是有的人却聪明地创造了一种合法机会。苏童的小说中就是这样：一伙年轻人组织了一个"读书会"，其中有一个特别漂亮的姑娘，她是读书会的核心焦点，同龄人垂涎她，稍年长的人也对她有觊觎之心。后来这女孩喜欢上了一个年龄比较大的家伙，此人读了很多书，喜欢谈哲学，人称"小卢梭"。但女孩很快发现他很吝啬，也很庸俗，于是就转而注意同龄人当中的一个追求者。现在小伙儿终于有机会约会她了，这天，两个人在公园里正谈得开心，忽然男孩不小心，生理管理机制出了问题，他不小心没憋住——放了一个屁，而且放出声来。这女孩听到后，拂袖而去。这就是"80年代的爱情"，"纯洁"到容不下一个小小的生理失误。我相信90年代的人不会因为这样微不足道的事情，而废掉一次恋爱的机会。马原的代表作《虚构》里，专门写到一个"红色幻想症"——这是我给出的命名，这种症状只有"50后"

和"60后"的人才会有，更年轻的人则完全不理解。

有一个有趣的故事。1960年代曾有一个英模人物，叫作刘学保，他是兰州军区某部的一个战士，一直想当英雄，但是没机会。于是这人鬼迷心窍，栽赃了一个出身不好的人，他自己弄了一个爆炸装置，来到大通河的一座两孔水泥桥上，他先用石头砸死了那个人，然后把雷管引爆，炸掉了自己的四个手指。在现场，他妄称说阶级敌人要炸毁大桥，他和阶级敌人做了殊死搏斗，身负重伤。然后刘即被认定为一个英模人物，一直宣传了很多年。但这件事如果公安人员在现场勘察一下，就知道应该是一个弥天大谎。如果阶级敌人真要炸桥的话，必定会有一个巨大的爆炸现场，它会造成周围物体的严重损坏，其威力不可能只炸掉刘学宝的四个手指头。而他居然能蒙混过关，各级政府都轻信了他的谎言。一直到了1982年，在知情者的质疑声和死难者家属的鸣冤声中，才有政府部门去做调查，经过查证，终于确认此人不是英雄，而是一个故意杀人的刑事犯，于是判了他无期徒刑。

如果以这个人物为原型，我以为可以写一个极有精神深度的作品。其"奇怪而虚伪的超我"背后，所隐含的那个"卑鄙的自我"，以及"恶性膨胀的本我"之间的复杂纠结，堪称一种政治型的精神分裂症，它在正面表现为一种"渴望成为英雄"的幻想症，而在负面则是一种极度自私而不择手段的魔鬼人格。假如能够写出这样一个人物，我想他将会是一个了不起的作家，一个对于世界文学人物画廊做出了重要贡献的作家。

上述这些经验太敏感了，但我以为，唯其敏感，它们才会真正成为一代人的特殊记忆，成为一种信息载力丰富的历史无意识。因此，我们没有理由忽略它。

### 三 历史与无意识的混合：深度构建的策略

接下来要分析的例子，是马原 1986 年发表的小说《虚构》，这是他迄今为止短篇小说的代表作。我们经常说马原是新潮小说的开山作家，这个说法也没有错，但马原究竟是依靠什么来显示他的非同一般的？《虚构》将是最重要的依据之一。

众所周知，《虚构》还引发了一个重要的评论，上海的批评家吴亮早在 1987 年就写了一篇《马原的叙事圈套》①，这篇评论非常有名。"叙事圈套"的说法，可以说是发明了一个"中国式的结构主义叙事学"概念。因为当时美国人华莱士·马丁的"元小说"（metafiction）理论还没有介绍进来，而吴亮在尚未听说过"元小说"概念之前，已提前发明了这个中国式的概念。这说明他的理论阐释能力非常强大，这篇文章也让我崇敬他多年。但

---

① 　吴亮：《马原的叙事圈套》，载《当代作家评论》1987 年第 3 期。

291

是我不能不说，他的文字却没有真正进入《虚构》的内部结构之中。

我认真思考原因，当然不是吴亮"不够厉害"，吴亮可以说是这个年代最为敏感的批评家了，但他为什么没有真正"识破"马原的文本秘密呢？是因为他还没有"意识到"要使用"X光机"一般的探查方法。

在我看来，马原写的是两个梦，两个梦拼到了一块。其中一个是"春梦"，或者叫"性梦"，在弗洛伊德的《梦的解析》和霭理士的《性心理学》①两本书里，都专门论述过。然而单独写一个春梦，显然会有点无聊，处理得不好会显得庸俗和没格调。但是如果处理好了也会很出彩——《红楼梦》里就处理了多个性梦。一个是"贾宝玉梦游太虚幻境"，这是最典型的一个；还有一个是贾瑞的梦，即"王熙凤毒设相思局"，致使贾瑞痴迷于妄想而不能自拔。有个道士给了他一面镜子，叫作"风月宝鉴"，只许他看反面而不许看正面，因为反面是一个骷髅，让他看三天，病就好了；但是他抑制不住自己的冲动，老想看正面。一看正面，王熙凤便在里面招呼他进去，进去后就与王熙凤交合，如是者三，最后一命呜呼。显然，贾瑞是死于一种叫作"滑遗"的"单相思妄想症"。

---

① 霭理士：《性心理学》，潘光旦译，生活·读书·新知三联书店1987年版。

292

《红楼梦》里处置这类敏感经验，就处理得特别好，而且还将之升华为全书的纲要，或者灵魂。何谓"风月宝鉴"？它有两个面：一面是"色"，一面是"空"。色为表象，空即本体。他要用"空"来治疗人间的贪欲，将世俗与肉体意义上的"色"，用哲学与形而上学的"无"来消解掉。这恰似《道德经》开篇所阐述的"常无"与"常有"一样，"此二者同谓之玄，玄之又玄，众妙之门"。贾瑞正是不知道这样一个互为依存的关系，偏执于"色"和"有"，而不知道"空"与"无"，所以才断送了卿卿性命。

宝玉的春梦是整个《红楼梦》的核心。为什么如此说？一场无边的春梦，然后是恍惚的记忆、短暂的温馨、漫长的回味，与无法释解的惆怅。此经验的核心，恰恰就是"红楼梦"本身，它隐喻了人的一生，一段爱恨情仇，一个盛衰兴亡的历史的完整逻辑，隐喻了一个家族的历史，宇宙万物的存在之理。如果说有无数个同心圆，那么这春梦，就是那个原点与核心。显然，两个梦是用了两种方式来解释《红楼梦》，前者是空间模式，后者是时间模式。

我们再回到马原的小说。其故事的内核可以概括为"与一个患了麻风病的女性发生性关系的故事"。梦见一个女人，和她有染，并不奇怪，但为什么会梦见和一个患麻风病的女人发生关系呢？如果去看一下霭理士的《性心理学》，便会有答案。其中专

293

门有各种各样的讨论，在梦中梦到的异性往往是面孔模糊或是并不美丽等等，这确乎是很复杂的心理。但我们要把这个梦境做一个合理的解释，只能把它解释为一个"男权主义的无意识"。什么叫男权主义的无意识？看看蒲松龄的《聊斋志异》，通常都是女人主动诱惑男人，一个书生正灯下苦读，门突然开了，一阵凉风进来，一个美女子出现了，她主动委身于这个书生，这书生当然也很享受，可是过了几天他的身体就完了。这是什么寓意呢？男权主义总是想在不做任何付出的情况下，享受女性的投怀送抱，然后又把一切不良后果推给女性，这就是男权主义自私心理的基本模式。

从春秋以来中国历史上所有美女，妲己、褒姒、飞燕、貂蝉，一直到武则天、杨玉环，这是中国历史当中的一种模式，一个原型，男权主义对妇女的一种定义，男性的自私虽然表现为各种不同的叙述形态，但是骨子里的实质是一样的。在语言里面也种下了很多无意识，沉淀了大量的男权主义无意识。比如说"倾国倾城"——美丽但是会有害处，毁人国家、坏人城市；另外于环境对比也不友好，"沉鱼落雁之容，闭月羞花之貌"。还有所有不好的词，大都是以"女"作为偏旁的，汉字当中也有这种男权主义的无意识。

再回到小说。马原一开始就用了两种策略，一个是厉害的小说家，"我就是那个叫马原的汉人，我写小说。我喜欢天马行空。"但他同时又要了另外一种花招，"实话说，我现在住在一家叫安定医院的医院里"，安定医院是北京一个有名的精神病院。所以读者现在要做两种设定：一个是天才的小说家在讲故事，还有一个是精神病人在跟你瞎掰。这就决定了作品的"复调性"，一个文本，两种理解。

　　然后作者开始讲述他的"性梦"。我们要想真正准确理解它，还要与宝玉的梦境做个对照。中国古代很早就有关于色情梦的叙事，宋玉的《高唐赋》《神女赋》，据说就是讲了楚王——顷襄王的梦境。襄王在楚国云梦泽附近游历时，曾梦见与一个神女相交，他一时冲动把这事说了，身边有一帮跟班的秘书就觉得要写下来，于是那个最有才的宋玉，便用了最灿烂的辞采和最忽悠的笔法，写下了《高唐赋》。

　　《金瓶梅》和《红楼梦》中都有多处写到性梦，《聊斋志异》当中也有多篇是脱胎于这类原型。"神游太虚幻境"一节中宝玉和一个名叫可卿的仙女梦中交合，警幻仙子称之为"意淫"，可谓之为典型，如果放在精神分析学的现代视野中看，它应该是一个性成长经历的真实再现，也是作家自己一段不能释怀的隐秘经验的自曝，所以难怪他会将之置于全书的总纲这一回当中来处置。

　　接下来我们看一下这个梦。首先是环境的暗示：宝玉随贾母和邢夫人、王夫人同游宁国府赏花，困倦之中午睡于他的侄媳贾

295

蓉之妻秦可卿的房中。这是一个非常奇特的机遇。主人公心理上出现了微妙的反应，开始"有一个嬷嬷说道：'那里有个叔叔往侄儿媳妇房里睡觉的理？'"这话对宝玉来说显然是一个反面的暗示，随后来到房中，又闻到一股细细的甜香袭人，墙上还有一幅唐伯虎画的《海棠春睡图》，这也是暗示。他的身上则被秦可卿亲自盖上了"西施浣过的纱衾、红娘抱过的鸳枕"，这就更有隐秘联想和暗示的作用了，这些被褥、枕头都是秦可卿的贴身之物，而由秦可卿为之加盖，她临时扮演了宝玉最亲近的异性。还有其他的暗示，比如"伤了太真乳的木瓜，赵飞燕舞过的盘子"等，都构成了宝玉意淫的条件。

第二是性想象的对象，按照辈分，秦可卿属于宝玉的侄媳，而按照年龄她则是风韵正佳的成熟异性，恰好可以成为性想象的对象。而且特别是作为未成年人，乱伦式的联想尤其是常态式的冲动。弗洛伊德说，精神分析学的研究已证实，"儿童必先以父母为性爱对象，后来才表示对于这种观念的反对"，成年后的无意识活动也仍然存在上述记忆。这是弗洛伊德的分析。宝玉作为未成年人，此时应是十三四岁，他恋慕一个成年异性，这在弗氏的理论当中叫作"移情"——由对双亲的不合法的性想象，转移到了其他成年异性身上。所以，宝玉初次性经验的对象，便呈现为一种暧昧的命名状态：与"可卿"同名，而模样则与黛玉、宝钗接近，他的想象当中是多种面孔混合于一起的。

另外，小说还把春梦的发生原因归之于警幻仙子，警幻把名唤可卿的小妹叫来，"秘授以云雨之事"。这就把宝玉的意淫行为，变成了神权意志的赐予，从而充分合法化了。

第三是做梦的内容，关于这一点，作者恰好隐去了正面的交代，只是语焉不详地说"未免有儿女之事，难以尽述"。这一处理确保了叙事的洁净。

《红楼梦》中这个春梦的处理表明，好的小说一定有经得起细读的东西，这是人类经验当中最普遍和重要的东西，如果弗洛伊德有幸读过《红楼梦》的话，我想他又会写出一部伟大的著作。真正的细读应该触及这些深层的东西。

以上是我们所寻找的一个背景，以此来理解马原的《虚构》非常有借鉴意义，因为他写的也是一个春梦。

让我们来看看这个梦境的初始情境："我"走进玛曲村，最先看见的是三个妇女沿着一面墙坐着，上身袒胸露乳，下身则根本没穿衣服，而且"她们有意把腿叉得很开，像专门晒那个地方"。其中有一个妇女怀里还抱着一个婴儿，婴儿一边吃奶，一边还在转着眼珠……

显然，梦中男主人公发生了性欲支配下的窥视行为，这是典型的色情梦中的情景。这在日常生活中肯定是违法或不道德的，因此某种"犯罪感"使主人公在梦中将那些女性转换成了麻风病患者。这样一来他的犯罪感就会减轻，同时又增加了厌恶感和恐

297

惧感，就像是"风月宝鉴"一样，以此来帮助其节制性的冲动。

接下来他来到村子里，一个小广场上，一帮人在打篮球，周围有人在围观，"我"也站在旁边观看。这时有一个妇女走过来——大概是"我"刚才看到的三个女人中的一个，她怀里抱着那个小男孩，跟我搭讪。这时场上的一个篮球飞过来了，"我"接住这个篮球，好像还把它投出去。然后注意到场上有一个最出众、球打得也最好的男人，这个妇女向"我"暗示，怀里的这个孩子就是她和那个男人的。这女人反复向"我"表达亲近，显得熟悉而又陌生，和"我"的一切交往都保持了主动和默契。显然，这也符合色情梦中的常态。

到了夜里，"我"没敢在村子里借宿，便来到村外的一块巨石下面，打开自己的睡袋钻了过去，想，在外面过夜更安全。结果夜里下起了雨，来了寒流，"我"被冻感冒了，迷迷糊糊发起了高烧——这像是个"梦中梦"，在梦里睡得更沉，发生了另外的梦。觉得迷迷糊糊中自己像是被别人抬走了。当"我"再醒来的时候，发现已躺在那个女病人的家里，变成了"病人的病人"。在她家，女病人给了"我"细心的照顾，过了几天"我"觉得自己好了，便开始走出房间，到街上去溜达。溜达时注意到了街上有一个人很神秘，这个人像是一个哑巴。"我"跟踪这个哑巴来到他的房间，趁他不在的时候开了他的抽屉，发现里面有一枚青天白日徽章，还有一把二十响的盒子枪。这时候哑巴回来

298

了，他开口讲话说，我在这里已经等你二十年了。这下变成了两个人"接头"了，"我"不知不觉也变成了一个"特务"。

这是很荒诞不经的一个场景。我想说的是，现在的年轻人对此会很难理解，除非你刚刚看了《悬崖》或者《潜伏》一类的谍战剧，会有些"剩余想象"。但在我的童年，我每天都在受这种教育，阶级斗争的教育，认为敌特就在我们的生活里。所以，这是一个"革命时期的无意识"，由高度紧张和警惕所带来的一种错乱。

"我"和这个哑巴聊了一会儿，发现他很不老实，他的手居然插到了他母狗的生殖器里，这是一个"兽交"意象，相当恶心。这显然和主人公的"性梦想象"之间有影射关系。

最后一夜，马上要离开了，"我"心里似乎也很清楚，不能和这个女人发生亲密的肉体关系，但在月光下"我"看到她的身体那么美妙光滑，没有忍住，两人终于发生了不该发生的事情。第二天早上，"我"就像逃跑一样悄悄离开了她家。路上搭了一辆车，似乎昏昏沉沉走了一天，最后在一家青年旅馆里睡着了。再醒来时，"我"问周围的人，今天是什么时间？别人告诉"我"说，今天是"五四青年节"。

如此，"我"在玛曲村里待的"七天"便没了，故事发生的时间消失了。还有一个人说，你知道吗，昨天夜里下了一场大雨，北边的半座山都塌了，我想，那个玛曲村肯定也被冲毁了，

299

故事发生的地点也不存在了。

最后作者还画蛇添足，以证明这其实就是弗洛伊德所说的"产生性欲高潮的梦"。他闪烁其词："梦见了幼儿园里的小情人，我们睡在一个木床里，盖一条儿童线毯，后来我尿了。"这是什么意思呢？答案其实就和宝玉的梦醒来时，袭人所发现的是一样的。

故事很简单，怎么来分析？我认为有这样几个要点需要注意：第一是小说玩弄了"元小说"或者"暴露虚构"的花招，即华莱士·马丁所讲的"metafiction"的策略，以第一人称"我"的叙事视角——通过"既是叙事人又是主人公"这种方式进行讲述，通过"亲历"与"颠覆"的策略，在确认故事的同时也将其拆除。

第二，与麻风病女性之间发生了性关系，这暗含了一个古老的命题——对于女性的恐惧感，它和"红颜祸水"的说法同源，是一个古老的男权主义集体无意识的再现。与《西游记》《聊斋》当中关于女性的妖魅叙事如出一辙。

第三，醒来后的处置，现实否认与升华，这就像沈既济的《枕中记》一样，"黄粱一梦"，醒来后的现实自然要宣告梦的破产，尤其"春梦"这样的私密经验，更是不宜暴露，但在这里，马原恰好有机会挑战了一个在1980年代中期近乎不可能的叙事，非常隐晦地完成了一个色情梦的叙述。

第四，是政治元素的植入。小说中主人公为什么梦见了一个"哑巴"？因为"历史是沉默的"，特定的历史更是会无声地消失，湮灭于人的记忆之中。马原通过这个意象，为我们复活了一种"红色幻想症式"的儿童记忆。关于这一奇特的梦境因素，在精神分析学家的著作里几乎闻所未闻。我没有查到西方的精神分析学家在他们的著作里有过类似的论述。这只能是一种中国人特有的记忆，与奇怪的"历史无意识"。

与弗洛伊德的理论一样，上述分析显然带有某种实验色彩，这是一种近乎"小人"的推想，格调不高，如果遭到作家的抗议，我将表示诚恳的歉意。但我坚持认为，这样的分析是有意义的，文学是文学，而今日之文学恐不能再局限于先前我们认同的那种伦理意义上的"真善美"的内容，而应该是最为复杂隐秘的精神活动。好的作品应该是关于这一幽暗世界的生动揭秘，至于它是否美好和健康，就不是我能说的算了。

大概总结一下：该小说因为潜入了一个"政治梦"，而被意外地扩展了意义。如果只单纯写一个春梦，它的意义就显得比较难确立。因为《红楼梦》里所写的宝玉的春梦，与作家所要表达的"空"的观念之间是一个隐喻的关系，所以对全书起了一个统摄与点睛的作用。而马原要想使一个私人化的梦境获得某种公共性，最好的办法就是用历史——20世纪五六十年代人特有的一种集体记忆，把这个东西嵌入进去之后，小说一下子就发生了化

301

学反应，就变得意味深长。至于发生化学反应以后让我们想到了什么，每个人会有不同的理解，仁者见仁。


## 四　通过无意识抵达历史之痒或历史之病

要想写出历史之痒和病，需要作家非同一般的功力，要对历史有犀利的洞察力。但是问题通常是，正面强攻不一定奏效，而通过无意识的缝隙和触角，反而可以比较轻松地取得好的效果。

我想讲一个政治与无意识的混合叙事，或许可以说明问题。

例子是在21世纪初艾伟的一个长篇，叫作《爱人同志》。"同志"在这具有某种反讽意味，"爱人"就是爱人，为什么还叫"同志"——如今"同性恋"才叫"同志"。这就是历史，过去年代的意识形态印记。

这是一个政治阉割和变态爱欲交相变奏的故事，一个历史与无意识的二重奏，因而是极具心理深度的作品，它让我意识到艾伟的重要。艾伟生于1966年，也是60年代出生的作家，他一直致力于书写公共记忆，是有一定必然性的。但是单独处理政治主题或者精神性的命题，都有很大的难度，要么显得过于直露，要么显得虚浮暧昧，但一旦把政治和性两者联系在一起，叙事产生的意义辐射和复杂内涵就会成倍增加，从而使作品展现出丰富的社会意义以及人性的幽暗与深度。

　　小说取材于 20 世纪七八十年代之交的中越边境战争。这场战争早就被我们的记忆埋葬了，因为某些原因，"同志加兄弟"之间发生了不愉快，必须很快忘掉。但这场战争确实一直持续了近十年之久，才逐渐平息下来。是战争必有创伤，如何疗伤，这是文学的功用。我们且看艾伟如何叙述这场战争带来的创伤。

　　在战争中有一个残疾军人叫刘亚军，从前线下来，双腿截肢，住在荣军医院里。他和很多英雄住在一起，却不是一个真正的英雄，他是因为去偷窥一个越南妇女，结果踩了地雷被炸掉了双腿。但即便如此，他不说也没人知道，于是在时代的误会中成为英雄。

　　那时官方组织了很多"学英雄、献爱心"的活动，便有一个女中专生叫张小影，来到了荣军医院，组织给她分配的照顾对象就是刘亚军。刘亚军是个干部子弟，如果双腿健在，他会风流倜傥，脑袋里面更有许多花花点子，不会是一个一般意义上的革命军人。现在他失去了双腿，陷入了严重的焦虑。那时候我们尚不知要对负伤的人进行"心理干预"，还没有这些人道主义概念。刘亚军在变成一个"半截人"之后，对自己的未来完全没有信心，他内心焦虑而狂躁。所以当有一个女孩来关心他，他内心并没有表示感动，而是充满了排斥。而这让张小影误解了，认为他作为英雄，这样拒绝人，是不愿意给别人添麻烦，这更表明他是

303

一个真正无私的英雄。

所以接下来的逻辑陷入了错乱：刘亚军越是不接受关爱，张小影便越发对他好；而张小影越是崇敬他，他内心就越烦躁，有时对张小影就非常鄙视和粗暴，而张小影也会"奋起还击"——这种关系是否也隐喻了早些年的中越关系呢？当他们俩用这些不正常的方式互相对待的时候，忽然产生了一种奇怪的效应，他们有了一种超乎常人的情感，这就是霭理士在《性心理学》中所说的"虐恋"的一个雏形。每当张小影给他擦洗身子的时候，他就会推开张小影，张小影也会反抗，冲突以后两个人又互相道歉，他们仿佛更有了一种命运中的互相依赖，有了冥冥中不能分离的东西。

这一关系迅即被组织发现了。而组织上又特别愿意将此解释为一个美好的传奇：一个英雄和一个献身英雄的女孩子之间，发生了"革命的崇高爱情"。果然，周围的人不由分说就这么界定了。组织上组织了演讲团，让刘亚军去巡回演讲，报告他的英雄事迹。某一天来到一个场合，掌声和鲜花把他们迎进了会场，可是刘亚军看着黑压压的人群满怀崇敬的目光时，突然一句话也讲不出来，因为他本来就不是英雄，他也不愿意撒谎虚构。这时候气氛就非常尴尬了，完全不符合组织的安排，也不符合群众的期待，怎么办呢？张小影挺身而出，她本是一个学会计的，从来没有在大庭广众之下讲过话，但是她居然从容不迫地讲述了刘亚军

304

的"英雄事迹"。她不知道是哪里来的灵感和力量，凭借着想象和早已熟悉的那个逻辑，生动地虚构了刘亚军作为一个英雄的故事，并赢得了热烈的掌声、鲜花，甚至泪水。由此，他俩被热烈的崇敬和感谢拥戴着，从甲地到了乙地，又到了丙地，巡回演讲大获成功。

这是 20 世纪 80 年代的故事，那时意识形态需要并规定了主人公，必须是英雄。而刘亚军和张小影按照意识形态规定的逻辑，不断虚构了他们的事迹，这对新人就在组织的关怀下最终结为了夫妻，组织上还安排他们住在"花房"里——这当然也是一个隐喻，你们不是到处接受鲜花和掌声吗，干脆就让你们住到花房里。

那时刘亚军作为一个荣誉军人，是不需要工作的，组织上给张小影安排了一个教师的工作，这样他们就开始了崭新的生活。但是刘亚军长期处于心理焦虑之中，他并没有满足和张小影的婚姻。假如他是一个正常人，是不会接受相貌平平的张小影的，现在他变成了一个残疾人，不得不退而求其次；从张小影的角度来讲，她作为一个正常的健康人，也不可能愿意嫁给一个残疾人，她之所以嫁给他，是因为坚信他是一个英雄。而刘亚军非常清楚自己是一个什么玩意儿，他认为自己就是一个混蛋，所以他对这一切无法感到满足和认同，他对张小影并不好，经常虐待张小影，张小影也反抗，两个人经常打架，打完架以后又拥抱在一

305

起痛哭，仿佛获得了一种新生。

刘亚军还有很强烈的性欲，他为了不断验证自己还是一个男人，就在性生活方面非常变态。而张小影在这方面恰恰没有太多的想法，所以俩人很不和谐，经常打斗。外面关于他们便有了很多流言蜚语，比如认为这个男人没有性能力，而张小影去单位时，也会遇见各种各样的目光，有人也传言她在外面有人。

有一天，刘亚军出门遇见了花圃里的汪老头，汪老头用一种怪腔怪调讽刺他，就把刘亚军惹怒了，他用一把水果刀捅向了汪老头的肚子。照理他该坐牢，但是组织上考虑他是遭到汪老头的侮辱被迫还击，属防卫过当，只把他的荣军待遇取消了。取消以后，他的生活质量就大大下降了。

很快到了90年代，中国社会迅速转型，人们的注意力不再在政治方面，没有人再拿他当一个英雄，他渐渐被社会遗忘了。原来在聚光灯下、舞台之上、花房之中的地位没了，他沦落到了底层，而且因为杀了人，丢了荣军待遇，现在必须到处去找工作谋生。他找到一份看大门的工作，兼在收发室分发报纸和信件，但因为脾气暴躁，经常与人发生冲突，所以很快被解雇了。之后再找工作就更难了。好不容易在一个娱乐场所找到了一个看车子的工作，也有点收入，但刘亚军对时代走到哪一步、发生了什么，茫然无知。他看到娱乐场所里面出入的是一些打扮光鲜的男女，便很好奇，这里边到底是干吗的呢？就打听，他一打听就被人赶走了。这下工作再也找不到了，他就开始捡垃圾，由过去年代的"英雄"沦落为拾荒者。捡垃圾每天也能卖不少钱，他觉得这还行，能活下去。但是张小影却坚决反对，这时他们的夫妻关系已经到了崩溃的边缘。张小影说，我之所以嫁给你，是因为你是一个英雄，你现在居然去捡垃圾，我无论如何也不能接受的。两人发生了激烈的争吵，张小影把他捡的东西全部烧了，把他关到屋子里，再不许出去。从此以后他也不愿意出去了，每天将自己锁在家里不见阳光，渐渐得上了幽闭症。

　　再后来，就到了城市改造更快发展的阶段。到处都在拆迁，他们的"花房"也要面临被拆迁了——注意，这也是一个隐喻，即过去的荣耀与历史被"拆迁"了。刘亚军成了"钉子户"，时代的或历史的钉子户。周围所有的老房子都被推平了，建筑公司、政府都在等着起摩天大楼，他一个人待在花房里坚决不走。拆迁队对他进行各种威胁，他都是以死相搏，把那些人都吓退了。推土机就在附近包围了他的花房，日夜轰鸣，让他无法入眠。最后，他忍无可忍之下把煤气罐打开，点火自焚了。他把自己烧死的同时，也终结和毁掉了这段历史的所有痕迹。

　　他死后，公安部门公布了一则消息说，这纯粹是一个事故引发的悲剧。市委书记来对张小影进行慰问，说，你们是英雄，过去年代你们给国家做了牺牲，大家都感谢你们，现在你们虽然困难，也不给政府添麻烦，树立了崇高的榜样云云。最后张小影放

307

声大哭，小说也宣告结束。

这部作品虽然没有很大的故事结构，但却有震撼人心、直逼历史良知的效果。男主人公以自焚的极端行为，回答了社会的遗弃和愚弄，上演了一部血与火、怨而怒的惨剧。他所表达的，实际上是对社会的批评和提醒，告知人们，在时代的巨变中，有人被遗弃了，我们的社会付出了代价。由过去意识形态的社会到市场年代多元价值的社会，这当然是进步，但是在这个过程中，有一些人却是被牺牲了。谁去关注这些人？当然应该是作家。

作者对上述主题的处理是非常隐蔽的，他极具耐心地揭示了这一过程，使之生发出幽深而丰富的意义。过去年代的意识形态的尊荣，那些虚构的尊荣，曾经虚构了我们主人公的荣耀，但最后这一切，却历史性地化为了乌有。除了这些，还有个体无意识的丰富内容，他们夫妻之间敏感复杂的虐恋关系，也隐喻了时代巨变中，个人与大历史之间的关系，生发出了一个关于人性和社会之间复杂纠结的主题，一个精神与历史、道德与政治的复合性命题。

有三种心理因素，在主人公的命运历程中起着决定作用。

首先是革命意识形态强大的道德力量的控制。张小影为什么会爱上刘亚军？她觉得这种结合是一种高尚的奉献和牺牲，这是20世纪80年代的主流价值观。当她决定爱上刘亚军时，甚至从未考虑过失去下肢的他，是否还是一个男人，是否还具有性能力，而只是凭着一种道义的判断，与莫名的牺牲冲动，去崇敬他和爱他。显然，从性的意义上，她最初的无意识反映是被阉割过的。张小影已经被阉割过了，她判断爱情的基础，根本不存在个人主体和"性"这一先决条件。

其次是隐秘的个体性因素。张小影在对刘亚军的照顾之中，感受到一种价值实现。她是一个相貌平平的女孩，平时毫不显山露水，而和刘亚军走到一起，使她变成了人人赞美尊敬的圣母式的焦点人物。她原来从未被关注过，现在突然由一个丑小鸭变成了圣母。她那充满神圣感的"献祭"角色，使她获得了始料未及的社会荣誉，而这种角色突转，又反过来使她的献祭冲动更加得以焕发，成为一种巨大的热情。

而从刘亚军的角度看，他获得的是性的慰藉。这个残疾军人事实上并没有高出常人的精神境界，他之负伤属阴差阳错，此刻他最关注的，是自己还是不是一个生理意义上的男人，失去双腿使他的心理变得畸形，性情暴躁，性格扭曲，一味追求性的刺激。而他面对的个体现实则并不美妙，虽然政治上有英雄的名声和待遇，但是组织上并不会给他配发一个美丽动人的妻子。张小影的到来恰好满足了他对现实的需求，尽管不尽如人意，他也只能退而求其次。但从本性上说，他并不真正喜欢张小影，表面的感恩掩盖不住他对于婚姻的不满足，这导致了他强烈的虐待欲。

我觉得艾伟特别了不起的一点，就是他能够在这样一个特殊

309

而又平常的两性关系当中发现深意。

再次，这种"虐恋"式的爱欲，既可以解释为正面的道德感，同时又包含了真实的负面内容，这是源自本能的虐待欲望，也是由于残疾导致的情绪发泄和心理扭曲。他的残疾某种意义上也是一种阉割，而恰好张小影也有接近并且与之契合的隐秘需求，两个人打打闹闹、分分合合，共同完成了他们各自生理和心理上的虐待、受虐的爱欲模式。他们最终都变成了"获得性虐恋强迫症"。

请看他们情感发生时的情景，他们之间的吵架：

"你不要以为我们之间会发生什么，不要以为我会爱上你。"他吼道。

她被他说得不知所措，她不知他为什么突然变成这个样子。她问："你怎么了，我哪里错了吗？"

"你没错，是我错了。我就是这个样子，你滚吧。"

她当然不会走的。但他却摇着轮椅，向她靠近，他推她的身子，他的手劲很大。她感到了这只手的愤怒，这只手此刻就像是一只熊熊燃烧的火把。后来，他哭了，一把抱住她，说："不要同情我，你的眼里总是有怜悯，我受不了。"

她这才知道他发火的原因。开始时，她对他的反复无常感到害怕，不知为什么，没多久她就一点也不怕他了。当他莫名其妙地伤害她时，她也会奋起还击。她从他们的打闹中，竟然奇怪地体味到一种令人心酸的幸福感。当他们俩抱头痛哭时，她体验到的幸福是如此强烈，这种强烈的幸福感足以补偿她付出的一切。这样的打闹还让她有了一种生死相依的感觉，她越来越不把他当成一个病人了。

很显然，这种情感模式有时代政治投射的影子，但同样也来自两个人情感和本能的隐秘需求，两者在这里出现一个奇怪的结合，并造就了他们奇怪的性欲模式。

　　每次吵架之后，她会感到某种温暖人心的东西在他们中间生长，把他们俩紧紧地捆在了一起。

　　回到家里，张小影就和刘亚军和好了。是刘亚军先向张小影认错的，然后他们抱着哭了一会儿。哭在他们的生活中是一件经常发生的事，在哭泣的时候他们体验到了某种甜蜜的情感和生存的乐趣。接着，他们就上了床。每次吵架后，他们都会上床。这种时候他们会把他们的结合看成一种宿命，并从宿命中迸发出无穷的热情，身体的快感和内心的情感波澜交融在一起，把他们身上的尘埃洗刷得一干二净。

311

类似霭理士和弗洛伊德这样的心理学家和精神分析学家，都曾讨论过爱欲的虐待式行为方式，但对其形成原因却未有详述。弗洛伊德的解释是将其普遍化，他认为大多数男人的性欲中都包含一种侵略性的成分，即征服的欲望。其在生物学上的重要性似乎在于，男性需要求爱以外的手段来战胜性对象的反抗，他还说，人类文明的历史，无可置疑地表明残忍行为和性本能之间有密切的联系。弗洛伊德是从生物本能的角度，来阐释虐待性性行为的，但他承认这种行为的原因可能是多样的，很可能有几种心理因素抵达了同一个结果。另一位心理学家霭理士则承认，某些社会性的心理反应，也可以导致虐恋冲动，他说，从大处看，虐恋是性爱象征现象的一大支派，痛苦、愤怒、恐怖、忧虑、惊骇、束缚、委屈、羞辱等相关的心理状态发生联系着性的快感，无论是主动或被动的、真实的或模拟的，都可以归纳在虐恋之下。

以此来看，刘亚军和张小影之间的虐待与互虐隐喻，首先是社会政治的派生物，这是富有象征意义的，战争使刘亚军失去了双腿，使他在无处告白的痛苦和委屈中，滋生出了强烈的报复欲。同样，也是主流社会的道德规训，又让他对张小影的奉献之爱采取了规避态度，其表达不得不显得粗暴和冲动；而恰恰是这样的原因，使他们各自找到了合适而刺激的爱欲起点，开始了他们在虐恋中互相寻找满足的隐秘冲动。从这个意义上说，这个叙事也包含了对反复无常的社会的一种怨诉情绪。

当然，我们的社会是出现了显著进步的，但是这进步又恰好导致这对夫妇的"历史性的失落"。因为国家很快改变了它的外交政治。这样，昔日的国家英雄自然也不可避免地被疏远、冷落、遗忘和遗弃。

《爱人同志》为我们提供了一个通过无意识抵达历史深处，言说了难以言说的敏感话题的范例。在这个过程中，作者所建立的一个由"无意识纠缠"所驱动的故事逻辑，成为小说叙述中最为关键的动力。因此，值得我们每一个写作者思考和学习。

虚构写作

十讲·之九

# 如何写一篇"创作诗学"的学位论文

　　学习文学创作的学生有一个共同的关卡，就是最终要完成一篇以"创作诗学"①为主题的硕士学位论文。而写学术论文是需要讲一些规矩的，要有通行的学术方法、格式和规范。不过各位既然能够写小说、写诗，能够创作文学作品，这自然不是难事。因为写一篇论文其实也是创作，无非是规则不一样而已。某种程度上讲，好的文学研究本身也是一种"虚构"，一种创造性的工作，也是一种创造性写作。

　　如何写好一篇学位论文？关键是转变思路，要把文学研究应该遵循的途径搞清楚，同时还要辨析清楚创作问题与学术问题的区别。只有这样，才能写得既符合学术要求，同时又符合创作的

---

① 北京师范大学文学院 2014 年设立"文学创作"专业方向，同时规定"创作诗学"为该专业方向硕士的学位论文选题方向。

专业要求。我们的要求是要写一篇"创作诗学"领域的论文，那么什么是创作诗学？简单说，就是关于创作过程中的各种叙事问题、技术问题、结构问题、语言问题等的总和。说直白一点，就是它不是关心"写什么"，甚至也不是"写得怎么样"，而是关注"怎么写"的问题。

"怎么写"的问题，也可以说是寻求一个"作为作者的角度"，而不是"作为读者的角度"。因为作为读者所考虑的，是对一个文本的感受问题，写的是什么、写得怎么样、有什么意义、好不好看等等；而作为作者所考虑的，则是作品的构思过程，立意和表达的过程，艺术匠意的设定与凸显的过程，语言风格的生成过程，等等。同时也还可以涉及一般的艺术问题，比如在"本体论"的意义上讨论写作的一般规律问题。但通常来说，本体论的讨论有可能会使问题变得很大，无边无际和缺少针对性，所以必须要加以限制，最好是以某些或某个作品为例，以某个作家为例，这样才会使问题的讨论更加有效。

下面我会围绕创作诗学的研究方法，廓清一下一些相关联的问题，并且结合一些学生的选题例证来做一些分析评点。

## 一　文学研究的框架、概念与几个关键维度

要厘清创作诗学研究的边界，需要先对相关联的研究方法与途径做一些梳理。

文学研究大概有这样几种维度，或者几个研究类型：

首先是文学史，即用历史的方法研究文学的变化发展。这就像我们了解一个人，先要说到其生平简历，研究文学首先要梳理自古以来发生了哪些文学现象，出现了哪些重要的作家和作品，而且要按时间线索将其梳理出来。那么肯定就会有一个"历史的逻辑"在，这个逻辑既是客观的，同时又是被"建构"和描述出来的，某种意义上是我们赋予了它一种解释方式。历史逻辑最先是从哪里来的？显然是从西方来的。虽然刘勰的《文心雕龙》里也讲到"时序"——时间的顺序，它会使得"一代有一代的文学"。但是总的来说，中国人不太注重"文学史思维"，并没有专门的文学史著作。所以现代以来的文学史中，主要的历史逻辑建构是来自西方的理念，来自黑格尔的哲学思维。特别是经过了苏联模式，再传到我们这里之后，对文学的历史解释逻辑就成为"进步论"，像人类社会一样，经历了一个进步的过程。黑格尔理论中的必然论与进步论是传布于18世纪中后期，到19世纪中期，达尔文又在生物学领域进一步奠定了"进化论"理论，这就从科学的意义上验证了进步论思想，经过由马克思、恩格斯的革

319

命理论再到俄国的革命，最终确定了进步论作为一种人类现代社会的基本逻辑的思想。

沿着这一思维，我们现代以来讨论文学史也采用了进步论模型。但在中国古代的历史观和世界观中，并没有进步论观念，就连"进步"这个词，也不是现在所讲的意思。还有"发展"，也是从西方来的概念。中国古代的人如何研究文学呢？最通行的方式就是孔夫子的方式，夫子处理的周代文学，也就是他的将近六百年的"当代文学"——我们处理的是只有七十年的"当代文学"，大家都已觉得成就斐然，作品浩如烟海，历史一波三折，但是夫子并不管这一套，他只是在他的六百年当代文学里选了三百零五篇诗，分为十五《国风》《大雅》《小雅》和《颂》。毛诗说，诗有"六义"，曰"风雅颂，赋比兴"，就概括了。而且"风雅颂"指的是形式类型，"赋比兴"说的是方法，两者也混在一起了。显然，《诗经》的处理方式中没有"文学史方法"，而是一种类似"文化地理学的方法"，他发明了最早的文学地理学——"十五国风"。他还声称不喜欢郑风、卫风，特别是"郑声淫"，他不喜欢，但是也选了。他选的过程中，好的直接选了进来，差的干脆就剔除掉了，也没有注意"保留史料"。或许在他那个年代还有其他的文学资料，但是后来都失传了。

从夫子开始，中国古代的文学研究与处理方式中就没有"历史维度"，他的"当代文学六百年"中发生的文本，被放在了一个平面上来考量。现在我们再去研究的话，只能根据它的语言特点、它的风格，去研判其出现的时间先后的差异。

古代研究文学的人基本分为两类：一种是"选家"——被陈独秀骂作"选学妖孽"，他们主要是对文学作品进行筛选，如《玉台新咏》《昭明文选》，唐代司空图的《二十四诗品》等，都是一种文选，到清代沈德潜所做的各种"别裁集"也是，他只是按照另外一种眼光去选。

再就是所谓的"批评家"，批评家的工作是直接在原作上做批注和评点，在起首与文末、字里与行间发表自己的感想。所以古代的书籍在收藏的过程中，会不断有增生，经过藏主不断的手抄、传抄，把后人的很多话就都放了进去。我们看到《四大奇书》的批评，今天看到的张竹坡批评《金瓶梅》，毛宗岗批评《三国演义》，李卓吾批评《水浒传》等，都是经典的批注，他们在原作上面发表了很多感想，行间为批，文末作评，就成了"批评"。

此外就是各种注释家，如战国末鲁人毛亨和西汉赵人毛苌所辑和注的古文《诗》，便是现今行世的《诗经》，东汉的经学家郑玄，又为《毛传》作了"笺"注，唐代的孔颖达又作了《毛诗正义》；另外，我们现在看到的《史记》中，有至少四种文本，原文加"索引""集解""正义"，这都是历代学人集注校勘的结晶。

321

这样说有点把事情简单化了，但确乎没有一个学者或者批评家去写一部单独的"中国文学史"。只有在新文学诞生以后，才有了"文学史"这样一个学科。传统批评中，有历代的"诗话"，直接评论诗的好坏得失、优劣短长、品类高下，但是也没有一个史的描述。史的描述说到底是一个"虚构"的东西，所以今天我们对自己所热衷研究的"文学史"这类思维，也要保持一些反思和警惕。

再一个是"文学理论"。

文学理论在古希腊叫"诗学"，亚里士多德的《诗学》就是文学理论，而他的《修辞学》几乎涉及写文章的一切要素。"诗学"的研究，说到底就是"文学的本体论"研究。什么是本体论，即研究一个事物的本质，关于一个事物的一般范畴与属性的讨论。这个"本质"当然也是虚构性的。举个最简单的例子，我们要介绍某人张三，须先介绍他的履历，这是他的历史；然后再说这个人的性格、能力、短长，这就是本体论。本体论一般不考虑时间，是把它"压扁"了说。文学理论是讨论文学的一般原理，是从历史当中抽象出来的，关于"文学是什么"的问题，这叫文学理论，也就是所谓的诗学。

本体论也有很大的局限。所有被抽象出来的规则、属性、特点，这些归纳会把具体性都删除了，也就是"非历史化了"。而且要阐明文学的基本理论，须依靠对经典作品的阐释。所以文学理论家讨论问题的时候，一般会举《红楼梦》，举但丁、莎士比亚、托尔斯泰、歌德的例子，最多到鲁迅这里，不会举到各位，为什么？因为他是搞一般原理的。所以，有些批评家是从文艺学本体论的角度出发来批评当代作家，这有时候会显得很荒诞。

所以，"诗学"或"文学理论"，与"文学批评"不是一回事。

我在一次会上和某位批评家发生了争论，因为他总拿托尔斯泰和莎士比亚来比照和贬低某些当代作家。我便希望与他讨论批评的尺度问题。我认为批评的尺度应该是历史的、相对的、不断变化的。如果我们以一千年为尺度，中国文学当中会有几个人呢？会有屈原、李白、杜甫——有没有苏轼还不好说，再一个就是曹雪芹；这是一千年的尺度。那么以五百年为尺度呢？肯定要再加上陶渊明、白居易，苏东坡肯定会在里面。可如果以一百年为尺度呢？光是盛唐就足称群星璀璨了，这能一样吗？要是以一千年为尺度，连鲁迅都不一定有，以五百年为尺度有没有鲁迅也两说，一百年为尺度肯定有他，新文学一百年来当然要有几个经典作家。所以我们讨论具体的文学和作家，必须要考虑到适用的尺度。

人家问，当代文学是什么尺度？我觉得应该以十年为尺度，用"历史的眼光"去看，这就是马克思主义的基本原理，"历史

323

地看问题"。恩格斯当年批评左派青年作家，德国的费迪南·拉萨尔、英国的玛格丽特·哈克奈斯的作品，提出了"历史的、美学的标准"，我以为到现在都是适用的。

首先是历史的标准，历史是什么？历史即相对，要看它出现在什么时候，出现在什么时代，它和它的时代是什么关系。我们不能要求一个充满悲情的末世出现喜剧作家，那不是很残酷的事吗？它必须和它的时代对上号。如果恰逢一个启蒙主义时代，可你却是一个嬉皮士，那可能吗？嬉皮士一定会出现在中产阶级文化发育完善，社会充满了诙谐、幽默的一个时代。20世纪80年代前期必然会出现那些比较绝对的、理想主义的书写，王朔不可能出现在80年代前期，反过来说，梁晓声的《这是一片神奇的土地》《今夜有暴风雪》也不会出现在90年代。批评家对这样的历史语境和文学的关系，必须非常清楚。

在具备了历史的眼光的前提下，还要有美学的眼光。美学的眼光就是文艺学的眼光，它就是绝对的，不管你是什么时代的，你必须是文学，必须能够达到一个基本的标准，同时也可以放到一般标准中来考量。有许多粗制滥造的流俗的东西，必然会受到批评。但这个批评也是见仁见智的，你认为《金瓶梅》是色情的、下流的文学，但人家张竹坡还认为是"圣贤之发愤之作"呢，经过许多年的争论，人家还成了"四大奇书"中的"第一才子书"，你不承认行吗？

历史的和美学的两个标准，之间也是互动的，是一个非常复杂和丰富的状态，这也构成了文学批评本身的趣味和意义。

接下来的问题就是文学批评。

先是文学史，从文学史当中抽象出来文学理论（也就是本体论），再从文学史和文学理论当中派生出文学批评实践，它是实践论。历史论、本体论、实践论，三者构成了文学研究的基本架构。文学批评是把人的历史眼光和美学眼光共同构成的文学观，运用到对于当下出现的，还有历史上一切的文学作品进行评判的过程。

文学批评的尺度是两个尺度兼顾，但是在某些情况下则以历史尺度为优先，因为要评论眼下冒出来的作家，用托尔斯泰、莎士比亚、曹雪芹的标准去评判他，是不合适的，是非历史的。并非以莎翁的标准，就显得研究者比别人站得高，是正确路线的代表。不知从什么时候起，批评家忽然获得了一个作为"正确路线代表"或"真理化身"的身份，仿佛有一个自动授权的正确性，来"批评"他人。"批评家"嘛，自然是"批评"者，在政治一元论的时代，批评家为政治服务，是政治的工具，那时还有某种授权，但如今似乎并没有这样一个政治正确的授权，那么批评家根据什么对别人采取评判呢？必须是审慎的、谦逊的、对话式的，而不是命令的，以正确路线代表自居的。古代没有这样的人，看

325

看历史上的文学批评，都是小心翼翼的对话——和作品的对话，与作者的对话，同读者的对话，和历史上一切文学作品之间的对话，以及"潜对话"。

最简单的例子，可以重温一下《人间词话》。《人间词话》是化古今为一体，兼中西之比较的，它有一种纵横通透的眼光，却没有武断粗暴的否定，作者谈的就是一些启示性、体验和发现性的想法与看法。

关于文学研究，主要是这么三个方面。但它会派生出更多，比如说"民族文学"和"世界文学""总体文学""比较文学"等概念。民族文学在古代是没有的，没有民族国家概念，也就没有民族文学的概念。如果在唐代说民族文学、汉语文学，就是很可笑的，因为并不存在一个所谓的在民族之外的"文学的他者"，不管是日本人还是西域人，只要来到大唐，你都得用汉语书写，所以来中土学习的日本人回去写的是"汉诗"，韩国人（那时叫高丽），他们也是写"汉诗"的，因为不存在民族文学，他不会觉得作为一个大韩民族的人很耻辱，没有这样的事。

什么时候有了民族文学的概念？就是因为世界文学的概念出来了，啥时候出来的？那就是 1827 年，歌德和艾克曼的谈话录里面，谈到了一本中国小说，要么是《玉娇梨》，要么是《好逑传》的法文版，歌德非常兴奋，他跟艾克曼说，"民族文学在当今已没有很大意义，世界文学的时代即将来临"。为什么呢？因为他看了中国的一本小说，觉得非常好，和德国人的思想感情没有什么不同，如果有不同的话，那就是中国人对待爱情更纯洁和更含蓄。然后他又对法国人进行了一番评价，说法国人不怎么样，他们视野狭窄，还很傲慢，法国的那些作家应该看看中国的小说。大概说了这样一些话，他预言"世界文学的时代即将来临"。显然，在歌德的时代，"世界文学"和"民族文学"的概念是一同产生的，之前人们也并未意识到民族性的意义，因为他们有着接近的文学源头，一个是希腊文化，一个是希伯来文化。这两大文化源头，整个欧洲人是共享的，当然他们是用英语、法语、意大利语、德语，不同的语言去写作的，所以，会在有比较强的认同感的同时，又有区别。这跟那时中国的情况是不一样的，中国就是一个源头、一种语言，所以我们这里没有什么民族文学。直到新中国成立后，我们才有了各民族文学的概念。歌德最早提出了世界文学的概念，也等于确立了民族文学的概念，叫国别文学，比民族文学略微大一点。德国文学史、英国文学史、法国文学史、中国文学史，这都是国别文学的概念。

还有一个是"总体文学"。什么叫总体文学呢？好像是一个实在的东西，但实际上它是一个虚构，即假定有一个"宝库"，像通常所说的"知识宝库"一样，有一个"世界文学的宝库"，这就是总体文学，所有民族的文学，古今中外都在里头。但是在

327

哪里有这么一个地方，可以安放这些宝物呢？世界上很难有这么一个场所，把全世界的文学都搁到里头，即便是未来的大数据、云计算，有一个人建了一个最大的数据库，把全世界图书馆联网，有一个云端的储存器，检索又特别方便，这好像是有了一个总体文学。但是这个东西即便有，对个人来说也几乎没有意义，因为人终其一生也看不了其中的多少。所以总体文学其实是一个虚构，但是每个好的学者在研究的时候，都有一个"虚构的总体文学的概念"，当我们评判一个作家，觉得他写得好或者不那么好的时候，一定是有尺度的。这个尺度是什么？就是假定的一个总体性，这个东西是不断游移的，因人而异的，但也确实存在。

这样我们就成为一个研究者。那么什么是研究呢？研究是一个"格物"的过程，"格物而致知"，就是对所有东西进行比较和区分，区分以后产生知识，然后产生认识，然后不同的被区隔的事物的相关性，就变成了我们的研究。光知道"一"，这不是研究；知道了"二"，就有了对比，但也只是对比；知道了"三"，就变得复杂了，交叉多维，成为研究。"道生一，一生二，二生三，三生万物"。各位要评论一个作家，比如要写迟子建，就不能光知道迟子建，还得知道萧红，知道张爱玲，最好还要知道铁凝、王安忆等当代作家，上下左右都知道，才能够看清楚迟子建是谁。

所以要选一个题目，选一个作家，关起门来谈这个作家，是谈不清楚的。每个人要想看清楚自己，都需要一面镜子，没有这面镜子谁也看不清楚自己。所以，所有的人是互为镜像的，我们怎么才能了解自己，通过别人对自己的态度来作为一种参考，来判断自己是谁。

所谓"总体文学"，我是用了很多年才"悟"出来的，并没有哪个老师告诉我什么是总体文学。原来看韦勒克和沃伦的《文学理论》，也没有想清楚总体文学是什么，但是我研究了几十年文学，突然有一天想到，总体文学就是我建构了一个"属于我个人的总体性"，这就是我的总体文学，即便是图书馆里有一个云储存，对我并没有太大的帮助，因为人类的知识是海量的，我们所能做的，就只是和海洋里面的一滴水发生关系，仅此而已。但是他依然可以透过一滴水，看到大海的浩瀚，这才是本事，这一滴水折射太阳的七彩光芒，能够透见大海那颗汹涌澎湃的心脏，就足矣了。

这是关于文学研究跟哪些东西有关的讨论，我们先把一个大的空间搞清楚，然后就是创作诗学的问题了。


## 二 "创作诗学"研究的是写作的机理与奥秘

如前所述，"诗学"是一个关于文学本体论的学问。但我们

329

所说的"创作诗学"，是在诗学这个大概念底下的一个更小的概念，是"关于写作的一个学问"。这当然是有待于"建构"的，包含了无限丰富命题的一个领域，而我们所要做的，仅仅是"探讨其中一小部分的可能性"，能够说清楚写作当中的一个界面、一个实践、一个文本、一个问题就可以。但是要想说清楚其中的一点，也不是简单的事，你可以写一个非常小的问题，但是不能靠一丁点儿知识就可以完成。

　　过去的大学中文系都设有"写作教研室"，但写作教研室如今在全国各大高校里，基本都被撤销了。有一些师范类高校里还有，但大都不太景气，教写作课的老师几乎是整个中文系里最不被重视的角色。为什么呢？因为这个"学科"没有发育起来，虽然也有一套系统的"知识"，但这套知识与写作实践之间，又几乎没有多少关系。经常是，一个完全不能"写作"的老师，在课堂上滔滔不绝地讲写作课，讲一点应用文写作，也讲一点文学类的写作知识，这个也不能说完全没用，但这些知识与真正的文学写作，与诗歌写作、小说写作、戏剧和散文写作又搭不上边，所以也不会受到学生的重视。老师长期讲这个，才华也慢慢被耗尽。关键是，这套建构起来的"关于写作的知识"，还难以占据高校学科体系中的优势地位，老师写不出相应的论文，评职称也难，所以最后在各个学校里都渐渐萎缩了。我这里当然不是否定那些上写作课的老师，他们当中也有的人非常优秀，但总体上都被这个学科耽误了。如今有些大学里还有写作教研室，但教写作课的老师，要么挂在文艺学，要么挂在现当代文学专业，自己居然连个"二级学科"都算不上。

说这些是什么意思呢，是说，我们不能再重蹈别人的覆辙，不能再试图将写作问题"知识化"，特别是低级和平庸的知识化，我们的核心是写作实践，需要认真地研究写作本身的问题。

我所说的创作诗学，严格意义上应该叫"创作学"，是讨论创作本身的机理奥秘，完全没有知识也不成，只是说，我们的知识应该是与实践密切沟通的，是与实操过程发生密切联系的内容，这才有效。

如前所述，创作诗学不是探究"写什么"，而是探究"怎么写"，甚至也不是评判"写得怎么样"，写得好与坏、得与失。你说人家写得真好，还不是谈真问题；他到底怎么个好法，你要把他作品的机理谈出来，这才是真问题。不是谈论作品的意蕴、意义，甚至也不是谈论人物的内涵，你要谈的是他"如何写活了一个人"，如何塑造了一个人物形象，而不是分析这个人物如何典型和重要，如何有强烈的现实感、深厚的悲剧意蕴等等。他是怎么塑造出这个人物的，作为一个研究者，你能不能给我讲一讲其中的奥妙？如果你讲不出来，你作为创作者又怎么塑造人物呢？还有一个小说的结构，其机理是什么，是怎么构造出来的，假如你不会写作，当然对别人也就研究不了。反过来说，如果你

331

能够把别人写作的内在机理分析得清楚，说明你就是一个有自觉意识的写作者了。这是互相抵达的。

当然，这还要涉及知识、方法、理论，涉及最古老的诗学、修辞学，所以你要到源头再看一看，你知道这套东西怎么来的，老祖宗是谁，我们现在说的话与知识的原典是否有关联性。当我们重新读亚里士多德的《诗学》，看刘勰的《文心雕龙》的时候，它们总会唤起我们对于祖先文学经验的理解，然后对照一下自己，我们说的话靠不靠"谱"，这就像我们读《论语》《庄子》《道德经》的感觉一样，里面的那些至理名言，仿佛不是我们背出来的，而是在某个时刻它自己跳出来的，这说明古老的文化密码还在起作用。

接下来跟哪些东西有关呢？我的建议是，要看一点结构主义的理论，看一点新叙事学的理论，历史诗学和文化诗学的东西，还可以研究一下新批评的细读方法。我们经常谈到巴赫金，巴赫金的理论叫文化诗学。什么是文化诗学呢？就是用研究诗学的方法来研究文化，新历史主义、历史诗学就是从文化诗学那里延展来的。文化诗学从哪儿来的？也是从诗学这儿来的。我们用诗学的方法研究文学作品，但是巴赫金是用诗学的方法研究文化现象，或是反过来，用研究文化的方法研究文学，透过陀思妥耶夫斯基，他不仅研究了这个人的文学作品，更重要的是他提出了一种"复调小说"的理论与方法。透过拉伯雷，他不仅是研究文学，还研究了中世纪的民间文化，他大大扩展了研究的问题域。他研究民间文化当中的狂欢节，狂欢节上有什么情景？群众会把自己打扮成小丑，会说脏话、骂人、上演群众游行，狂欢完全没有规矩，人们会让一个最丑的人冒充国王，让大家都来骂他，以发泄人民那种情绪，这就是中世纪的狂欢节。他在分析的时候用了精神分析，用了文化诗学，用了形式主义，用了很多东西。最后让我们感受到拉伯雷作品巨大的精神载量及他作为一个作家的伟大。

罗兰·巴特研究法国的埃菲尔铁塔，写了一本薄薄的小书，就叫《埃菲尔铁塔》。埃菲尔铁塔是什么？我们作为游客，只是看到了一个铁的建筑物，如同傻子一样，出一身汗爬上去，看一眼就下来了。发现了什么？什么也没有发现。但是罗兰·巴特却从中发现了资本主义的全部秘密：它是钢铁的、专制的、冷酷的、不讲理的、蛮横的、粗暴的，还充满性的隐喻等等。他从埃菲尔铁塔中，把资本主义所有文化特征全部分析出来了。埃菲尔铁塔是哪个人设计的？当然就是古斯塔夫·埃菲尔。他在巴黎古老的街区，在一千年来的古典主义建筑，包括哥特式的、文艺复兴的、巴洛克的建筑群中，要建一个钢铁之物，立刻遭到了几乎所有知识界和艺术界的大人物的反对。但它是1889年巴黎世界博览会的产物，也是法国大革命一百周年的纪念，因为反对者甚众，建造者便打算在二十年后拆除。这是法国现代历史中的一件

333

有意思的大事。很显然，巴黎的建筑是欧洲中世纪以来最有代表性的建筑群，在那么经典的古建筑当中，突然出现了一个铁家伙，显得非常粗蛮和不合理，简直就像是巴尔扎克所表现的1830年代的法国社会的历史，优雅的贵族怎样被满身铜臭的资产者打败，所以恩格斯说巴尔扎克为法国的贵族唱了一曲挽歌，资本主义是带着资本的肮脏、欲望和蛮横闯入上流社会的，就像大象闯进了瓷器店，把法国原来的社会结构与文化破坏了，这与埃菲尔铁塔嵌入了巴黎优雅的古老街区一样。什么是研究？这就是研究。什么是发现？这就是发现。当然我这样说，大家会当成是一个"文化研究"，但罗兰·巴特做的是"符号学研究"，他是用了细读建筑符号的方式来进行研究的，这就可以给我们做参考。我们的诗学研究其实也并不真正排斥文化研究，但其他的研究必须隐藏于内，就像巴特将符号学分析置于其外，文化分析置于其内一样。

还要读一点新叙事学的著作，读一些新批评的，文本细读的理论。新叙事学的理论如华莱士·马丁的《当代叙事学》、戴维·赫尔曼的《新叙事学》，这两部著作在文学叙事学的基础上，融入了很多当代性的新问题和新视角，将历史叙事、社会叙事、女性主义叙事、新闻与新媒体叙事、声音与电影叙事、人工智能与认知叙事等都纳入研究范围之中，对我们打开叙事学的思维与研究路径应该很有帮助。另外，"新批评"的那些理论，看起来显得过于机械了，但有时也很有用，比如谈一首诗的"张力"。什么是张力？一张弓在松弛状态下没有力，但是你把它拉开，给它一个向后的力，赋予它多大的力它就会弹出去多大的力，这就是张力。还有"反讽""隐喻"，新批评专门讨论这些东西，讨论"语境""语义"，讨论文本，专门讨论这些形式元素。而且他们还主张把作者都隐掉，强调唯文本论，作者是谁不重要。当然我不是太欣赏这种批评方法——至少是觉得它们不能单独成为一种方法，因为文学永远是人学，永远应该知人论世，文本当中不见了人，那就别谈了。中国古人都是人本主义的批评，"读其诗想见其为人也"，如果没有这种境界，读诗干吗呢？见其为人，是为了照见我的人生，为了人与人之间的对话和共鸣，如果没有这些，你讨论那个所谓的"张力"又有啥意义。但这样说并不妨碍我们了解这些知识，有了这些知识的参照，我们才能比较从容地、内行地讨论写作的问题。

还有意象问题，这都是典型的诗学研究了。举个例子，如果我要讨论海子诗歌当中的意象构成、讨论他的意象的特点，以及在文本中的作用，这便是典型的创作诗学的讨论了。有位同学选择了讨论海子诗歌的意象，众所周知，海子是一个特别难的研究对象，海子的长诗，迄今为止可以说很少有人真正认真研读过，即便有人读，真正"读懂"的也许没有多少人。这么说不是耸人听闻。西川是读过的，因为《海子诗全编》是他整理出版的。还

335

有几个出版了海子研究著作的人可能读过，其他人就不一定通读过。西川当然非常了解海子长诗的基本构成，他把海子的长诗分为前后两个时期，是非常合适的、合理的。第一个时期是1985至1986年，第二个时期是1987至1989年。1985年的海子在诗歌写作上还处在一个初学训练期，但他天分很高、出手不凡，和1985年前后其他写史诗的人基本是一种写法，就是写民俗、写土地、写生命，歌咏这些东西，再加点历史的抒情与感慨，所以他的母题是"土地""民间""河流""水"，这些基本都是"土地母题"。如果讨论他的意象，那么这些就是核心；他后期的《太阳·七部书》是他的长诗的核心部分，这时海子大约已出现了精神异常的征兆，他像是希腊神话当中的法厄同，离着太阳与真理太近了，必然会出问题。

在古希腊神话中，关于法厄同的故事非常有助于我们理解海子。作为天父的儿子，法厄同看到他的父王作为人类的至高统治者，驾着太阳马车从天庭隆隆驶过，他非常羡慕，便也想试驾一下，结果失手栽下来了，掉入了冥河里。显然他过于靠近权力的核心了，还远不到时候。这是一个古老的寓言，它预示着权力本身的威严与危险，不可过于接近。法厄同试图去探究感知宇宙的创造者、统治者、毁灭者，那照耀和驾临万物之上的太阳，那灼热的、既创造又毁灭的光明，怎么可能不受伤呢。

显然，太阳映照万物，是真理的化身、统治者的化身，同时也是死神的化身，因为太阳会落山，黑暗重新降临，然后太阳又出来了。这就是太阳母题的巨大含义。

由此我们会联想到中国古代神话中的太阳主题，"后羿射日"的故事。为什么射日？因为太阳不但带给我们温暖，同时也带给我们干旱、炎热、火灾，带给人类很多的灾难。假如我们是原始人，作为先民站在大地上，背朝天空，脚踏泥土，一定会强烈地感受到这一点，感受到土地和太阳作为永恒之物的重要，以及难以违拗的暴烈，会对它充满各种复杂的想象。

所以，假如我们要讨论海子的长诗，最重要的一点就是要注意到，他能够把自己所有的创造都归到两个最原始的意象——太阳与土地（大地）上，这是非常了不起的。古今中外一切诗歌的意象，也许都可以通过这两个原始意象去覆盖，去照亮，去解释。

但我们的论文要把这两个原始意象——或者叫原型意象，将它的生成、变异，以及变形后的种种具体意象都分析出来，就需要很大的才华和能力，还有知识和见识。所以我建议这位同学先去读尼采，把《查拉图斯特拉如是说》和《悲剧的诞生》先读懂了，再回来读海子的诗。因为海子至少写《太阳·七部书》的时候，确乎是在疯狂地读尼采，他诗里面的意象，他的诗论的思维与表达方式，跟尼采《悲剧的诞生》《查拉图斯特拉如是说》都非常像。

337

以上是一个大概的解释。我也很难从理论上，"从原始社会说起"式的，解说出什么是"创作诗学"，创作诗学涉及那些知识，也可以说它涉及的知识近乎无所不包，我只能粗线条地强调一下。要想真正说清楚什么是创作诗学式的选题，还要通过大量实例来说明。

## 三　创作诗学的选题：一些例证分析

首先是选题。选题的时候是最踌躇的、最难的。选题之后是如何展开研究，然后是如何进入文本写作，在写作过程当中有诸多的规范。

这里我主要讲一下选题和开题的问题，在技术层面有哪些要素。

第一部分是"选题的理由"，即为什么选这个题目，选此题目的意图、目的是什么，想解决什么问题。当然，也包括界定和阐述自己所使用的概念、范畴、方法等，要在这一部分进行梳理和描述。

第二部分是"文献综述"，关于该选题，前人已有的研究成果有哪些，相关联的研究状况如何，要做一个清晰的梳理，对于大量的文献，最好有集中和归类，不要采取简单的"罗列"法，要分析其长短得失。总之，别人研究的终点，就是我们研究的起点。

第三部分是"研究思路"，即计划如何进行研究，预计做哪些功课，展开哪些问题，需要攻克的难题，预期成果的概貌，逻辑框架的设计，研究的大纲等，这些要交代清楚。

第四部分是"论文提纲"，将论文预计成形的提纲列出来。

第五部分是"文献目录"，要把参考书目、文献资料，包括著作、论文、学位论文、作家作品等按照类别开列出来。这部分要讲究一点，就是所有著述论文都要列出出处，最好是原始的版本，开列次序需要按照重要的程度、出版或发表的时序来排列。

这五部分是基本要求，开题报告必须具备以上五个元素。

接下来是选题的方向，大概有两个。

第一个方向是偏于"纯粹诗学"，即纯粹的创作诗学研究，应是以问题为导向的，不应是以所研究的文本对象为导向。偏于本体论讨论的选题，应该是理论色彩比较浓的，比如"论虚构"，如何理解、把握和处理虚构的问题。我开篇第一堂课讲的就是如何虚构，这个话题可不可以写一篇论文——《论小说写作中的虚构问题》。当然这个题目有点大，再加以限制，以某个问题为中心，比如，如何把一个陌生的经验植入熟悉的经验里 我在讲《智利地震》时，就谈到了它是"把真实的历史事件植入了

339

一个纯粹虚构的故事"，这是不是就可以作为一个论文的选题来考虑。

又比如：《论虚构写作中的人称问题》，东西的《我们的父亲》中，为什么坚持使用"我们的父亲"的称呼，就可以启示我们，人称有时候就会决定一部作品写什么和怎么写。东西把作品的寓意，直接通过人称的使用体现出来，这就充分彰显了人称的意义。还有，用第一人称写小说会导致什么情况，会不会造成"写实性"的语义？如果我们以莫言的《红高粱家族》为例，还有更复杂的表现，即不但有写实的叙事，更有"传奇"的叙事，而这传奇是怎么生成的，不也是一篇有意思的论文吗？

还有一个接近于纯粹诗学的题目：《论极简主义的写作》。"极简主义的写作风格"这一问题，我曾经以余华的小说为例，在课堂上谈到。这一概念是来自美国的作家雷蒙德·卡佛的创作。受到这个话题的启发，有位硕士生就选了该题。他很容易就找到了典范的作家，如鲁迅，甚至蒲松龄。确乎鲁迅某种意义上是极简主义的典范，《聊斋志异》和中国古代的笔记小说，就体式而言都非常简短，自来就是极简的。而且极简主义写作在诗学上，可以概括出一些典型的特征，比如"戏剧性的重复"。以《孔乙己》为例，孔乙己三次出现在咸丰酒店里，三个场景就让他走完了一生。《祝福》中祥林嫂三次出现在鲁四老爷家，作家通过她肖像的微妙变化，就以重复中的变化概括了她的一生。第一次她的脸上是有血色的，第二次没有了，第三次脸则像死人一样蜡黄。鲁迅的写法就是高度的简约中充满了重复的意味。美国著名批评家布鲁姆专门有一本书，名字就叫《小说与重复》。所以，《论小说中的重复》也可以作为一篇硕士论文的选题。

第二个方向是更具体的问题，可以作家的创作问题为导向。比如《迟子建的短篇诗学》。迟子建的短篇小说很好看，她是怎么写得那么好看的，有一些什么样的手法和别人不一样。比如她善于营造诗意的场景——但别的作家也会营造，沈从文、汪曾祺都会营造诗意，当代的很多作家也会，像莫言、张炜、苏童、格非、毕飞宇都有诗性，女作家中铁凝也有诗性，但迟子建和他们都有微妙的不同。有什么样的不同，要通过比较谈出来，不能将对象关闭起来谈——最常见的问题就是很多学生在讨论问题的时候，习惯于关闭起来谈，就迟子建而论迟子建，这样是没有效的，没有对比就没有意义。迟子建的独特性到底在哪儿，标志她叙事诗学的符号是什么，方法是什么，那自然会使我们联想到她小说里经常出现的意象，如雪、北国，还有大量动物的意象，森林、草原上的那些动物，雪地上的那些场景，等等，是只有她的作品中才有的。这当然属于比较"笨"或者比较容易的写法，取法一个作家，将其最突出的特点归纳出来，这就是他或她的短篇诗学。

还有更具体的一些内容，比如迟子建如何塑造人物，通过什

341

么来塑造，她怎么来讲故事，她的故事节奏，等等。我曾讲到她的一个短篇《一坛猪油》，这个作品是"戏仿"了《今古奇观》里的《蒋兴哥重会珍珠衫》，讲述的是一件属于某人的东西的失而复得。失而复得和物归原主，这是一个古老的故事，但更是一个所谓"物权正义"的社会伦理，即"该是谁的就是谁的"，窃取和僭越只能会反遭其累，而物主则会终有福报。这种伦理逻辑，变成了小说的叙事结构。

这是迟子建向古典小说学习的一个例证，这也是她短篇诗学的特征之一。或许这样讨论问题只是一个笨办法，不希望涉及太复杂的理论问题的同学，就可以选择一个作家，对他或她的写法进行深入的探究。

接下来，我把近几年来我们文创专业学生的论文选题情况，给各位大概展示一下。为了尊重作者，我把他们的名字都隐去了，只谈题目。

首先是《想象与超越：论上世纪 80 年代以来的传奇创作》。这个题目的界定有些问题。20 世纪 80 年代以来的传奇小说有哪些，他可以自己界定，但概念所指，还是要有个大概的定义与说法。传奇的概念来源于中国古代，最早是唐传奇，后来又有复杂的演变，这决定着我们今天如何定义传奇类的小说。我本人在探讨当代革命时期的小说时，曾将其分为三类："类传奇""类史诗""类成长"。这是基于革命时期文学与传统之间的脱胎与演变关系而提出的，80年代以后的传奇小说，就需要创新予以界定。其次，对80年代以来的传奇小说的讨论，很容易就变成一个"历史化"的题目，而不再是一个创作诗学的题目。论者必须小心地规避历史化的研究，因为那样一来我们的研究方向就又转回去了。

还有，我们讨论传奇叙事，重点还是讨论它独有的写法，以及文体方面的诸多属性。什么是传奇的根本属性？那就是"传而奇"。你用第一人称写一个故事，能传奇吗？恐怕很难，因为你在场，眼见为实，你作为在场者叙事的时候，传奇不是蒙人吗，谁信呢？但如果稍微一转换，就不一样了。比如《红高粱家族》讲的是作为少年的"父亲"所目击的故事，作为第一人称的"不肖之子"的"我"，虽然也担负了重要的叙事角色，但却属"隔岸观火"。站在几十年以后的今天，在历史之河的这一边，讲述历史彼岸的故事，而这时在"现场"目击一切的"父亲"又是一个儿童。这么一转换，故事登时变成了传奇，无论怎么夸张和荒诞，都不会再有人怀疑。正是因为有了这一机制，《红高粱家族》的故事讲得色彩斑斓、光怪陆离，英雄与土匪集于一身的爷爷余占鳌的所有行为，都合法化了。

传奇叙事最根本的特征，就是其叙事的逻辑与写实叙事逻辑的不同。巴赫金早就说过，"传奇时间"中男女主人公永远是年

343

轻貌美的；另一方面，传奇叙事中的法律和道德准则也不一样。《水浒传》中，李逵每每抡着两把板斧砍过去，砍的尽是看客，如果在现实当中能允许吗？肯定不能。古代也不是无法无天，随便杀人能行吗，你把人家砍死了，人家的爹妈和儿女能和你罢休吗？然而我们从来没有怀疑过李逵是一个英雄，也从来没有认为他是一个滥杀无辜的罪人。你质疑过鲁智深寻衅滋事吗？按照现在的法律规定，鲁智深拳打镇关西，属于典型的寻衅滋事，立马被抓起来。就算你是为伸张正义，也是典型的过当。前不久山东高唐有一个小伙儿，因为一伙流氓当着他的面侮辱他的母亲，结果他把那几个人杀了，不是成为一个很大的法律问题吗？如果在《水浒传》里，这还叫事吗？简直就是英雄少年了。

如何讨论传奇小说的叙事诗学，这是几个可以参考的点。

再一个是《论作家如何写作丑恶行为》。这个题目有一点点笨了，稍微改一下，就是"论作家如何处理恶"，或者"人性恶如何被书写"。怎么书写人性之恶？先锋小说里不都是在叙述人性之恶吗？可以先锋小说为例，讨论一下作家在处理恶的时候所面临的诸多难度，所运用的方法，以及取得的效果。比如《檀香刑》中写赵甲用五百刀凌迟处死革命党人钱雄飞时那种笔法，余华的《现实一种》中，用人性之恶的连环激发，来完成递进式叙述的处理方法。如何逾越人心的禁忌，如何实现细节的落地。还有，古人、前人是怎么处理恶的，可以进行一下对比。这样，这个题目就算是成形了。

有位同学选了一个题目，叫作《轮回与超越——论想象与文学创作》，这个题目太大了，干脆从"宇宙起源开始说起"吧，不能通过。必须缩小范围，方可有效谈论。

《论史诗性长篇小说的写作》，好题目，但应该是巴赫金的题目，咱们恐怕还要再缩小一下，以某个作家为例。哪些是史诗性的长篇小说，这本身就是一个诗学问题。史诗性首先要有长度（指叙事中的时间），要有英雄形象（如希腊史诗那样），要有大的场面，要有正面主人公的牺牲，等等，这是"史诗性"的几个要素。古希腊的"荷马史诗"中的《伊利亚特》讲的是场景，空间性很强。两军对垒，英雄次第出场大战，互有胜负，打了十年，通过奥德修斯的"特洛伊木马"计，希腊人大获全胜，班师回朝。下部《奥德修纪》是一个长度叙事，一条很长的线，十年的海上漂泊，从特洛伊回希腊，现在轮船五六个小时，飞机可能也就几十分钟，但是在"荷马史诗"里面却走了十年，因为有海神和风神在作怪，有魔鬼，有各种各样的磨难和延宕。这就是史诗，史诗里有很多元素，拜伦在《唐璜》中曾说，"战争，爱情，风暴，这是史诗的主题"。后代的认知与观念可能发生了很大改变，但无论怎么变，史诗性的小说一定包含了某些特定的因素，比如时间跨度，信息体量，崇高、悲剧或壮美的风格等等。至于当代写作中哪些是史诗性的，各位可以根据自己的阅读和

345

认知来寻找。肖洛霍夫《静静的顿河》肯定是史诗性的，我们原来那些革命小说如《红岩》《红日》《红旗谱》等也有类似史诗的性质。20世纪80年代以来，史诗性这个概念也更加多杂和普泛化了，《红高粱家族》是不是史诗性的，《白鹿原》是不是史诗性的，"江南三部曲"是不是史诗性的，甚至《兄弟》是不是一种"当代化"了的史诗？

这个见仁见智，可以自己去发现。

《小说叙事的现实逻辑与艺术逻辑》，这是一个好题目，现实逻辑和艺术逻辑，是每个写作的人都在面临的问题。很多写作者不懂得，一个好的艺术作品要有艺术逻辑，他只遵照现实逻辑去写，但现实逻辑在进入叙事之后，反而变得虚假，变得平庸和冗赘。在现实逻辑中，我们的叙述会变得毫无创造力，也没有张力。所以必须发现或创造一个艺术逻辑。什么是艺术逻辑？就是人物有了自己的性格和命运，有了他的话语，你无法用作者的话语去代替他的话语。就像一幕戏，故事的走向有自己的遇合、可能、文势，以及章法，这就是艺术逻辑。

我又想起余华的《活着》。这部作品一年卖三百多万册，据说去年（2019）作家出版社卖了二百六十万，"新经典"卖了六十万，多少作家一辈子的梦想，全部作品加起来也很难卖这么多。而余华是一年当中的一本书。这是为什么？《活着》如此"残忍"，但却没有哪个读者会认为作者残忍，他写福贵这个人物，让他死掉了所有的亲人，但是你读的时候会觉得他一定得这么安排，因为这是小说的一个艺术逻辑所决定的。福贵从一个恶少，到成为一个输光的赌徒，然后开始了一个穷人的生涯，这本身也是一出戏剧。试想，你要讲一个赌徒故事，一定是讲他输光了一切，才算是完成这个逻辑，不然能叫一个"赌徒的故事"吗？如果你写到他最后赢得盆满钵满，弄了一大别墅，红木家具搬进去，坐那儿抽着大烟，这有意思吗？谁会愿意看这样的作品？你就是要看他输得有多惨，越惨看得人越过瘾。他的同情都是虚伪的，所有人内心都充满了阴暗，它就是满足了我们每个人人性的阴暗，我们就是要窥探、要观赏一个人有多惨，他惨到失去了所有亲人，自己老成了苟延残喘的未亡者。但是小说不能写到福贵死，如果你狠到把福贵都写死了，这个小说的艺术逻辑就溢出了，失败了。

《活着》会给我们很多启示，如果你要尝试写一个老人的故事，只要找一个老人家，让他讲他的一生，当然他的一生可能非常平凡，但是你按照艺术逻辑去虚构的时候，你写一个老人一生，一定是有故事的。你把张三、李四、王五的东西往他这一嫁接，一部作品就出来了。

所谓的艺术逻辑，它其实就是一个赌徒会怎样，凡是赌徒就一定会输，从哲学上来讲，我们每个人都是赌徒，我们和自己的命运赌博，和自己的时间赌博，难道不是吗？从历史的意义上来

347

说，福贵作为一个有钱人家的子弟，最终潦倒落败了。过去革命文学讲的是穷人的翻身，余华写的是富人的败落，富人怎么败落的我们以前从未认真关注过，只写贫农闹革命，打土豪分田地，分到土地那么喜悦。但是你有没有想想富人失去了一切是什么滋味？没有人关注，难道文学不应该关注吗？从历史的角度，人家余华揭示了历史背面的故事。所以一个好的作家一定是想别人之未想，这就是艺术逻辑，艺术逻辑就是你要讲出历史背面的故事。哲学上是一个人输得有多惨，历史上是一个富人如何败落的。从美学上他讲的就是一个未亡人的故事，什么叫未亡人？就是倒计时。当然我们从来没有把自己当作未亡人，我们是把自己当作生存者。但是假定我们把自己当作未亡人，我们就会给自己设定一个终点，所有人都在倒计时。你想想可怕不可怕？非常可怕。

什么是文学应该思考的，你要讨论艺术逻辑在一篇小说当中如何起作用，你自己的小说也会越写越好。假定各位到现在还按照现实逻辑去写，那就别写了，改行干别的最好。文学是"创造"，不是"反映"，不是现实什么样你照搬，不是把材料堆到这儿，而是把所有一切放到熊熊烈火当中，去冶炼出金银，冶炼出闪闪发亮的金属，或者从泥沙当中冶炼出透明的玻璃。

《论女性写作中的雌雄同体》，这是一个女性主义批评的话题，归类的话，属于文化研究的范畴，不是创作诗学的题目。

《路翎40年代小说创作的诗学研究》，这是比较老实的题目，他40年代作品的写法。请注意，即便是他40年代的写作，也要注意到同时代作家的对比。

《论当代小说处理当下经验的叙事学问题》，好题目，但需要加以限制，以某个作家为例。当代小说如何处理当代经验？处理的方法有很多，比如说荒诞化，就是很好的角度。因为如果不荒诞化，很多东西就很难正面表现。有的评论家批评当代作家处理不了当下历史，写得不够准确和客观，其实是求全责备，他不给予荒诞化的处置，能够出得来吗？

这样去看很多作家，无解的东西也就好懂些。莫言的《生死疲劳》，余华的《兄弟》，阎连科的《炸裂志》，这些作品就能够有一个接近于客观的讨论了。

我们再以贾平凹为例，他作品很多，像《古炉》《秦腔》《山本》，这些作品的评价都比较高，他的哪个作品被诟病呢？就是《废都》。《废都》是1993年的作品，处理那个时期社会最新的"当下经验"，可为什么写出来以后立刻遭到几乎全民的挞伐？作家也站出来说"诗人，你为什么不愤怒"。为什么要愤怒？因为他们认为小说写得太污浊了，处理当下社会生活的时候，用了比较接近"写实"的方法，就会出现一个道德的问题。怎么办？把它变形一下，就会出现可以接受的效果。《废都》就是因为比较写实，所以才挑战了太多人的道德感。直到二十多年过后，人

349

们回过头来看，才发现《废都》是如此重要，人们所认为不能接受的那些亵渎性的东西，也不再那样扎眼了。这是很富有戏剧性的一件事。

再说余华的《兄弟》，小说下卷曾遭到很多诟病，当然上卷也没少挨骂，但毕竟那是稍有点距离的、"文革"前的历史，写历史相对容易，读者接受起来也少挑剔；但一旦写当下，就很难把握尺度。写父子俩偷窥女厕所，父亲栽到粪坑直接淹死在里面，儿子则被抓住游街，这些都还能够接受，但下卷中浓墨重彩的一节是所谓"处美人大赛"，很多人说这完全不真实。确实不真实，但是小说翻到法国之后，法国人却不会觉得不真实，为什么？因为法国人不了解中国。余华是把这个东西寓言化了，一旦读者意识到这是"寓言"，就不会再追究是否真实了。

荒诞化的处理，有时是作家不得不使用的，阎连科的《炸裂志》遭到很多人批评，但却也从某些方面折射出当代社会的诸多问题。莫言《丰乳肥臀》的后半部，写到当代生活，也采用了变形加荒诞的处理方式，为什么？不荒诞不行啊，拿尺子一量，都是问题。

所以，当代小说如何处理当下经验，关键就是要与现实拉开距离。

《城市景观与现代诗意的发生学》，这是讨论城市叙事中城市景观的处置，题目是可以的，但同样须以某个作家为例。王安忆写《长恨歌》，一上来就花了大量的笔墨，写上海的弄堂，写鸽子，写流言，人物完全没有出现，像写散文一样，开始描绘上海的弄堂。弄堂和胡同是完全不同又非常相似的两种民居，或者社群居住形态。我们之前熟悉的文学想象是北京的大杂院，大杂院本身就是一台戏，北房、厢房、南屋，大家往外一看，中间一个院子，就像是一个舞台，你写大杂院的时候极容易出戏。那么弄堂可不可以成为一出戏？似乎不太方便，弄堂很长、很幽深，不像舞台，怎么写戏呢？只好写成"散文"或故事。老舍写《四世同堂》，写《龙须沟》都是北京的大杂院，《茶馆》干脆缩写为一个像舞台一样的所在。所以空间对于叙事、对于文本是有限制性的。一台戏你写一个弄堂，弄堂那头和弄堂这头的走到中间才能对话，多麻烦啊，不太适合，但是它非常隐秘，它适合写《长恨歌》式的隐秘故事。我们现在的居住方式，与古代相比发生了很大变化，为什么我们的文化不一样，我们的伦理也不一样了，对门发生了什么跟你没关系，那家除非着火了威胁到你家，那家如果打起架来，摔了东西，你去敲门去管，也不好意思。别人会说关你什么事。如果古代，隔墙那边发生任何事情，这边立马可以干预。你在大杂院里，你对面屋子里打老婆，马上大家就会踹开你的门，有一个公共伦理。我们现在的生存方式，就把这样一个古老的伦理给改变了。写这些故事，从叙事方式、写作趣味到尺寸把握，都会受到空间构造的影响。

351

所以探讨城市的空间、格局对于小说叙事的影响和变化，是一个很好的题目。

《散文化短篇小说的诗学研究》，这个题目也不错，沈从文、汪曾祺、孙犁的小说就是典型的散文化风格，有大量的作品不知道是散文还是小说，这和中国古代的小说很像。《阅微草堂笔记》到底是散文还是小说？唐传奇是散文还是小说？不知道。《聊斋志异》里面，当然大量的都是故事，它是故事还是小说？也不知道。鲁迅的小说，比如《社戏》《一件小事》《鸭的喜剧》，这些是小说还是散文，也不好定位。有一些作家的小说很像散文，有一些散文也有小说的笔法，这都可以探讨。

李敬泽是一位很受尊崇的文体家，他写的《会饮记》，就是"用小说的笔法写散文"，他写的《咏而归》里面也有大量的掌故，他把那些掌故都写活了，如果别人写，可能就是一个索然无趣的事儿，叙述会了无趣味，但是他把那个事都写活了，人物、语言、细节都是活色生香的，就是"妖"，只能用"淫巧"和妖来形容它的力度，他把语言玩到那种程度，读的时候感觉有一种快感，忍俊不禁。那种语言的魅力难以抵挡，但是读完以后，可能什么就都忘了，一篇都想不起来。可是读的过程却非常好玩，读完就是一个遗忘的过程。它也不需要你记下来，这趟风景就是过目即忘，但无限享受过程，这就是李敬泽文体。他的文体和任何人都不一样，找遍当代的散文作家，找不出和他接近的一个人。

回到"散文式的小说"，到底是一种什么样的小说，哪些作家擅长写散文式的小说，需要仔细甄别。有些作家，像韩少功，可以说几乎没有写过一个标准的故事，但他是一个好作家——他就是一个散文化的作家。《马桥辞典》《日月书》，哪像小说？都像地方志、民俗笔记，像长篇散文，或是许多文化地理关键词的梳理。还有阿来，阿来其实也非常散文化。

我个人很喜欢散文化的作家，但同时又更喜欢戏剧性强的作家。比如莫言，他的《檀香刑》整个就是一部戏，用戏剧笔法写成的小说，或是用小说的笔法写成的一部戏。大概莫言太喜欢戏剧文体了，他有时候写完觉得还不过瘾，如《蛙》，前面写的是小说，确乎有点过于散文化了，他就觉得必须要纠正一下，后面干脆来一个双重文本，把《蛙》又写成了一部话剧。一个小说文本和一个戏剧文本拼到了一块，构成了一部"奇书"——奇怪的书，那个戏可以直接上演，读的过程觉得非常过瘾，似乎还有点莎翁余韵的感觉。

莫言曾说，他最大的期望是在有生之年变成一个戏剧家。我2019年6月份陪他去牛津大学，在那里演讲的时候，左边坐着余华，右边坐着苏童，他说，我准备余生主要是写戏剧，学习莎士比亚，因为我们上午参观了莎士比亚的故乡，很受激励和启发。他说，那样我就可以区别身边的这俩人了。当然这是半开玩

353

笑，但从中可以看出他的趣味和志向。

《论短篇小说的叙事速度》，这个题目有点大了，因为不存在一个统一的短篇小说的叙事速度。蒲松龄的速度和博尔赫斯的速度可不是一个速度，卡夫卡的速度和欧·亨利的速度也不一样，不存在一个统一的"总体性的"短篇小说的速度，应该加以限制，比如以哪几个作家为例。你要讨论鲁迅小说里面的速度，那就是以鲁迅的经典短篇小说为例子。这个题目看起来是好题目，但是写起来不容易，因为没有两部作品的叙事速度是完全一致的，就像世界上没有两片叶子是相同的。

《古老召唤下的当代回响——论原型对文学创作的启示》，这个题目是受我在课堂上讲课的影响，因为我有一节课专门谈了"向古老的原型致敬"——或者致意，或者重返，或者颠覆，或者戏仿。小说史上有大量的原型主题、原型叙事、原型故事、原型人物，我们都可以把它重塑一遍。前些年有外国人专门出钱，让中国作家重塑神话，意图是很好的，但创作实践好像不尽如人意。我想，说到底当代作家应该做的，不是重塑古代的传说，而是把原型的故事重写一遍。

该堂课上，我先是讲了冯梦龙《今古奇观》里的《蒋兴哥重会珍珠衫》一文，各位请留意，《蒋兴哥重会珍珠衫》里面很多细节，同《水浒传》里的"王婆贪贿说风情"一节很像，王婆帮助西门庆和潘金莲勾搭上的故事，同《珍珠衫》里的薛婆帮助陈姓商人与蒋兴哥之妻三巧儿勾搭上的故事之间，有大量的互文，谁抄了谁？说不太准。《蒋兴哥重会珍珠衫》的出处是《喻世明言》，编纂者是冯梦龙，冯梦龙的在世时间是1576—1646年，而《金瓶梅》最早的版本是刊于1617年的"介休本"，这就很难判断了，哪个文本诞生在前面，我不敢下结论。《蒋兴哥重会珍珠衫》讲述的是中国人古老的伦理，用现代的话语叫"物权正义"，用俗话说即是"该是谁的就是谁的"，别人拿走是不对的，非法持有会为其所害，早晚会物归原主。这在中国人的观念里，应该是一个原型的无意识，认为这是天经地义的。明代的小说中有大量的训诫主题，什么叫训诫？《醒世恒言》《警世通言》《喻世名言》，警世、醒世、喻世都是训诫，都是让小说在道义上、道德上占据高地，使故事逻辑合法化，但同时又必须好看，里面须充满大量世俗化的、日常性的、灰色地带的，甚至是有"诲淫诲盗"意味的故事，然后再把它道德化。这就是明代小说的两个核心。像《金瓶梅》，首先是一个"欲望叙事"，有卖点，满足读者的窥视欲；然后要让西门庆死，变成一个纵欲而亡的教训，欲望叙事就变成了"训诫叙事"。小说家的世界观、是非观、伦理观、美学观，统统是分裂的，但是他又巧妙地把一个分裂的东西，硬性地装配在了一起。

这是题外话，我们还是回到古老的原型。

这个原型在当代，不经意间又派生出一个相似的故事，就是

355

迟子建的《一坛猪油》，讲的是一枚祖母绿戒指，被一个贪财的人给私下昧了，从此之后他们家就厄运不断。他的老婆在江边洗衣服的时候，戒指滑到了水里，因此抑郁而终；而过了若干年，戒指原来的主人的儿子从黑龙江里打上了一条鱼，剖开鱼腹突然发现了这枚戒指，以这样神奇的方式实现了物归原主的逻辑。迟子建这个小说写得确实很有意思，非常之妙。

我在课堂上讲了这两篇小说之后，创作班有个学生崔君，按照我布置的作业，仿作了一篇，写了一篇《金刚》，其实也可以叫作"一枚宝石的失而复得"。她写的是山东临沂乡村1970年代混乱的社会背景下，一个人少年的成长记忆。各位是否知道，山东临沂是产金刚石的，1978年，曾经发生过一个十分轰动的大事件，一个临沭县的乡村姑娘在"农业学大寨"运动中深挖土地，傍晚时分，最后一锨挖下去，翻上来一个明晃晃的核桃大的东西，一看是一枚金刚原石，到那个时候为止是中国发现的最大的一颗，一百五十八克拉还多，放到现在要值多少钱？少说也要几千万。那个姑娘后来得了多少钱的奖金呢？三千元。按说是少了点，但是好像她还被安排到了县里的水晶厂工作，也算是一个奖励。

在崔君的小说里，这枚金刚石是他们家里那个疯子爷爷偶然得到的，但后来被他们的邻居，一个特别坏的恶霸，用各种非常歹毒的方式敲诈，硬是夺走了。后来经过了非常多的波折，金刚石再无下落。直到有一天大雨瓢泼，山洪暴发，他的爷爷从大坝上跳了下去，淹没于浊浪之中。最后，孙儿在爷爷的坟前，看到了那颗碎掉的金刚石，它终于回来了。小说写得很生动，故事枝蔓很多，叙述也非常饱满，有一种酣畅淋漓的感觉。所以我们认为，这个从原型出发进行重构的习作写得很成功，我就给了她很高的评价。

还有值得提到的一点是，作者将1970年代中国混乱的社会背景植入她的小说里，书写了一个乡村少年——也许是一个少女，其内心世界非常丰富的成长历程，写到了正与邪之间的较量。

这篇习作被《西湖》杂志看中，发了头条，我还专门为此写了一篇短评。崔君本人从中也得到启示，后来毕业论文的选题也与此有关。

《论翻译诗歌对创作实践的影响——以白洋淀诗歌为例》，翻译诗歌的影响，这个就要有实证研究，白洋淀诗歌是指1970年代早期在河北白洋淀地区插队的知青芒克、多多、根子等人的创作，他们当时读到的翻译诗歌到底是哪些，要对照这些翻译诗歌，同他们的创作之间找到直接和明显的影响关系，这个题目才算是完成。这既是一个创作问题，同时又是一个实证研究的问题。

《新革命历史剧的创作策略探悉——以〈人间正道是沧桑〉

357

为例》，研究对象是一个电视剧，叫它"新革命历史剧"，似乎很勉强。我觉得这一类东西不选为好，因为现在此类作品质量高的不多，打开电视都是"抗战神剧"，或是各种"克隆的潜伏故事"，谍战剧，大同小异，元素配置肯定有美女、假夫妻，一张床上两个人都纯洁无瑕，基本都是这一套。当然这也算是一种"策略"，你也可以分析这些元素的配置，也可以写一个批评性的论文。

《论当代文学对古典叙事资源的继承与新变：以格非为例》。这个很好，因为格非小说，特别是"江南三部曲"，在叙事学与美学上有示范意义，中国当代文学在某种程度上重新回归传统，最成功的一个范例就是格非，他写出了《红楼梦》式的小说，这个范例就是他的三部曲《人面桃花》《山河入梦》《春尽江南》。三部曲写了三代人，他们的血缘关系同时也演化成为一种"精神的遗传"，第一代革命者的道路是很偶然的，陆秀米是在时代的暗流冲击下，偶然成为早期革命党人的，但偶然中有一个必然，就是她的父亲也是一个有"桃花源情结"的人，有耽于幻想的性格。同时，她还有一个特点是很容易就被挤出权力中心，变成替罪羊。陆秀米在监狱当中生下的男孩，后来成为新四军的军官谭功达，新中国成立后他成了梅城县的县长，但在县长的任上，他是一个与母亲一样的失败者，因为他并不真正熟谙革命政治，从性格上看他也遗传了从外祖父那里来的禀赋，就是一个"穿着革命干部服的贾宝玉"，或干脆是一个"中国化的哈姆雷特"。格非的主人公总是有两个灵魂，一个是哈姆雷特，一个是贾宝玉，他是一个永远"生活在别处"的人，人在现实当中，但心是在爪哇国，所以永远是走错了房间、生错了时代、上错了床的人。在革命队伍当中，当然就会被甩出中心，变成"被革命者"或被遗弃的角色。

格非小说中比较重要一点的人物，似乎都有一颗乌托邦的心，都充满了不切实际的幻想。第二代革命者的儿子，传到第三代，变成了当代的弱小的知识分子。谭端午这一生更不用说了，老婆出过轨，但是他老婆后来又跟他好得不得了，这也是格非小说的问题所在。他总是使人物中突然出现一个出轨的，不是说道德的出轨，张兹平有一篇小说的名字叫作《脱了轨道的星球》，格非的人物就是脱了性格逻辑或者命运逻辑轨道的人物，但是他总是能够奇迹般地回来，这是格非的一个问题和一个绝技，这当然是另外一个话题了。

他的三部曲里面的人物都是重复上一代人的命运，这三部曲加在一块就是《红楼梦》里面讲的几世几节的故事，这三代人并没有在前赴后继的革命道路当中从胜利走向胜利，而是在革命道路中从失败走向失败，他不是一个胜利者，他是一个失败者。但是由此格非深入革命的内部，他用传统的小说修辞处理了现代史，处理了知识分子的精神史，这是过去革命文学所没有实现

359

的。革命文学是用进步论来处理这段历史，但是格非是用循环论，一世一节，几世几节，用了循环论的方式处理这段历史，所以他和《红楼梦》、和中国传统小说的叙事方式有了隐秘的会合，有了明确的回归，既有隐秘会合又有明确的回归。

这就是非常有意思的一个现象。新文学经过了一百年，越来越不像它的父亲，越来越像它的爷爷，当代文学不像现代文学，而更像古典文学，这个回归是不是很有意思呢？值得研究。

《探究再创作的可能——以当代作家对〈聊斋志异〉的借鉴和改写为例》，论者肯定是找到了独特的文本，有少量作家仿写了《聊斋志异》里的故事，更多的是我们可以从当代作家的写作中找到《聊斋志异》里的故事原型，诸如"妖女诱惑""仙女凡夫""化鬼复仇"，还有各种男权主义的结构模型，在当代作家的笔下都有不同程度的重现，这个要从文本出发去找。

《论小说创作中的第一人称叙事策略》，好题目，纯粹是讨论一个叙事学的问题，接近于一个元问题，从叙事学本体论的角度去进行研究。但最好要有问题意识，突出当代性的特异性。

《新文学的旧写法——论张爱玲小说中的古典世情笔法》，也是一个好题目，有问题意识，这个题目也是我帮该学生拿捏的，感觉他自己有一个逻辑在里面。我们知道，张爱玲的小说里有大量的古典世情小说的笔法，比如器物、环境的描写。《金瓶梅》里面写家庭的陈设、日常起居、生活细节，包括西门庆与花子虚、谢希大那些人之间的物质来往，西门庆家宴的吃饭喝酒细节，几个女人之间的争风吃醋与钩心斗角，笔法之细腻，可谓令人叹为观止，《红楼梦》就更是如此。各位是否看过格非的《雪隐鹭鸶》，此书就是从历史、社会学、日常起居、小说美学等各个方面来探讨《金瓶梅》的一本书。你们可以参考一下格非的笔法，他写了那么厚的一部书，很多篇幅都是《金瓶梅》里面的风俗器物、账目经济、日常起居的描写，《金瓶梅》所透视出来的种种社会信息、伦理等社会生活的方方面面，他都分析出来了。但是更重要的，他是作为一个作家来观照这部小说的过人之处，比如故事的转接、人物关系的处理、形象的刻画、细节的描写等，特别高明和精细的作家才会如此。南方作家的特点就是精细，格非、余华、苏童是所有南方作家里面最精细的，他们的笔法像刀刻般、绣花针般的精细，所以格非来分析一部小说的写法，肯定有值得我们参考的地方，所以我强烈推荐你们读一下格非的《雪隐鹭鸶》。

《论四大传记中的次要人物书写》，单从技术层面看，这个题目可以，但研究目的是什么，哪个是"四大传记"，我真是搞不清楚。

《论文学创作的极简风格——以余华为例》，探讨文学创作中的极简主义，这是我平时在讲课的时候提出来的，该学生抓住了这个题目。美国作家雷蒙德·卡佛，成名于 20 世纪 80 年代，

361

被称为极简主义写作的小说家，但是他们的极简主义和我们说的极简主义并不完全是一个概念，他们的极简主义是写底层人和普通人的，把人物性格、故事删减到极致，可能原写了十万字，最后删减到只剩两三万字。我们所说的极简主义，是中国小说的一个传统，从六朝志怪到唐传奇，到明清笔记，都是极简的，没有很长的篇幅，都是不足千字的短制，《聊斋志异》里面最长的小说也不超过十页，短的只有半页，有的只有短短几行字，那不就是极简主义吗？但这个极简主义和新文学以来的极简主义仍不是一个概念，新文学以来的极简主义是由鲁迅开创的，而余华是特别懂鲁迅的，所以余华的小说里面充满了"重复"的策略，《许三观卖血记》中每一次卖血都是重复，先路上喝水，把尿泡憋得很大，到了县医院再贿赂李血头，然后抽血，卖完血去胜利饭店来一盘炒猪肝，来二两黄酒，黄酒要温一温，喝黄酒的时候很享受，再谈一些"底层人民的经济学"，然后讨论如何卖血更合算。许三观的老婆许玉兰，就像祥林嫂一样，每次对着大街上的人说，"我前世造了什么孽啊……"，我不应该如何如何。祥林嫂每次见到人都说，"我真傻，真的。我单知道下雪的时候野兽在山坳里没有食吃，会到村子里来……"当她说几遍之后，在后来还没有等她开口说，别人就替她叙述了，她非常无趣地被众人戏耍和抛弃了。

　　显然，重复是造成"极简效果"的一个很重要的元素。余华和鲁迅一样，通过这种衰减式的重复，造成了极简主义的写作风格。最典型的例子就是许三观三个儿子的出生，第一个儿子的出生用五百字，第二个儿子的出生用两百字，第三个儿子的出生用了几十字，我把这个叫作"衰减式的重复"，通过重复达到极简，这就是叙述的辩证法。

《论〈灵山〉的语言编织法》，大概是这位同学个人喜好，而我觉得《灵山》是一部让人难以卒读的小说。我读到它的时候是在国外，当时读的是台湾的竖排版，不知为什么有点读不下去。当时海德堡大学的汉学系让我专门做一次关于高行健的讲座，但我认真看完了《灵山》后决定不讲了，因为我没办法说它好——我也不想说它坏。我只是觉得《灵山》实在没有激起我讲它的欲望。

这位同学认为《灵山》的语言是一种"编织式的"，这听上去好像是的，但是我又问道，哪位作家的语言不是"编织式的"？严格意义上，每个作家的写作语言都是一种编织，写作本身就是编织。当然，有时候写作也可以不是编织，而是喷射，火山爆发。钻石是怎么形成的？是火山喷发的时候在瞬间的高压中形成的，伟大的写作也像是火山爆发，会诞生出钻石般的语言质地，但这种写作也是危险的，会产生挥霍和消耗，甚至是火星撞地球一般的灾难与毁灭，如彗星燃烧。屈原的《离骚》就是他临死前的杜鹃啼血式的写作，是用生命在书写。其次寻常性的写

363

如何写一篇"创作诗学"的学位论文

作，差不多都可以看作是堆积或者编织。就像一件精心织出来漂亮的毛衣，有机理、有脉络、有造型，甚至有韵律，有节奏，有文气。所以语言的编织法，确乎也是成立的，但是如何把它分析出来，这语言是怎么"编织"的、"织成"了什么，要把它具体说出来，且能够有价值，却是很难。

最后一个是《通灵式写作研究——以海子为例》，这个题目很好，也很难，目的是论现代诗的一种有效表达。"通灵式"本是专指兰波式，其实也就是"不讲理"，严羽说"诗有别才，非关理也"，在兰波那里是鬼神附体了，神经了，按照尼采说的就是"酒神状态"，感性迷狂，这是浪漫主义诗人的特点。所以浪漫主义诗人好像认为自己是有特权的，可以疯疯癫癫。当然，现代诗人也同样如此，而且现代诗人的疯癫还不是装的，而是真疯。如果说浪漫主义诗人疯疯癫癫是有夸张和"演"的成分，那么现代诗人的疯癫则变成了一种实践，一种"验"，验证。普拉斯、伍尔芙，包括哲学家，如尼采。另外，克莱斯特、凡·高、爱伦·坡，太多了，无法一一列举，而现代以来的许多重要诗人也都是有类似问题的。

当然博尔赫斯应该是没问题的，博尔赫斯是一位智者。

海子显然是一位感性迷狂和酒神附体的诗人，否则他后来也不会自杀。包括顾城，包括更早一点的食指，都是当代中国诗人当中的一些例子，通灵式写作的例子。

这个题目要想完成好，需要把通灵问题解释清楚，把感性迷狂、超自然因素、神秘主义、命运感、语言的通灵与诗意等这些问题弄清楚，还要注意与其他当代诗人的比照，在比较中看出独特性。

365

# 虚构写作

## 十讲·之十

# 从精神人格和公共经验的角度看 [1]

今天的话题，简单讲也可以叫作"如何使写作通向一个较高境界"，或者"如何做一个好的诗人"。因为从某种意义上说，做一个诗人也许并不太难，但做一个"好的诗人"就不那么容易了，而做一个"大诗人"，那可能就是非常难的事情。我以为，任何一个写作的人都是要有点抱负和野心的，起码要努力做得比现在更好一些，所以我们要探讨的，就是如何能够实现这样的抱负。对于诗歌写作来说，我想以下这三个方面是应该考虑的。

第一是"精神背景"，这可能是一个写作者能够超出自身主体力量的一个重要的源泉；第二是"人格见证"，因为诗歌文体比较特别，它与小说不同，人们在读小说的时候通常很少去考虑小说家的性格、操守、遭际和命运，一般不会参照那些东西来理

---

① 根据 2011 年 5 月在鲁迅文学院高研班的演讲修订。

解其作品，但对诗人来说就不一样了，诗人的人格见证、言行操守对他的作品来说便显得必不可少。这有命定的一面。完整的逻辑应该是，"诗人肯定有浪漫的特权，但是也必有牺牲的责任"。这意味着诗人的人格实践对其文本具有很大的影响力；第三是"经验提升"，即写作的私密性和个人性必须与公共性之间建立一种联系。如今大家都信奉个人写作、私人经验的信条，那么，是不是还需要考虑与社会、与读者、与公共经验之间的那种连通性呢？我认为这是必须的，它也是一切诗歌所必须保持的品质。

## 一　寻找写作的精神原型或思想背景

首先谈谈精神背景。简单地说，精神背景是文化传统中的精神原型或母体这样一些东西，这是所有写作的开始，也是所有写作的归宿，是它的力量的源泉，以及其意义获得扩展的一个基础。我说的这个精神背景是广义的，它的含义比较宽泛。

有一个例子应该举到，即艾略特关于"传统和个人才能"的关系的论述。这也是一个常识，艾略特认为，任何写作者都不能"单独地具有完全的意义"，写作的意义不是靠他自己建立起来的，而是靠他和传统之间的一种关系来建立的。在我出现之前，所有的经典作品已然形成了一个秩序，一个久远的关于文学理解的经验和知识谱系早已存在。当我们闭上眼睛，说文学或艺术的时候，就是在谈论莎士比亚、托尔斯泰、歌德、曹雪芹，就是在谈论我们关于文学和艺术的一般性的理解，就是在谈通过这些经典作家和他们的文本所生成的一个法则和秩序。每一个新的作家和新的文本的出现，它的意义的产生和获得，是基于它与原来所有的写作秩序、原来的经典文本谱系所产生的影响和改变。也就是说，他们之间存在一种天然的"对话关系"——简单地说就是，我们在前人的基础上，又提供了什么样的新鲜和不一样的经验。在艾略特看来，创作的意义与价值是由这样一个关系决定的。

历史上西方文学中的重要作品，大都与过去的传统形成了复杂多样的互文或重复关系。古希腊的神话、《圣经·旧约》里的那些神传说与故事，一直都作为某种"母题"或原型主题重复出现，所有后代作家都无法忽视和越出这样一个经验谱系，他必须要和前人的创作发生关联。因此，精神分析学家荣格提出了一种"原型"理论，认为在所有艺术家的创作中，都有"集体无意识"或者与之相关的东西。写作者自己当然不一定"意识到"，但他会和前人的写作有一种不自觉的、深刻的重复。对于当代中国作家来说，这一点可能有些意识到了，有些没有意识到。但作家的文化属性的获得，必然是与自己的民族传统理念中的某些母体性的东西、原型的东西发生关系。

这是一个比较狭义的讨论，我觉得还是应该更广义地来看这

371

个精神背景，我将之分为这样几个具体的方面。

一是精神的传统。精神的传统是指写作者要寻找一种伟大的精神谱系作为背景，建立对话关系。一个人常常会意识到他个体的无力，个体作为一个抒情者，力量源泉从哪儿来？你的某种合法性从哪儿来？很难靠一个单独的个体来建立，怎么办呢？就要寻找一种精神传统来作为依傍。这使我想到20世纪90年代初，那时当代诗歌发生了比较大的变化，其精神品质获得了提升，其原因就有来自上述精神对话的作用。我举个例子，就是王家新，作为诗人王家新在80年代已很有名，但他那时的诗歌似乎还没有特别大的分量，与大量的朦胧诗追随者之间区别不大。那么他什么时候"有了分量"呢？就是90年代初。众所周知的原因，在这个年代中国的诗人都面临着比较严峻的考验，在激情年代终结之后，市场经济环境到来之时，很多诗人的精神状况都变得迷茫而颓废，而这个时候，一个诗人的抒情力量要想获得，就特别需要某种精神传统的引领。所以，我们从90年代初开始关注到了王家新创作的变化，发现他的写作一下子具有了非同一般的品质。他的《瓦雷金诺叙事曲》《一个劈木柴过冬的人》等，都产生了强烈的反响。这可以说是王家新在90年代重新获得一个"重要诗人"身份的标志性作品。前者通过与帕斯捷尔纳克的人生之间的隐喻关系，去体验一个相似的冰河时代的生存环境、精神承受，表达对其命运的感动、精神人格上的追怀和倾慕，这样他们的处境和思想就发生了一个奇妙的对话关系，也就生发出了一个回应此一时期中国知识界的精神现实，回应整个社会历史氛围的主题，获得了一种抒情的力量。

"蜡烛在燃烧，冬天里的诗人在写作""整个俄罗斯疲倦了，又一场暴风雪止息于他的笔尖下；/ 静静的夜，谁会在此时醒着，/ 谁都会惊讶于这苦难世界的美丽"，他是在说俄罗斯，是在说帕斯捷尔纳克的处境，但是没有一句不是在想象他自己。"也许，你是幸福的——/ 命运夺去一切，却把一张 / 松木桌子留了下来，/ 这就够了。/ 作为这个时代的诗人已别无他求"，这是向着整个中国的知识界，以及诗人们的精神状况，发出一个信息或一个宣示，就是要安静下来，要坐在书桌前认真地思考和面对这冬天。那么，这样一种处境和态度的意义是不言自明的。

王家新早年的那些从个人生活、从社会的一般问题出发所进行的写作，就这样提升到了一个精神性的高度。我觉得他能够把笔力集中到时代的一种精神的层面——黑格尔所说的"时代精神"的层面，他整个的写作就不一样了。

我还想举一位比较年轻的女诗人寒烟的例子。寒烟在 90 年代中期以前，一直是一个一般的习作者，但是我后来忽然发现，她的写作不一样了，她把自己所经历的某些生活或情感的磨难，同俄罗斯白银时代的一些诗人之间建立起了一种精神的对话关系。因为我个人知道她的生活处境一度变得非常困难，在一个刊

373

物做兼职编辑，每个月收入只有几百块钱，生活的困顿和她的思想方面的很高要求之间，产生了一个巨大的紧张关系，这当然可能只是一个诱因，好的诗人不可能仅仅依据自己的现实利益去发泄愤懑，她必会将这种物质方面的紧张提升到精神的层面。不过，我的确无法解释她究竟依据何种具体的精神因素，而与俄罗斯诗人建立了如此对位的精神关系，很难想象一个在中国没有读过大学，也没有通常意义上的那么高的身份和"学养"的诗人，居然能够和俄罗斯白银时代的伟大作家们之间建立了非常生动和贴近的、让人敬佩的精神关联，我觉得这是一个奇迹。

她写了一首《遗产——给茨维塔耶娃》，里面有这样的诗句："你省下的粮食还在发酵 / 这是我必须喝下的酒"，她把茨维塔耶娃生活的困顿以及她个人艰难时期所承受的一切，变成了自己的精神营养。茨维塔耶娃在大饥荒中省下的粮食，经过精神的酝酿之后变成了她自己的思想资源，变成了她的酒，而且是苦酒。"你省下的灯油还在叹息 / 这是我必须熬过的夜"，这也是熬过漫长寂寞与困顿的一种处境，这种追比，你可能觉得不以为意，但是如果你认真地读下来，就会发现，她这里绝不是一个简单的夸张。"你整夜在星群间踱步 / 在那儿抽烟，咳嗽"，在星群，在俄罗斯的天空那群星闪烁的星座中间的一颗明亮的星，是茨维塔耶娃的灵魂或者是她的精神所在，整夜踱步，抽烟咳嗽，那是她精神求思和困顿苦闷的情景再现。"难道你的痛苦还没有完成 / 还在转动那只非人的磨盘"，这是说她的思想状态，还在持续痛苦的时代磨盘上的自我磨砺和自我绞杀。"你测量过的深渊我还在测量／你乌云的里程又在等待我的喘息／苦难，一笔继承不完的遗产，／让我走向你……"一个诗人也许会有自己的小苦难，对她来说这可能就是一个小人物的困境，但这困境却通过这样的对话关系，转换成了一个巨大的精神痛楚，说明了诗人精神境界的高远与巨大，因为她关怀的是巨大的事物，抽象的事物，而不只是关怀个人一己的小悲欢。

这首诗最后的几句足以传世——可能有我个人的偏爱在其中，但我很固执地认为这样的句子非常好，"看着你的照片，我哭了：／我与我的老年在镜中重逢"，她看到茨维塔耶娃晚年的一张照片，白发苍苍，她居然认为这就是自己的老年，这就是说她已下决心要拥有茨维塔耶娃那样的人生，要经历和她一样的那种普通人的苦难，但必然去关怀巨大的精神伦理，并且成为被后人理解和纪念的诗人。

　　莫非你某个眼神的暗示
　　白发像一场火灾在我的头上蔓延

这就是可以称得上不朽的句子了。我觉得好的诗篇应该有这样的句子。两个灵魂之间不仅发生了精神意义上的对话，甚至肉

375

身也产生了一种完美的重合，她这种全身心地"扑向"伟大灵魂的能力和冲动，让我感到赞佩不已。这样的能力和勇气不是任何人都有的，我觉得高贵的灵魂确有它相通的地方，诗人应该在灵魂方面具有这种能力。如果说仅仅靠自己个体的能力去建立伟大抒情人格的诗人，在历史上是罕有的，那么大量的诗人是靠和伟大灵魂之间建立某种关系，来确立自己的精神品质的，这是我以为寒烟之所以让我感到非常重要的一个理由，至少我认为她具有这样的可能性了。一个时代结束之后，那浮在面上的诗人可能就会消失和被淘汰，而这种具有精神品质的人会被再度发现，我始终这样坚信。

寒烟类似这样的作品相当多，我再举一首她的《曼德尔施塔姆》。曼德尔施塔姆也是大家都熟悉的俄罗斯诗人，也是具有某种精神原型意味的诗人。寒烟的诗中是这样说的："一个浑身着火的人／闯进了谁的时代？／请接受我冒烟的问候"。曼德尔施塔姆对于他自己的时代，可以说是一个燃烧着的诗人，他和自己的时代之间发生了严重的对峙，在阅读关系当中，他"闯进了谁的时代？"显然是闯进了"我"的时代，我的时代和他的时代，在个体的精神感受上有微妙的相似，"请接受我冒烟的问候"，即是说我也是一样浑身着火、灵魂燃烧的状态，这两个人一下子就相遇了。

"啊……我吞噬空气／吞噬我们亲密的距离／没有人比我更

热爱这血液里的陌生"，你看这两个人可以说间不容发，只有灵魂之间才会如此亲近的距离。"没有人比我更热爱这血液里的陌生"，一个是白种的俄罗斯人，一个是中国人，血统是不一样的，但是精神的血脉居然是一见如故，迸发出闪电式的契合。

"当真理在黑暗中分泌毒液／我的人民，让我去试刽子手的刀"，这是说俄罗斯知识分子所承受的那种苦难。俄罗斯和苏联时期的诗人，为什么如此让人尊敬，因为他们确实有一种传统，一种弥赛亚加民粹主义的传统。别尔加耶夫在他的《俄罗斯思想》那本书里面，曾对这样一种"俄罗斯精神"充满赞美，他说，19世纪俄罗斯之所以群星闪耀，出现了那么多伟大的作家，"不是基于他们令人喜悦的才华的过剩，而是基于他们对于祖国和人民无原则的爱，他们愿意去为他们去下地狱"。这是俄罗斯知识分子最富有精神感召力的一个原因，苏联时代的诗人和作家也继承了这一传统，即不只用自己的"笔"来完成写作，更多的是用他们的生命来见证他们的文本。

接下来这几句，我认为也是可以传世的句子，她说，"石头——冲向雕像"，石头如何冲向雕像？一个诗人必须有决心要成为一个时代的精神化石，具有这样一种勇气、自信和力量，方有可能传世。曼德尔施塔姆当然已经产生了这样的力量，他死前就已有了这样的决心，已预料到自己将成为后人景仰的一座雕像，而现在寒烟也有了这样的理解和追比的决心，真是了不起！

377

"石头冲向雕像"，这是毁灭，也是永生。在活着的时候就下决心成为雕像，我觉得寒烟对曼德尔施塔姆是读到灵魂里面去了。

"'这可怕的加速度'/别想把我从中剥开/'这可怜的元素'/多少世代后人们将把我谈起"。读到这样的句子，我不能不说我很佩服她，真的很了不起。当然你也可以耻笑她，觉得她太狂妄，太不自量力了。但至少我从精神上是尊敬这样的人的。

上面这两首诗里，一个是"白发在我的头上蔓延"，一个是"石头冲向雕像"，我觉得这就是灵魂的对话，是在精神上并驾齐驱的一种能力，但是我要说，这是要付出代价的。寒烟的代价就是长期与生活的紧张关系，导致了她的病痛和生活的困顿。

还有另一种情况，是寻找一种"思想背景"。中国古代的诗人经常是以儒、道、佛来建立自己的基本精神类型的，几乎所有的大诗人都有其类型，李白之所以叫作"诗仙"，是因为他主要的精神资源，是中国的老庄和道家那些东西，魏晋文化对他有太多的影响，所以李白特别洒脱不羁，他是从老庄玄学、魏晋风骨和禅宗思想里获得了自己的人格类型。魏晋时期有很多诗人写"饮酒诗"或"游仙诗"，李白继承了这一传统，一生爱做名山游。李白也是个不负责的人，拒绝承担任何社会义务的人，但他的确是一个大诗人。如果李白活在今天我们这个时代，活在我们的身旁，我们也许会非常讨厌他，因为他完全是一个吃喝玩乐的人，他只是在"吃喝玩乐"的背后，提升出了一种"大寂寞"和

"万古愁"，这些东西转化成为一种巨大的诗歌主题与元素。

显然，李白这样的诗人，就是道家思想或者血液在他身上的持续贯通和流传，并在他的诗歌里放射出了新的光芒。或者说，他的诗歌光大了老庄的哲学传统，如果没有李白，老庄思想与哲学也缺少了很多光彩。一个诗人与自己的文本和自己的思想传统之间，也是发生了一个血脉传承的关系，一个对话关系，一个放大关系。因为李白所创造的巨大诗意，使一种思想、精神、人格方式产生了如此的魅力，并成为中国知识分子的一种典范人格与精神财富。

范仲淹的《岳阳楼记》里面讲到，"居庙堂之高则忧其民，处江湖之远则忧其君"。这是他说的中国知识分子的一个困境，即"进亦忧，退亦忧"。"然则何时而乐耶？"就要从对大自然的理解中，提炼出一种超然的精神关怀，这种关怀要"不以物喜，不以己悲"，这是中国传统的知识分子通过文本和话语，来不断地确立自己人格的一种证明。对于李白来说，他更偏重于"退"，而且要强调退的乐趣。

但李白只是代表了一个方面。还有杜甫，我们把杜甫叫作"诗圣"，"圣"和"仙"显然不一样，仙是可以一时"羽化而登仙"的，圣则是要忧怀天下，努力进取，要"修身齐家治国平天下"，这是儒家的人格准则。杜甫一生就是用他的诗来确立他对这样的一种人格、一种思想传统的认同。那么在杜甫的诗歌里，

X
从精神人格和公共经验的角度看

我们就可以读出那种执着和深沉。杜甫晚年的诗为什么越写越好？就是因为他的人格力量愈加成熟了，有了命运感。他后期写的《秋兴八首》，那些七言律诗，只有人到了一定的年纪，才能读出其中的好来。年轻时读他的"岱宗夫如何，齐鲁青未了"，你觉得那个好，但是到了四十岁以后，你就会觉得他晚年的诗歌实在是太伟大了，那是一种人格的力量、一种精神品质在引领你，人只有活到一定的份儿上，才会意识到杜甫的好。

还有王维那样的诗人，王维被称作"诗佛"，他是更多地吸收了佛学的思想，清修与出世、淡定与从容的情怀，所以他的诗中充满了安静、虚静、空灵和禅意。唐代的三位大诗人，他们就是靠了这样三种不同的思想资源来确立自己的，他们同时也可以说确立了中国人关于诗歌的基本概念，诗圣、诗仙、诗佛。当然如果再论，还有后来的"诗鬼""诗魔"等等。那么，中国诗学的内涵便由此而丰富了，中国人关于诗歌的经验，关于诗歌的理解，那些不同的向度，也因为他们而确立了。我觉得这都是有启发意义的。伟大诗人一定是会确立某种精神方向的，他们之间可能会相隔十万八千里，但是所有的这些精神方向对于人类来说都是不可或缺的。

## 二 寻找原始的精神母体

还有一种情况，就是寻找"原始的精神母体"，什么是精神的母体？它是靠一些物质性的力量而存在的，物质性的力量和精神性的传统有不同，它靠什么来获得？常常是通过能够承载人类关于存在，关于世界，关于存在的基本要义的，那样一些巨大的物象来建立。比如说大地，比如说土地，比如说太阳，比如说大海，这个是"元物质"，是原始的精神母体之所在。因为大地是阴性的，本体性的，那么大地所承载的力量就是牺牲，就是本源、苦难，就是生命，"一切的一切"；太阳则是认知方面的代表，太阳普照大地，它是一个高高在上的作为统治者的父本。大地是一个阴性的象征，太阳则是阳性的形象，太阳普照大地的时候，就好比是意识照亮了世界。上帝说要有光，于是就有了光。当太阳出现在诗歌当中的时候，它就是诸神和真理、创造与毁灭的力量的象征。

浪漫主义诗人的基本精神母体是大海。你看普希金，他毕生歌颂的是"自由的元素"，这是他的出发点。莱蒙托夫的基本意象也是大海，有关于大海的想象，是他一生中最重要的一个方位，他那首《帆》，"蔚蓝的海面雾霭茫茫，/ 孤独的帆儿闪着白光！……/ 到遥远的异地它寻找什么？/ 它把什么抛弃在故乡？……"如果说生命是一艘船、一面帆的话，它的命运是什

381

么？它的命运就是属于大海和风暴的，它和大海之间就是构成了这样一种不可分割的关系，它属于大海，并必将为此而生，为此而死。它全部的喜悦、危险，全部的灾难和毁灭，都是源自一个去所，就是大海。"底下是比蓝天清澈的碧流，／头上洒着金灿灿的阳光……／不安分的帆儿却祈求风暴，／仿佛风暴里有宁静蕴藏！"诗人内心的精神世界就是一个波涛翻涌的大海，他就必须属于这自然界的大海，他们的精神是对位的，只有在这样的对位关系中，才能获得精神的宁静，这就是典型的浪漫主义诗人的精神人格。

雪莱也一样，他自己甚至葬身于亚得里亚海，死在一次冒险渡海的风暴中。

现代主义的诗人不再寻求那种主体的张扬，他追索的是世界的本源和生命的本质，勘探的是生存的困顿与荒谬。海德格尔曾使用大量荷尔德林的诗句来诠释他关于世界的本源性的思考，他在《艺术作品的本源与物性》一文中曾说，"是希腊的一座神殿，使大地成为大地。"这就是说，假如荒凉的世界没有一座希腊神殿的矗立，人类便没有自己的精神，也没有自己的信仰；没有精神和信仰得以落定的那个建筑和象征，大地就是一片荒凉，就没有人类"诗意地栖居在大地之上"。那么诗意从何产生，从哪里来？

由此他去探讨凡·高的一幅画，凡·高那幅画叫作《农民鞋》。一双破破烂烂的，甚至气味不佳的农妇的鞋子，如何进入艺术家的视野，成为一个了不起的艺术作品？那是因为，它是一个生命行走在大地上的见证。想一想，一个农民一生的劳作，他与大地之间的那种血肉交融的关系，他从大地上生长出来——人本源于尘土，他是尘土里诞生的一个生命，一生与土地打交道，他和土地之间构成了不可分割的关系，他用锄头和农具与土地发生关系，从土地里攫取粮食来养活自己，最后又将他的生命消耗净尽，最终又归于土地，只剩下一双破烂的作为见证的鞋子。当然你也可以想，这个农民此时只是"不在场"，他不一定就死了，那么它是一双普通的农民的鞋子，但是这样的一双鞋子也能够生发出一个主体、一个生命和大地之间的血肉关系。

然后海德格尔说，"作品使大地成为大地。"一个优秀的艺术家，他画出了一个这样的文本，这样的一个作品，他便会确立大地的内涵，确立生命的内涵。所以好多诗人他们之所以重要，就是因为他们一直在书写这种原始的精神母体。比如说艾青，新诗诞生以来最重要的诗人之一——在一百年的新诗历史中，如果说未来能够剩下两个的话，在我看来，一个是艾青，一个就是海子。为什么？因为他们都书写了两个最基本的母体，就是土地和太阳。

当然艾青也写过很糟糕的诗，看一下艾青的诗集和文集，20世纪 50 年代以后他也写过不少粗糙不堪的作品，甚至他晚年时

383

还反对朦胧诗，说"让人读不懂的诗不是好诗"，其实，朦胧诗的写作难度和精神难度，比艾青早年在30年代初期写的那些诗差得远了。他30年代初期的诗的难度，理解起来其晦涩的程度比朦胧诗要多出好几倍，但是他居然说朦胧诗让人"看不懂"，并且给予了否定的判断。这当然只是他的一个逻辑推论，为什么会这样？就是长期外力的压制，一种思维习惯矮化了诗人的精神认知，一个曾翱翔在万里高空的诗人，现在匍匐在地面上了。

这当然是艾青后来的问题，但他30年代写的那些诗是了不起的，比如《太阳》："从远古的墓茔／从黑暗的年代／从人类死亡之流的那一边／震惊沉睡的山脉／若火轮飞旋于沙丘之上／太阳向我滚来……／／它以难遮掩的光芒／使生命呼吸／使高树繁枝向它舞蹈／使河流带着狂歌奔向它去／／当它来时，我听见冬蛰的虫蛹转动于地下／群众在旷场上高声说话／城市从远方／用电力与钢铁召唤它／于是我的心胸／被火焰之手撕开／陈腐的灵魂／搁弃在河畔／乃有对人类再生之确信。"这是他早年的一首短诗，还有那首《我爱这土地》，每一次我听到这首诗，都会有热泪盈眶的冲动，为什么？是因为"土地"，它作为万物和一切生命母体所给予我们的恩惠，让人感动不已。每一个人只要有对生命的基本的理解能力，他都会为这个东西所牵动。

抗战时期有无数令人热血沸腾的作品，但没有一首诗能够像《我爱这土地》一样感人至深。因为他将一切政治的、伦理的、社会的主题，还原为了生命的至高伦理，土地本身生发出的那种巨大力量，会深深地震撼到你。所以一个诗人，想依靠自己的主体的抒情力量去打动别人，经常是困难的，而借助土地这样巨大的事物是必要的。

还有海子，他的诗歌里面也是有两个基本意象，太阳和土地。土地是原始力量的一个载体，太阳则是生命，土地的一个"他者"，土地之上的一个环绕着周而复始出现的形象，它用生命之光和意识之光来照亮大地，它和大地之间是构成了这样一个对话关系。海子诗歌里面广大的空间世界，首先是通过太阳和土地两大母题确立的，然后才是一个更具象的"世界"。海子不光是写自己的"祖国"这块土地，他还要写更广大的土地，恒河、尼罗河、金字塔，他的空间世界横跨亚欧、亚非大陆，所以其诗歌野心真是太大了，他的诗歌里面的空间跨度比一般人要大得多，这当然不是吹出来的，而是一种能力的体现。

我个人迄今为止也写过一些诗，但是当我在考虑世界的空间结构的时候，主要是我的故乡，以及离故乡不远的那些个地方，这形成了我的原始空间。但我觉得这个空间太小了，不足以成为一个大诗人。我常想，我要写诗的时候，脑海里出现的空间感是一块很狭小的土地，当然，这也可以写成很深沉、很柔软、很美的一个小文本，一个小文本同样也是可以感人的，这没有问题，但是你休想建立大的气象，因为你只属于"故乡"那块小小的

385

土地。

余光中的"乡愁是一枚小小的邮票",这些东西它也能够感动人,但它为什么不能成为一种超伦理的巨大的诗歌形象?那也与他空间世界的狭小,与那个伦理化情感的狭小有关系。这里我就想说一句,作家也好,诗人也好,一定要突破世俗伦理,世俗伦理意义上的所谓"美善",不是真正属于艺术家的伦理,艺术家的伦理应该大于和高于这些东西,比这些东西更模糊,更广阔,它的空间应该是非常非常大的。对于小说家来说,道理也一样——我一会儿也要讲这个问题,我经常想,好的小说家通常也是要有一个"作品世界"的。

现代中国的作家,现在我们回想起来,最重要的小说家也许是两个,一个是沈从文,一个是老舍。当然,你可以有不同的见解。为什么是沈从文?他只有一部长篇小说《长河》,还没有写完,然后就是两百篇不到的短篇小说和散文杂记,总的作品量不是最多的,但为什么我们觉得沈从文的作品是那么多和那么大呢?是因为他有一个母体——那就是湘西。湘西这个世界所具有的全部文化内涵,以及它的全部文化张力,作为"楚文化"的一个遗存,作为那个时期南方中国的一个样本,一个土地样本和文化摹本,一个象征道德、生命和善的所在,张大了沈从文的作品世界的空间。某种意义上也可以说,作为一个小说家,我从来没有看到沈从文的哪一篇作品有精美绝伦的技巧,甚至他的很多作品都是未完成的，很随意的，没什么章法的，但他为什么能够成为一个大作家？那就是因为，他的所有作品之间构成了一个"整体性的互文关系"——每个作品是可以单独成立的，但它意义的生成，却是通过和其他文本之间所形成的"共在关系"——一个"作品世界"来产生的，这个作品世界与湘西世界构成了"共生的互喻关系"。这个我觉得非常重要。沈从文可能不是技巧方面最好的小说家，但他是构建了一个与湘西世界相对应的巨大的作品世界的小说家，这就很了不得。

还有老舍，老舍的小说技法可能是相对专业的，但是老舍的作品力量的获得，也得益于一个东西，就是"老北京"的地理与文化。他是老北京的一个书写者，那么老北京所有的一切，它的风物、语言、伦理、文化，就活在老舍的作品里面。老舍作品的生命力不仅仅是来源于他文本的鲜活，而是来自他作品里面不断弥漫生长着的那种地方文化。就是说，一种文化一旦可以活在作家的作品世界里，那么这个世界就是常青的，它的活力就是常在的，这是现代作家的两个例子。

当代作家也有一些例子，比如我一向看重的莫言，他的长篇小说大概有十来部，这十来部长篇中的绝大部分，都与"高密东北乡"这块土地紧密联系在一起，只有一两部可能与这块土地断了线。当然，"高密东北乡"是一块想象性的土地，它不是一块原生的土地。原生的土地在很多作家的笔下是有的，比如沈从文

387

的"湘西"，在地理上是可以确认的，但"高密东北乡"在地理意义上是很难确认的，也许有高密东北乡这样一块地方，但是那块地方和莫言小说里面所想象的高密东北乡，已不是一个概念。这可能是受到了福克纳的影响，因为福克纳写了叫作"约克纳帕塔法"那么一块想象的土地，莫言所有的作品都试图与高密东北乡这块土地建立血肉联系，同时，他的每一部作品和另外的一部作品之间，也通过这块土地建立起了一种共同的血缘和血脉关系，并由此建立了文化上的根性。

比如《檀香刑》，它写的也还是高密东北乡，他主要写的是清末的历史，德国人入侵以后修铁路，外来文明侵入了这块古老的土地，它便做出了一个本能的反抗，那就是"义和拳"。因为腐朽的晚清政府一开始是想借用民间的力量来反制列强，但失败以后，它又拿自己人民的生命去与洋人议和。那么在这样的一个三角关系里面，晚清的统治者们，扮演了一个什么角色？是用它的花样繁多的，甚至成了"艺术"的刑罚，来延续它的所谓文明，用小说里面的德国总督克罗德的话说就是，"中国什么都落后，但是刑罚是最先进的"。在《尚书》里面就有了"五刑"，《皋陶谟》里说，"天讨有罪，五刑五用哉！政事懋哉懋哉！"《檀香刑》里则是登峰造极，刽子手赵甲创造出一个前无古人、后无来者的"檀香刑"，它的受刑者，就是那个义和团的首领孙丙，小说中的女主人公孙眉娘的爹。如此，小说的结构就成了"一个女人和三个爹的故事"。亲爹孙丙，是义和团的首领；公爹赵甲，是刑部大堂退休的职业刽子手，现在又被重新起用，来创造并实施这个檀香刑；还有一个是她的干爹兼情人，同时作为监斩官的县令钱丁。一个女人和她的三个爹之间，构成了小说的一个戏剧性的关系，和周围高密东北乡的万千民众，共同演出了一场屠杀的大戏，一场全民参与的狂欢。这场狂欢是在这样一块土地上演出的，这块土地就是高密东北乡。而高密东北乡其实就是中国传统文化的一个缩影，一个形象的载体。

也就是说，莫言是想象了一个传统中国的样本，来表达他的鲁迅式的批判主题的，这一文化母体所生发出的绵延与投射力量，又给予了小说以巨大的载力的可能。

还有更具体一点的，一块"现代的土地"能不能产生一个作品世界呢？我觉得也是可以的。像王安忆，她的一本书名就叫《寻找上海》，我以为王安忆作为一个作家的重要性，就是她自觉地建立了她和上海这座城市之间的精神关系，她要在自己的作品里面"寻找"乃至于确立"上海"。如果海德格尔所说的"作品使大地成为大地"是成立的，那么王安忆《长恨歌》这样的小说，某种意义上说也是"使上海成为上海"。也就是说，当没有出现如此经典的一个关于上海的叙事的时候，上海在哪里呢？一座巨大的城市矗立在那儿，但那是"上海"吗？作为精神世界的上海，文化想象里的上海，语言叙述的上海在哪里？它还没有出

389

现。那么，优秀作家的使命是什么呢？就是使一块土地，使一个城市得以显形和确立。有了这样的叙事，一个文化意义上的地理概念才被赋形，才有了活在语言和叙事中的土地和城市。

如此说来，20世纪三四十年代的上海，假如没有张爱玲的小说，今天就变得难以想象。这如同没有《金瓶梅》我们就很难以想象明代——甚至宋代——中国社会的状况，那是在《明史》和《宋史》中都无法找到的活生生的历史。虽然我们还可以从大量的老照片，旧报纸，图书馆里的文献、影像中去查找"上海"，但那都是一些破碎印象的上海，"完整的上海"从哪里找？应该从作家的笔下去找，因为只有他或她，才构建起了"文化记忆"意义上的上海，活的和百科全书的上海。

## 三　人格见证对于写作的感召和引领

关于"精神背景"还有一点，就是寻找属于自己可能的精神对话者。某位诗人朋友曾跟我聊到，写到一定程度之后就缺少动力，再提高一步就变得很难，写作失去了方向感，只能是感性和随机地写一些日常性的东西。那怎样来提高品位和品质？我想可以考虑寻找一个自己的精神原型。这有一点"功利"，但又是超功利的。如果在大量的阅读里面，选定那么一两个从精神、气质类型上与个人有一种共鸣关系，或有一种隐秘通道的诗人，不断和他进行精神上的交会与对话，或许会有帮助。这是我私下对朋友的一个建议，也可能是一个"馊主意"。但是我觉得，这可能是一个解决的办法。就我个人而言，我喜欢的诗人类型其实并不多，我喜欢莎士比亚，但那更多的是从人性的认知角度，他给予了我智慧的启迪；就写作而言，莎士比亚不能直接驱动我的写作，但突然有一天，我发现我喜欢的精神原型有可能是荷尔德林这样的诗人。虽然我读荷尔德林的诗也不全，但我发现读他的时候会有一种无法解释的兴奋和喜悦，这种喜悦不知道从哪里来，难道是一种从灵魂里泛滥出来的东西？显然，我内心也有一个疯子，尽管我在大学的课堂上讲课，也常年从事理论研习，逐渐建立了一个有理性头脑的自我，不是一个不靠谱的人，但荷尔德林告诉我，我内心世界里面确有一个落魄的疯子，他在我读荷尔德林的时候会窜出来。

但荷尔德林依然不能单独教会我写作，我慢慢地发现，必须再加上一个博尔赫斯式的诗人，他们中和起来，才能构成我写作的某种方法和动力。但博尔赫斯没有那么强烈的悲剧气质，他不会像荷尔德林那样感动人，但他会有智慧和方法，他们两个混合起来，可能就是我冥冥之中写作的引领者和精神的指路人。

有一个更好的例子，就是食指，以及他的诗歌。现在业内的同行都有一个基本共识，都很尊敬他，意识到他的重要性，但又

391

有很多人意识到他作品的局限性，说他是用上一个时代的思想方法、上一个时代的美学趣味、上一个时代的形式去写作的。但是很奇怪，我在读到食指诗歌的时候，有一种巨大的喜悦感和痛苦，我见到他这个人的时候，甚至有一种亲情冲动，我觉得好像是见到了自己的一个兄长，有血缘关系的兄长。我不知道为什么。我想想我内心确实有一个疯子，这个疯子平时是被关着的，但当他遇到和自己一样的疯子时，他就会有一种隐秘的会合感，会有内心的狂欢。让我举出他晚近的一首诗，叫作《啊，尼采》，我个人很喜欢这首诗，我认为这也是他的灵魂和尼采的对话。尼采的晚年也是疯掉了，他是一个不同寻常的精神病患者——用雅斯贝尔斯的话来说，他是一个"伟大的精神病患者"。食指本人也是一个非凡的精神分裂症者，他们之间的那种精神的隐秘交流，可能常人体味不到，但是读一下这首诗，就能够感受一二。

"十九世纪最后的圣诞夜很冷 / 狂暴的风雪从门缝窗隙挤进了 / 哲学教授们聚会的金色大厅—— / 知识界的废话、空话正赢得掌声"。

这是尼采的生命处境，也是食指想象的尼采和他自己共同的处境，因为诗人经常是这样一种身份，一个世界的"他者"，用加缪的话来说就是一个"局外人"。诗人经常会有一个哈姆雷特式的错乱感，生错了时代，走错了房间，是一个众人里的他者。我相信没有一个局外人的感觉，没有类似这样的角色体验的话，很难成为诗人，因为你只能用通常的方式来说话。而哈姆雷特一旦装疯之后，变成了与这个世界格格不入的人之后，就变成了哲人和诗人。

"略感寒意的教授们皱了皱眉头／夫人们不觉下意识地整了整衣领／谁也没予以理睬，没有反应／可窗外这呼啸的声音正横扫欧洲上空"。

一个哲人的灵魂和这个所谓的知识界是不相容的，但他和潜滋暗长的时代潮流终究是合拍的，因为他是前瞻的，是引领时代思想的那种声音。

"门窗外是尼采徘徊踯躅于荒郊／是他的思想在伴随着风雪和狼嚎／冰天雪地里他思想一次次地蜕皮／像一次次血淋淋地挣脱精神的镣铐。"

这是在说尼采，当然也是在说他自己，被这个时代排挤在外。

"他的一生中从未停止过追求／没人能理解他性情的孤僻和高傲／也没有人回答他对世俗的嘲讽／陪伴他的只有雪片般的手稿。"

这是一个孤独者，一个有思想的人，是注定要被他的时代拒绝和排挤的，我们知道荷尔德林晚年的时候疯掉了，没有人收留他，是图宾根的一个木匠把他收留了，住在一个地下室里，他死了之后才被人发现，然后被一帮农民抬出去埋葬的时候，他的手

393

稿洒落了一地，就像洒落的纸钱。当然这是茨威格描述的一个场景，我们没有看到其他的历史文献。但你想象一下，荷尔德林一生的命运，他与黑格尔、谢林都是同一个名字，都叫"弗里德里希"，三个人同在一个学校学习，德国的图宾根神学院，三个人曾住在同一座房子里，都是非凡的，影响了世界的人物，但是另外两个在活着的时候就已名满天下了，因为他们两个是用了哲学家的理性和世界交流的，唯有荷尔德林在活着的时候一文不名。可见一个诗人就是注定要被自己的时代所拒绝的。

"疾病的折磨使他十分苍老/尼采苦苦地在孤独的冥想中煎熬/不安分的思想像狂风裹挟着大雪/席卷天地，狂暴而又肆虐——/一个多么纯洁而又残酷的世界。"

这是这个诗人和他自己时代之间的一种悲剧性的关系。

"这时敲响了新时代到来的钟声/尼采所召唤的一代'超人'英雄/从杰克·伦敦笔下的'马丁·伊登'/到和海明威一起打鱼的老人/如今已使全世界为之震惊。"

这是说，当年尼采的那些思想后来都被验证了，这是必然的验证，但却是迟到的。

"多少不眠夜中忍受着疾病的折磨/孤独冷漠中怀着诗意的憧憬/思想的婴儿经受了分娩的苦痛/终于喊出了惊天动地的哭声。"

这是说，最终他坚信思想，那些超前的思想，超前的灵魂，将会被世界认可，被证明他与真理同在。这和他早年的"相信未来"是同一个思路，但是现在注定要承受被拒绝和误解的痛苦。

最后说：

尼采，当改变世界的太阳到来之前

满天的繁星是你思想的火花

快熄灭的烛火燃烧着你最后的激情

尼采啊尼采，让我们一路同行

我觉得这首诗写得很棒，用书写尼采、体验尼采的处境与命运，去理解他的思想，并且抒发和见证自己的人格抱负与精神力量。这种精神对话的关系，既可以使过去的一个精神的范型再次闪烁出光辉，同时也可以让自己的人格精神得到一个确证的方向。

显然，精神背景和人格见证对于诗人来说具有特殊性，小说家通常可能不太会面对这样一个问题。当我们读一个小说家的作品的时候，通常不会太关注小说家的思想状况、人生实践以及他的生活命运，也就是说，小说家更多的是以世俗理性和叙事技术而成立的，但诗人却常常是以激情和人格感召为本位，以自己的生命和内心世界的景象作为写作的本体的，所以关于诗人的理解就非常特殊，当我们去关注一个诗人的作品的时候，不但会关注

395

到他的文本，也会关注他的人生，他的人生和文本之间也是一种互证的关系，而诗人的人生也往往是一个传奇，只是这个传奇里包含太多的不幸和苦难——当然也会有浪漫的东西，但更多的是牺牲。我们中国最典型最早的例子，像屈原，他为什么能够成为伟大的诗人，成为中国知识分子所希望并且愿意追溯的一个精神源头呢？就是因为他不但写出了伟大的《离骚》，而且用自己的生命人格实践印证了他的作品。很难想象写出了《离骚》的屈原还会苟活在那个世界上，这好像是一个命；也很难想象具有这样非凡人格的一位诗人不是《离骚》的作者，对别人来说恐怕是很难的。这就是作品与人格的匹配。

我们也很热爱、很景仰李白，但李白是怎么死的呢？他是喝醉了酒坠水而死的。这可能有偶然性，但细想也似乎有命运的某种必然性。他和屈原比较起来，他不是直面死亡，是醉酒后坠水而死，这也是一个人格上的区别。屈原太执着，而李白就太洒脱了，这死也是不同的传奇。如果我们细想一下，李白有没有可能选择屈原的死法呢？绝无可能。因为李白不会像屈原那样看取世界，他的人生观决定他不会用屈原的方式来面对世界。这在他的诗歌中早已有了答案。

我记得梁实秋写过一篇文章，《假如一个诗人住在隔壁》。他是用很揶揄的口气来写这篇文章的。他引了这样一句话，"在历史里一个诗人是神圣的，但是一个诗人在隔壁便是个笑话"。因为隔壁住着一个诗人，会让人感到不安，这是一个世俗人对诗人怀着的一种偏见，当然他这样写是一种反讽的语气。无独有偶，施蛰存先生也写过一篇文章，叫作《怎样纪念屈原》，他里面有一句话让我觉得难忘，他说，"每一个时代的人都纪念死去的屈原，而同时又都嫉妒他同时代的屈原"。每一代人都是这样，这也说明诗人和自己的时代之间，总是保持了一种紧张关系，一种错乱感错位感，这似乎是一个命。

雅斯贝尔斯说过，"伟大的诗人都是毁灭自己于作品之中"。这个话，我觉得是值得深究的，他举了很多例子，最典型的例子就是荷尔德林，当然他也还举了很多艺术家，举了米开朗琪罗、凡·高，举了前代的很多重要的诗人，他说，在众多的诗人和艺术家当中，唯有歌德躲过了深渊，而且能够成为伟大的诗人，其他恐怕就很难找到例子了。这就是说，在伟大的写作者中，用悲剧性的生命实践来完成其作品，是蛮有普遍性的。

我很喜欢茨威格的一本书，叫作《与魔鬼作斗争》，他是阐释了三位德语诗人，一位叫克莱斯特，一位叫尼采，一位是荷尔德林。他认为这三位伟大的德语诗人，是三位伟大的精神病患者，他们和自己内心世界的魔鬼一直做着顽强的斗争，那么他们的创作和他们的生命实践，就是这样一个搏斗和自我绞杀的过程的见证。茨威格，作为一位杰出作家，他对于三位诗人的理解，在我看来，确实是有灵魂深度的，这里我想分几个类型来谈这个

397

问题。

　　一个是极端型的。这是用生命来见证和实践其文本的写作者，是极端性的。有这样几种情况，一个是伟大的牺牲，伟大的牺牲者比如屈原，甚至海子，他们都是用自杀来完成献祭的。想一想，一部伟大的作品它会起什么作用？就是会迫使诗人在作品中完成自己的人格形象。当屈原写出了《离骚》的时候，就很难再苟活了，如果那样的话，他岂不就成了骗子？这肯定是一个问题，作品会显得矫情了。像海子这样的诗人，他试图要构建巨大的总体性和巴别塔意义上的诗歌王国，他是王国中的王，但这个王位也确实很难坐。很多朋友都知道，海子活着的时候，在北京这个圈子里面是受排挤的，据说在一次诗歌聚会中，某个很重要的诗人当面批评海子说，你写的那些东西那叫诗吗？这是大家心目中非常重要的一个诗人，当他这样批评海子时，对于海子的打击是可想而知的。关于这个我不想多说，它说明什么呢？海子已经写出了他自己心目中"伟大的诗歌"——他的《诗学，一份提纲》，已经明示了这一点，但他却没有成为伟大的诗人，怎么办？无意识告诉他，只有一死，用壮烈的自杀来完成这个献祭的过程，用自杀来"完成"自己的作品，因为用笔已很难完成了。我一直认为，海子之所以选择格外惨烈的卧轨方式，冥冥之中也有无意识的引导，他内心的悲剧性的自我想象，给予他的压力太大了，"我必将失败""但诗歌本身以太阳必将胜利"，这些句子都是宣言和遗言式的，他要完成自己作为一个挡车者的形象，让时代的列车、世俗的车轮碾过我的身体，是这样一个巨大的精神暗示，而且是和自己的家乡相反的方向——"天才和语言背着血红的落日，走向家乡和墓地"，他家乡的方向是安徽怀宁，但他死的方向是却是相反的东北方向的山海关。这些冥冥之中似乎都是有原因的，是一种巨大的命运的暗示在里面。

　　海子最后壮烈的生命实践，确实如屈原的自尽一样，完成了他的诗歌写作，使得他的作品被放到了神圣的祭坛上，生发出了与他的生命实践相匹配的力量。这个我想也许你不一定会认同——连我自己也会怀疑，但这是一个精神现象学式的、茨威格式的解读。

　　这类诗人还有很多，中国古代也有很多，他作为诗人可能并没有那么重要，但是他作为一种人格形象，又令人景仰，比如文天祥，"人生自古谁无死，留取丹心照汗青"，那样的诗人，他的创作本身可能并不是最优秀的，但是他同样是诗歌史上一个伟大的人格范型。

　　西方浪漫派的诗人有很多都是极端型的，比如说拜伦，作为一个英国贵族，他在英国受到排挤，流落到西班牙、意大利，最后跑到了希腊，他跑到希腊去干什么？是因为热爱古希腊的文明，而那时希腊是处在土耳其的统治之下，拜伦就变卖了自己全部的家产，武装了一支雇佣军，由他自己亲自带领并担任司令，

399

来与土耳其人打仗，为了驱逐在他看来是野蛮的异族，恢复希腊的尊严。当然这样一种想象可能是虚妄的，但确实是一个诗人的行为，而且最后拜伦的死也是传奇的，他在行军中受到大雨的侵袭，得了风寒而死，据说他死前一直发高烧——安德烈·莫洛亚所写的《拜伦传》中说到，拜伦之死是因为庸医把他给治死了。那时候的医生相信，不断给病人放血，可以降低病人的体温，最后他被放血放死了。但是他确实是死于解放希腊的战争，那么也就是把他的生命献给了他热爱的希腊文明，这是一个伟大的生命实践，也是浪漫主义的诗人最有代表性的人格范型。

再一种就是毁灭型或深渊人格。这类人格带有一定的阴郁性或负面倾向，像普希金、莱蒙托夫，他们都是死得不值得，普希金是死于与法国的丹特士的决斗，为了自己妻子的那点名誉，为了自己作为男子汉大丈夫的尊严去决斗，死于一个在我们今天看来是无意义的行为，这说明他的命运或性格里有一种深渊性的元素。像荷尔德林、普拉斯、伍尔芙这样一些诗人，最后他们都是疯掉了。疯狂我觉得也是深渊性格的一种表现，有的人性格里面确实有深渊和毁灭倾向，这一类诗人的悲剧性，我称之为"伟大的失败者"，他们的失败从世俗意义上看不是特别的了不起，但从诗歌的意义上，他们则是非同寻常的失败者。还有一些和他们相类似的，比如李白，我始终觉得他是一个"佯狂者"，他一生借助于饮酒来寻找"酒神状态"，中国古代的很多诗人都是如此，像李贺，他是一个神经质的人，李贺很年轻就死了，他死前就出现了精神分裂，因此他诗歌里面的意象是特别诡谲的，出现了"幻视幻听"，作品显得格外光怪陆离。鲁迅就曾在《娜拉走后怎样》一文中戏说李贺，言他在死之前安慰自己的妈妈说，"阿妈，上帝造成了白玉楼，叫我做文章落成去了"。

还有前面提到的尼采、食指，这样的诗人都是例子。最典型的是顾城，他不但是一个自杀者，而且是一个犯罪的人，他自杀前杀害了自己的妻子，这是一种比较典型的深渊倾向，或者叫作深渊性格的诗人。

还有社会意义上的悲剧的失败者，比如说"亡国之君"南唐后主李煜。说实在的，我个人最喜欢的词人就是李煜，我读李煜的时候充满了感动，因为他的命运在见证着，一个曾经贵为国君的人，想想看，他享受过多少荣华富贵，曾有何等的威名和尊严，然一旦成为阶下之囚，唱出了那样的亡国之音，你就会觉得，人间命运的浮沉真是让人叹息。这意味着，当我们读李煜的时候，绝不只是在读他的词，在读这个文本，而是在为他的命运而感动，两者加强起来的分量就不一样了。以上这些都是失败者，但他们都是非凡的、非同寻常的失败者，他们的命运感反而造就了他们的作品中的人格力量。

还有一种比较温和的情形，可以举一个比喻，就是李商隐诗中所说的"春蚕到死丝方尽，蜡炬成灰泪始干"。我们不可能期

401

望每个诗人都是壮烈的，愤怒地投江，或者发疯。这种东西怎么说也是残酷的，它是一种命，而且一个时代需要的也很有限。像海子自杀之后，有多少诗人模仿，据说先后已有十几个诗人自杀——当然不一定都与海子有关，但迄今为止，他们都没有成为海子。为什么？因为只需要一个海子就够了，这就是所谓的"一次性生存""一次性写作"。这是雅斯贝尔斯的话，他认为伟大诗人都是不可复制的，"一次性的生存"与写作者，都是不可模仿的。像屈原是不可模仿的，海子也是不可模仿的。那么对于通常意义上的诗人来说，如何用自己的人格来见证自己的诗歌呢？我觉得就是一种比较温和的情形，就是春蚕吐丝，蜡炬成灰，我刚才提到的寒烟，就让我觉得她的作品和人生基本上是可以见证的。

如果一个诗人过着富豪的生活，或者是有很不错的社会身份，是"中产阶级"那样的一种处境，他便很难写出一种孤绝悲愤的诗歌，一种具有命运感的诗歌。为什么？"什么阶级说什么话"，上个时代的这种逻辑显然失效了，但是它仍然会有类似的一种定律，我把这叫作"上帝的诗学"，即上帝从你这里拿走多少，就会在你的文本里面补偿你多少，上帝让你承受多少困顿和磨难，就会在诗歌里还给你多少报偿，反之亦然。

我刚开了卢卫平一个玩笑，当年卫平可能还不是很得意很得志的时候，写了很多很感人的诗歌，比如说那个著名的"苹

402

果"——《在水果街看见一群苹果》，很多人读了以后非常感动，这里面有一个观察者，就是他，虽然他的处境要好于那些乡下来的打工妹，和即将成为打工妹的女孩，但是他们的心还是在一起跳动的，情感也还是血脉相连的。能够看得出来，他有一种深切的同情在里面。但是有一天，卫平做了珠海文联的负责人，生活也富足了，开着自己的豪车的时候，我觉得他再写出这样的诗歌的可能性就越来越小了，这也是写作者必须要面对的一个处境和问题：当你的生活变得越来越好的时候，你如何保持作品中的那种精神的纯洁性和公共关怀，以及和"沉默的大多数"站在一起的一种精神、一种理想？

还有普通的诗人，在诗歌写作当中，他真诚地书写自己的内心生活，我觉得也是一种见证，就是写出自己的弱小、悲伤，甚至是罪孽，我觉得也是一种"诚实的写作"，从这个意义上来说，人格见证就可以放大为一种说法，即"诚实的写作"，忠于自己的内心生活，也忠于自己的现实处境的写作。和当代诗人情况相对照的话，我们会发现古代的诗人更让我们尊敬或信服，当然未见得他们都曾去承担什么民族命运或底层苦难——可能是离我们太远，我们不太知道他生活的细节情况，所以只能通过作品来想象。你看《茅屋为秋风所破歌》里的主人公，他之所以感人，就是因为杜甫非常真实地写出了一个"落魄诗人"的生存境况，秋风吹破了自己本来就简陋的草房，然后又和家人一起被寒

403

冷的秋雨所袭扰，处在叫天天不灵、叫地地不应的这么一个悲剧处境。当这样的主人公形象出现以后，我们就会把它作为理解杜甫的基础。这好像是容不得我们回避的，没办法，所以当年评价李白和杜甫孰高孰低的时候，就发生了一个很有名的冲突。总的来说，古代的诗人作品里能够表现出他们的人格状况，而且我们能信任他们的这种表达，并以这个信任和理解，作为理解他们全部诗歌的基础。

现代诗人因为我们离得太近，我们知道张三李四都是怎样的一个状况，所以常常会有争议。比如王家新，90年代初，当他承受很大压力的时候，他写出了《帕斯捷尔纳克》，写出了《瓦雷金诺叙事曲》，大家觉得王家新非常值得尊敬，是一个充满了知识分子的精神承担、道义承担的诗人，但是到了90年代中后期，这个压力没有了，诗人的生存状态改善了，据说那个时候家新有一位德国籍的女朋友，还开上了一辆不怎么好的二手车，但那时能开上二手车也比一般人的生活水准高了很多。所以1999年"盘峰论争"的时候，我作为会议的记录整理者，就目睹了非常有意思的一幕：来自天津的徐江发难说，"我今天来，是向知识分子学习的，来向中年写作致敬的"，但是，他话锋一转又说，"某些人，开着私家车，搂着洋妞，过着中产阶级的生活，还冒充国内流亡诗人……"这个刻薄的发言让家新非常气愤，他发言的时候竟然一边念稿子，一边手气得发抖。是什么给了徐江以批评的口实呢？那就是因为诗人的生活和作品之间发生了某种不对位。因为他是和我们同时代的诗人，你近距离地知道了他的生活状况，所以就开始怀疑他诗歌写作的"真实性"。这就是一种常见的诗人所要面对的一种检验。这个对于当代诗人来说，是一个难度，不仅是一个精神的难度，而且是一个生活的难度。就是说，你要坚持高品位的写作的话，你的人生也许就得往下走一点，恐怕很难完全融入世俗利益，去其中获取太多。主体的这种转换或是变质，马上就会矮化文本，这是没有办法的事情。这个问题我不知道该怎么解决，我只是提出来，供大家思考。

还有一个特例，就是关于底层诗歌和地震诗歌的写作伦理的问题。最近若干年中，大量诗人作家都去关注底层，好像这本身是一种责任承担、一种道义承担，但是这里面也有陷阱。比如说地震诗歌，2008 年地震发生以后，全国出现了数以十万计的地震诗歌，也出现了"丑闻"，出现了诗歌的丑闻，网友们曾经抨击过某几个不小心写出了不得体的诗句的人，这是写作伦理的一个彰显，或者是写作伦理的一个作用。

有个刊物约我谈一谈对地震诗歌的看法，我当时就很为难，我当然很尊敬地震灾难中付出了生命，或者是为救灾付出了辛劳的那些人，为这些人去唱哀歌或者写赞歌的人，我觉得也值得尊敬的。但是这里面确有陷阱，我举个例子，1994 年，有一个很著名的文化事件，就是一位南非籍的摄影家叫作凯文·卡特，他

405

拍摄了一幅照片，叫作《饥饿的苏丹》，我不知道各位是否有印象，画面是一个小孩，大概四五岁的一个黑人女童，她已被饿得奄奄一息，她看起来硕大的头颅和她孱弱的骨瘦如柴的身躯，还有薄得像一张纸一样的皮肤，形成了一个让人揪心的不成比例的对照，这个孩子正艰难地爬向救济站，她的身后站着一只巨大的秃鹫，非洲的那种食腐动物，秃鹫在她几米远的地方等候这个孩子咽气，这孩子实在爬不动了，她马上就要倒地毙命的这一刻，凯文·卡特躲在另外一个地方，在一个角度拍摄这个过程。据凯文·卡特自己说，他等了半个小时。让我们来设想一下，他最终想等到的这个情景是什么呢？或许是这个孩子倒地毙命的一刻，秃鹫振翅扑过来时的情景。想想看，那个是多么让人震撼的场景，但是他没有等到，他只拍摄下了这个镜头。这张照片获得了1994 年的"普利策奖"，而且激发了全世界的有爱心的人士来赈济非洲灾民。

这幅照片产生了巨大的道德力量，为赈济非洲的灾民发挥了很大的作用。但是，马上就有文化人士写文章抨击凯文·卡特，说在这个画面之外，还有另外一个等候的掠食者，秃鹫等候的是食物，而举着照相机的人则是在等候自己的奖赏，他们扮演了同样的角色。很显然，在这个具有强烈的伦理和道德内涵的艺术作品背后，居然有一个更大的反伦理或者反道德的角色在。遭到批评之后，凯文·卡特在南非的约翰内斯堡自己的住所里用煤气自杀了。他的自杀让人尊重，一个有基督教教养的摄影家，迫于这样一个道义，一个伦理的巨大陷阱，以死来赎罪，完成了对自己灵魂的救赎。但这样的事件在我们这儿有可能发生吗？恐怕很难。中国人恐怕很难有这样的一种宗教情感，有一种罪与罚的思考逻辑。

在地震诗歌的传播和影响过程中，确有很多引人深思的问题，我觉得很多网友一起去批评那些不得体的写作的时候，显示了中国人的进步。所以我写那个文章的时候便说，我尊重这些写作者，但是我首先尊重其中的三种角色。一个是直接奔赴灾区参与救灾的诗人，这个时候奔赴灾区去帮助救灾比写作要重要得多，置身于灾区的那些诗人他们写出的作品，我认为是最具有见证性的；另一个你虽然没有去灾区，但是你力所能及，出于你对生命的怜悯与同情，力所能及地做了捐献，这样的诗人也有资格写作；那么再有一种，即是对自己的写作报以深深的质疑，一边写作一边质疑的。

朵渔的一首很有名的诗叫作《今夜，写诗是轻浮的》，影响很大，我也觉得确实是它在某种程度上挽救了这种写作。因为写作的角色是必须受到反思和质疑的，如果苦难能成为风景和写作资源，那么阿尔多诺所说的"奥斯威辛之后，再有诗，就是野蛮的"，就是切中了要害。这个命题的意思是，出现了奥斯威辛这样的罪孽，人类已无可饶恕，不管是谁犯下的，哪怕他们是少数

407

人，但他们也是人类的一部分，当人类犯下了如此罪孽的时候，诗人还有什么资格来写真善美，写抒情诗？

另外一种理解是，人类既然犯下了如此的罪孽，那么再写诗就应该"野蛮"一些，要面对野蛮，不要再装那个真善美了。我想应该有这样两个命题包含在其中。所以，地震诗歌引出的伦理也是非常复杂的，写作者的行为能否见证写作的合法性和文本的合法性，也变成了问题。

还有"底层诗歌"，几年来一直保持争论热度的底层诗歌，我个人也读过一些，2005年，我写过一篇文章《底层生存写作与我们时代的诗歌伦理》，文章引来了很大争议。有人批判我，我还是依然认为底层本身确具有道德优势，因为苦难本身就是和道德同在的，这个毫无疑问，财富是原罪的，这是一个人类的普遍命题。余华的《活着》为什么让人感动呢？我在课堂上曾说，福贵一开始是一个恶少，那时他的灵魂处在地狱里，因为他的物质生活、世俗生活是在天堂里。他赌钱、嫖娼，辱骂善良的妻子家珍，可以说无恶不作，他让那个县城里面最胖的妓女背着自己经过岳父的家门，去羞辱他的岳父，这时他的灵魂当然处在地狱里。但接着，福贵输光了家产，当他变得一文不名、可怜兮兮的时候，当他的财富状况和世俗生活下降到了零点的时候，我们就感觉福贵作为恶少的形象开始变了，他变成了一个可以原谅的人，在道德状况上他也上升到了零。其间，财富的下降和灵魂的上升是同步的，而当他的生活开始下地狱时，他的亲人一个个离他而去，他饱经苦难，最后变成了一个年迈的、无依无靠的，只有一头老牛相依为命的老者，艰难地耕作在田野里。小说写到这里，也就是当福贵的命运最终显现，到了悲凉的晚年的时候，他的灵魂便升入了天堂，你感觉他是一个纯洁得让人尊敬的老人。这就是《活着》为什么感人的秘诀。它里面有一个道德的升华，命运是往下走的，而道德是往上走的，所以余华说他写出了一部"高尚的作品"。我觉得这不是吹牛，一个好的小说家的一个秘诀，也在于他善于寻找母题，而且是极具形式感地来叙述这样一个母题，关于"财富的原罪"和"灵魂的拯救"的母题。

"底层诗歌"也是这样，当我看到那些书写底层苦难的作品的时候，我确实感动，但是我从来没有像读到郑小琼的诗歌那样感动。因为在郑小琼的诗歌里，她写了一个置身其间的劳作者，一个疲惫的、像千千万万机器上面的零件一样的、流水线上的女工，这个劳动者的身份，让我觉得感动。我觉得郑小琼作为一个诗人，不仅写出了底层的状况，而且也勾画了我们这个时代，她用"铁"这个意象来描写我们这个机器统治人的时代，工业化的秩序让肉体生命显现出了它的卑微和软弱的一个时代，写出了铁的冷酷和坚硬在挤压着我们的生存和命运的一个时代。

所以，我觉得郑小琼的贡献非常大，这是需要批评家来诠释的。那么另外一个见证是什么呢？就是郑小琼的诗歌才华，她不仅写出了这些东西，还写出了才情充沛的长诗作品。当我读了郑小琼的长诗的时候，我才认定她确实是有实力的诗人。这也反过来见证了她那些"女工诗歌"的意义与价值。

## 四 公共性、经验化与作品价值的提升

自20世纪90年代以来，人们可能过分相信"私人写作"，或者"个人写作"的合法性，因为我们上个时代是一种"集体写作"，集体写作我们是深受其害的，而80年代那样一种"集群突破"的诗歌，也都带有极大的时代局限。进入90年代后，大家进入了个体写作的时代，认为个体写作具有天然的合法性，在脱离了历史情境之后，我觉得这个想法也应该遭到质疑和反思。如果不考虑之前历史的悖反逻辑，仅从一般意义上来说，任何个体写作都不具有完全意义上的自足性。也就是说，你需要让自己的作品成为"可沟通的文本"，要能够入他人的视野，你也就没有权利无视别人的存在。简单讲，你要让别人看你的作品，你就要提供给别人以可能性，这个可能性我以为不光是一个写作的透明度的问题，重要的还是你"写什么"。

前些年我曾借助丹尼尔·贝尔的说法，批评过"中产阶级写作"，或"中产趣味"，中产趣味其实就是自恋式的、自我欣赏

的、书写自己"个人日常生活审美化"内容的写作。这当然不是不可以写，在集体写作的时代，如果谁写个人，我认为那是非常勇敢的；但是到了一个多元化的时代，一个本身已成为个体写作的时代，在有了这样的权益和权利的时代，我觉得写作反而应该考虑它的公共性。我不知道各位是否同意这个看法，就是说，好的诗歌，能够留下来的诗歌，一定是因为它书写了人的共同经验，或者是书写了时代的公共记忆。

可以举欧阳江河的例子，他作为一个诗人非常重要，为什么重要？因为他写出了《傍晚穿过广场》那样的诗歌，1990年代初，我们知道那是多么特殊的社会转换期，80年代的启蒙运动结束了，一个市场化的时代就要来临，这时原来的写作失效了，原来的那样的一种诗人的人格也失效了，在这个时候，欧阳江河写出了《傍晚穿过广场》，写出了一个思考着的诗人用一个下午穿越广场的感受，他在思考时代、个人身份以及写作的转换，他说，"石头的世界崩溃了 / 一个软组织的世界爬到高处""有的人用一小时穿越广场 / 有的人用一生——"，我觉得这样的一首诗是一定可以传世的，因为他总结了一个时代，完成了一个时代的转换，这就是具有强大能力的诗人，他所能够做的。

还有一些诗人，他们也能在我们这样一个时代，捕捉到敏感的时代信息和公共符号。我曾在一本诗选里选了几首诗，我来不及说他们，但我要提一提名字，比如，我选了河南诗人简单的一

411

首叙事诗，叫作《胡美丽的故事》，是一首极棒的作品，简直是从容不迫，非常干净、简练、传神和一步到位的叙事。他写了一个身份暧昧的女子胡美丽的悲剧，并通过这个人物的日常生活的细节，暗示出我们这个市场年代的个体命运，那些隐秘的，关于命运的主题、要素和原因。

我还选了赵丽华的一首诗。赵丽华可能是一个有争议的诗人，有的作品是有问题的，但这首诗让我割舍不下，这里我给你们介绍一下，叫作《当一只喜鹊爱上另一只喜鹊》，你就能感觉到在我们这由轻浮的流行文化主宰一切的年代，那些有意思的戏剧性场景。她一开始引用了一个背景新闻："2007年4月20日9时57分，大连王家桥、刘家桥地区4000多用户突然停电，事故原因竟是由于一对喜鹊在附近的高压线上亲热所致"，这简直是一个无厘头的故事，是个典型的网络时代的八卦——"当时它们一个站在零线上，一个站在火线上，突然'啪'的一声巨响，一团耀眼火球升起，两只喜鹊随即坠地……"这是"中新网"的一条未经核实的新闻，"喜鹊亲热致高压线短路"，她根据这个事件写了一首诗，来模拟两只喜鹊的对话：

喜鹊男："你读过大卫的诗吗？"他说："亲，我爱你腹部的十万亩玫瑰／也爱你舌尖上小剂量的毒。我把这两句诗送给你。"

这是喜鹊男对喜鹊女说的，来表达爱情的，她引用了诗人大卫的几句诗，大卫，各位都应该知道。

喜鹊女说："那我把杨森君的诗送给你：爱情是世上最没有把握的东西 / 如果我们都醉了 / 谁扶谁？"杨森君也是个实有的诗人。

　　喜鹊男："我扶着你，我的宝贝。"
　　喜鹊女："亲爱的……"
　　喜鹊男："只要有我，没有任何鸟再能伤害到你！"

这都是在戏用流行化、流俗化了的爱情话语，然后喜鹊男和喜鹊女就开始合唱了，唱的是那首付笛声和任静夫妇合作的，叫作《知心爱人》的歌。

　　喜鹊女（唱）："从此不再受伤害。"
　　喜鹊男（唱）："我的梦不再徘徊。"
　　喜鹊男喜鹊女（合唱）："我们彼此都保存着那份爱，不管风雨再不再来。"

这是一支略有些庸俗的流行歌，她故意把它"过剩地"植入

413

这个文本里面。

喜鹊女："亲爱的，你会爱我多久？"

喜鹊男："宝贝，我要把你带进坟墓！"

喜鹊女："亲爱的，你为什么爱我？"

喜鹊男："我没有理由没有空白没有停顿没有主体没有说法没有回头没生没死地爱你……"

喜鹊女："嗯，我也一样。我无时无刻其实是每时每刻地爱你。

我前不见古人后不见来者其实是空前绝后地爱你。

我尺有所短寸有所长其实是独一无二地爱你。"

"我之所以乐此不疲地想象"——这后面就不是喜鹊的对话了，而是赵丽华出来了，她说，"我之所以乐此不疲地想象这两只喜鹊死前的对话是因为我听从了奥克塔维奥·帕斯的一句话，'诗歌爱上了瞬间'"，你看，前面是很庸俗的，但是她最后升华了，说，"诗歌爱上了瞬间并想在一首诗中复活它，使它脱离连续性，把它变成固定的现在"。这是诗歌的奥义，是说诗歌从时间的河流里面，截取一段让它终止连续性而变成凝固的东西，它就获得了诗意变成了诗歌。这首诗前面影射的是我们这个流行文化的时代，后面则大约是说，这样一种流行的文化也有诗意，仍

414

然具有诗歌的可能，只要我用了诗的方式来处理它。

我们可以不同意她的这个态度，但是她这首诗的确非常有意味，我觉得也具有某种时代感和公共性。

再一点是"私密经验的通道"。现代诗歌的特点是，仅仅是表现意识和理性范畴内、观念范畴内的"经验"已经不够，诗歌的敏感性和精神性，以及它的深度，在于对人的无意识世界不断地有效触及。很多好的诗歌，我们读了之后，感觉会有一种说不出来的内心世界的震颤，"咯噔"了一下子，不知道为什么"咯噔"，但是你分明觉察到了这种震动，它触到了你的神经末梢，触到了你内心世界最隐秘的地方。这样的作品，我以为它也能具有某种公共性。我记得有一首80年代的诗，是"第三代"诗歌运动时期的诗，老是萦绕在我的耳朵里，作者是王寅。这首诗名叫《想起一部捷克电影想不起片名》，就像是在脑海里放电影，放童年时期的电影。每个人都有似曾相识的那种幻觉、恍然若梦的那种记忆，内容或许早就想不起来了，但关于那个时期的那种记忆方式，那种片段闪回的情景，却会留在我们的脑海里。这种东西我将之称作"具有历史公共性的无意识记忆"，也有一种非常奇妙的公共性、一种集体记忆，只不过，它是属于直觉和潜意识的。

415